쿨터&닥터

퀼터 & 닥터

초판 1쇄 찍은 날 § 2010년 9월 18일
초판 3쇄 펴낸 날 § 2011년 1월 14일

지은이 § 김여빈
펴낸이 § 서경석

편집팀장 § 유경화
편집 § 이수민

펴낸곳 § 도서출판 청어람
등록번호 § 제1081-1-89호
등록일자 § 1999. 5. 31
어람번호 § 제5-0273호

주소 § 경기도 부천시 원미구 심곡동 163-2 서경B/D 3F (우) 420-822
전화 § 032-656-4452 팩스 § 032-656-4453
http://www.chungeoram.com
E-mail § chungeoram@chungeoram.com

ISBN 978-89-251-2299-1 03810

hungeoram romance novel

퀼터 & 닥터

김여빈 장편소설

도서출판 청어람

목차

「도서관 앞. 해수.」

해수?

문자 메시지를 확인한 나는 의자에 걸쳐 두었던 후드 점퍼를 손에 쥐고 자리에서 일어섰다.

무거운 어깨를 돌리며 도서관을 나가니 아침부터 내리던 눈이 아직도 멈추지 않고 있었다. 멀리 빨간 코트 위에 다크블루 빛 머플러를 한 해수가 눈 덮인 은행나무 아래 바들바들 떨며 서 있는 게 보였다. 나를 알아본 그녀가 반갑게 손을 흔들었다.

보슬보슬 안개비처럼 내리는 눈을 맞으며 그녀에게 성큼성큼 다가갔다.

"이거…… 시험 잘 보세요, 오빠."

짧은 커트 머리에 볼이 빨갛게 언 그녀가 꽃 모양 리본이 달린 네모난 상자를 내밀었다. 날 좀 봐달라는 듯 대롱거리는 앙증맞은 부엉이 두 마리가 눈에 들어왔다. 그녀가 만든 거라는 건 묻지 않아도 알았다.

"저녁 먹었니?"

나의 저녁 제안에 그녀의 얼굴에서 눈꽃보다 화사한 빛이 났다.

학교 근처 대학로는 화이트 크리스마스를 즐기려는 사람들로 이미 만원이었다.

"내가 오빠의 공부를 방해한 거 아니에요?"

조심스럽게 물어오는 하얀 얼굴이 핑크빛으로 물들었다.

"아냐."

저녁을 먹고 다시 거리로 나왔을 때는 눈은 이미 그쳤다. 구름에 가려진 까만 하늘을 올려다보았다.

"걷자."

학교에서 그리 멀지 않은 그녀의 집을 향해 반달이 아슴푸레하게 비추는 길을 따라 나란히 걸었다. 그녀는 화이트 크리스마스에 들뜬 듯 쌓인 눈을 뭉쳐 뭔가를 만들기도 했고, 보폭을 크게 하며 발자국 놀이를 하기도 했다.

어느새 그녀의 집 근처 공원, 아직 행인의 발걸음이 닿지 않은 소복한 눈길이 우리를 맞았다. 내가 먼저 한 걸음 한 걸음 발자국을 남기며 조심스럽게 내디뎠다.

그때, 가늘게 떨리는 나지막한 목소리가 들려왔다.

"나, 오빠 좋아해요."

쿵 하는 심장 소리와 함께 우뚝 걸음을 멈췄다. 힘겹게 불을 밝힌 가로등을 등지고 선 그녀를 천천히 돌아보았다.

밝고 선한 마음이 투영된 듯 언제나 해사하게 웃는 해수는 한겨울 소담스런 눈 같은 아이였다. 뽀얗고 투명한 피부에 복숭앗빛 발그레한 볼이 무척 사랑스러운, 귀여운 아이……. 하지만 안타깝게도 이성으로 생각해 본 적이 없었다. 그저 동생 시은의 친구일 뿐, 친구 찬영이 좋아하는 여자일 뿐…….

"미안하다. 네 마음은 받을 수 없어."

따스함이라곤 전혀 묻어 있지 않은 냉정한 대답이 흘러나왔다.

갑자기 상처받은 그녀가 마법이라도 부린 것처럼 고요하던 세상에 난데없는 눈보라가 일었다. 꽁꽁 언 겨울밤을 녹일 듯한 붉은 눈물이 맑디맑은 두 눈에 그렁그렁 차오르더니, 거세지는 눈보라를 따라 짧은 머리카락이 맹렬하게 휘날렸다.

"어, 어떻게…… 흑!"

"……!"

"4년 동안 짝사랑했다구요!"

밀폐된 공간 안에 있는 것처럼 울음 섞인 목소리가 쩌렁 울렸다.

"너무해요!"

"해수야…….

"오빠가 이토록 매정한 사람인 줄 몰랐어요!"

후두두 떨어지는 눈물에 마음이 아파진 것도 잠시, 분노로 돌변한 번뜩이는 눈빛에 섬뜩함을 느꼈다.

해, 해수야…….

갑자기 온 세상이 검게 물들기 시작했다. 그리고 다른 영혼이 빙의된 것처럼 무겁게 가라앉은 목소리가 그녀에게서 음산하게 흘러나왔다.

“이 고통은 꼭 되갚아주겠어.”

숨이 턱 막히며 등줄기를 타고 식은땀이 주룩 흘렀다.

“후회할 거야.”

무섭게 노려보며 한 발 한 발 다가오는 그녀를 보며 나도 모르게 뒷걸음질쳤다.

“용서 못해…….”

다가오지 마.

그녀 뒤로 어른어른 검은 바다가 보이는가 싶더니 점점 높게 치솟았다.

하! 너무 놀라 벌렁 뒤로 나자빠졌다.

컴컴한 하늘에는 그녀의 몸에서 뿜어 나오는 붉은 불꽃이 섬광을 일으키며 사방으로 튀었고, 그녀를 태운 검은 바다는 집어삼킬 듯 높은 파도를 일으키며 소름 끼치게 다가왔다.

“해, 해, 해수야……!”

“절대 용서 못해!”

천지를 뒤흔드는 고함과 함께 태산 같은 검은 파도가 순식간에 나를 덮쳤다.

"헉!"

거친 숨을 토하며 시우는 벌떡 침대에서 일어났다. 이마에 송골송골 땀이 맺힌 채 푸르스름한 새벽빛이 도는 침실을 퀭한 눈으로 둘러보았다.

"후우."

이런 악몽을 꾸다니…….

갈증이 일어 부엌으로 간 그는 냉장고에서 찬 생수를 꺼내 병째 벌컥벌컥 들이켰다.

4년 전 화이트 크리스마스 날의 해수는 꿈과는 전혀 달랐다. 그의 거절을 애써 담담히 받아들이며 힘겹게 마지막 인사를 하고 도망치듯 뛰어갔었다. 알 수 없는 불안함과 초조함이 밀려와 눈 속으로 위태롭게 사라지는 그녀를 쉬이 놓지 못하고 한참을 바라보았었다.

문득 생수를 내려놓고 서재로 갔다.

책상 앞에 멈춰 선 시우는 살며시 서랍을 열었다. 가지런히 정리 정돈된 서랍 한쪽에 다정히 마주 보고 있는 부엉이 부부. 열쇠고리는 녹이 슬어버렸지만, 해수가 직접 손으로 만든 이 부엉이 부부는 지금껏 간직하고 있다.

고백했던 그날의 해수는 오래도록 남았다. 한동안 가슴 한편이 묵직한 채 지냈다. 함께 보낸 추억이 곳곳에 숨어 있어

불시에 떠오르기도 했고, 보고 싶기도 했다. 그녀의 집 앞을 지나갈 때면 절로 눈길이 가기도 했다. 하지만 그녀를 만난 적은 없었다.

창가로 다가가 커튼을 젖혔다. 그의 마음처럼 뿌연 새벽안개가 자욱하게 끼어 있었다.

해수에게는 4년 전 화이트 크리스마스가 정말 악몽일지도 모르겠다.

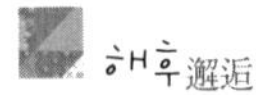

뽀얀 안개가 걷힌 아침은 비 갠 뒤처럼 맑고 깨끗했다. 보빈의 유리문을 잡고 선 해수는 가늘게 뜬 눈으로 빛으로 가득한 파란 하늘을 올려다보았다.

상쾌한 가을 향기에 절로 입가에 미소가 번지고, 몸과 마음이 새털처럼 가벼워지는 듯했다. 좀 더 만끽하고 싶은 마음을 달래며 작은 컨트리 인형들이 매달려 있는 유리문을 닫았다.

아침 청소가 끝난 보빈은 라디오에서 들려오는 DJ의 달콤한 목소리에 흠뻑 젖어 있었다.

[다음 달 내한 공연하는 유럽 최고의 실내악단 독일 슈투트가르트 체임버 오케스트라(Stuttgart Chamber Orchestra)는 바흐의

연주와 현대음악에의……]

긴 멘트 끝에 바흐의 브란덴부르크 협주곡이 흘러나왔다.

해수는 요즘도 바이올린 연주곡에 시우가 생각나곤 했다.

대학 1학년 여름방학, 두 살 위인 오빠와 둘이 산다는 시은의 빌라로 처음 놀러 갔었다. 청담동에 있는 빌라는 꽤 넓은 평수의 고급 빌라였고, 입주 도우미 아주머니가 살림을 맡고 있었다. 빌라 계단을 올라가는데 어디선가 바이올린 소리가 들려왔었다. 곧 그 발원지가 시은의 집이고, 연주자는 그녀의 오빠 시우란 걸 알게 되었다.

이시우, 이지적이고 차가운 인상이었다. 그러나 그가 켜는 바이올린 선율은 깊으면서도 감미로워 듣는 이의 마음을 금세 온화하면서도 따스하게 만들었었다. 현을 누르는 하얗고 긴 손가락에서 한동안 시선을 떼지 못했었다. 두근두근…… 때늦은 첫사랑이 찾아온 날이었다.

한 사람을 좋아함으로써 그 사람의 모든 것을 좋아하게 되었고, 그때의 연으로 마니아까지는 아니어도 지금까지 바이올린 곡을 사랑하고 있었다.

"오랜만에 공연이나 보러 갈까?"

그런데 누구랑? 생각이 여기에 미치자, 이제는 혼자가 아닌 누군가와 함께 보고 싶다는 욕구가 일었다.

훌훌 머릿속을 털어내며 해수는 먼지를 말끔하게 제거한 보빈을 쭉 둘러보았다.

보빈은 두 벽을 차지한 퀼트 원단들과 컨트리, 앤티크, 빅토리아 등 여러 분위기의 퀼트 작품들로 가득 채워져 있었다. 장식적인 것에서부터 실용적인 것까지 그 종류와 크기도 다양했다. 각종 인형과 가방은 그들이 취할 수 있는 가장 예쁜 자세로 장식장에 놓여 있거나 천장에 걸려 있었고, 여러 가지 형태의 소품들은 옹기종기 진열대 위에, 벽에는 다양한 디자인의 벽걸이들이 한 자리씩 차지하고 있었다.

해수는 모든 것이 제자리에 있는 것을 확인하고 보글보글 커피 향을 퍼뜨리는 커피메이커로 걸어갔다.

"영은 씨도 커피?"

"네. 고마워요, 작은 쌤!"

해수를 작은 쌤이라고 칭하는 영은은 자투리 원단으로 만든 앞치마를 두르고 쇼윈도 앞 쇼룸에서 소품들의 자리 배치를 다시 하고 있었다.

"이리 와서 커피 마시고 해."

영은은 하던 손길을 멈추고 허리를 폈다.

"금방 끝나요. 마저 하고 갈게요. 그런데 원장님은 몸살이 심하세요?"

"응. 주말 내내 힘드셨어. 병원에 가셨으면 좋겠는데 병원의 병 자만 꺼내도 기겁을 하시니……. 원장님 고집 알지? 아무도 못 꺾어."

"안타깝지만 저도 워낙 병원을 무서워해서 원장님 마음은 이

해 가요. 헤."

"그러다 병 키운다."

모락모락 김이 올라오는 커피를 한 모금 마신 해수는 작업대 위에 펼쳐진 패션 잡지를 발견했다. 영은이 보던 것인 듯했다.

"체형에 따라 살 빼는 운동 방법을 달리해야 한다?"

"그거 한번 읽어보세요! 맞는 것 같아요."

영은은 고조된 목소리로 말했다.

"그래?"

"작은 쌤은 외배형 체형이세요. 어깨와 몸통이 좁고 팔다리가 가는 여성스럽고 호리호리한 체형. 저의 이상형이죠."

해수는 낯간지러워 코웃음을 지었다.

"키도 크시잖아요. 정말 부럽다니까요."

"흐음, 내가 좀 마르긴 해도 한 몸매 하지? 에구, 그런데 이게 뭐야. 체중의 변화를 주기에는 한계가 있고 근육 운동을 해도 효과가 나타나기까지 시간이 오래 걸린다? 체력도 약한 편이어서 강도가 센 운동보다는 가벼운 걷기와 자전거 타기를 통해 적당한 유산소 운동을 해야 한다."

잡지에 고정된 눈매가 가늘어지며 커피로 적셔진 입가에 씁쓸함이 묻어 나왔다.

"그럼 그렇지, 쩝. 영은 씨는 중배엽 체형인가?"

"네. 가슴이 넓고 근육을 가지고 있으며 척추가 긴, 여자로서는 저주받은 떡 벌어진 체형이라고 할 수 있죠."

무슨 말이냐는 듯 해수의 눈이 동그래졌다.

"아래 읽어봤어? 운동 효과를 가장 쉽고 빠르게 얻을 수 있는 체형일 뿐 아니라 균형이 잘 맞는 몸이라고 되어 있잖아. 와우, 몸짱이 될 수 있는 근육질 체형이래!"

"몸짱보다는 전 가녀린 체형이 좋거든요!"

"그래도 짱이잖아, 짱!"

해수는 다부진 표정으로 힘있게 엄지손가락을 들어 보였다. 영은은 그런 해수의 모습에 피식 웃어버렸다.

"쇼핑몰 주문 들어온 거나 빨리 확인해 주세요. 패키지 준비된 게 얼마 없어서 주문량 많으면 이것 끝나고 작업해야 해요."

"알았어."

야무진 영은을 향해 미소를 보낸 해수는 화이트 퀼트(White Quilt)로 가려진 안쪽 개별 공간으로 들어갔다. 그곳은 컴퓨터가 놓여 있는 책상과 퀼트 관련 패턴 및 서적이 꽂혀 있는 책장, 옷과 소지품을 둘 수 있는 옷걸이 등이 있는 다용도 공간이었다.

해수는 주로 컴퓨터 앞에서 보빈의 첫 업무를 시작했다. 인터넷 시작 페이지는 커뮤니티와 쇼핑몰로 나뉜 보빈의 홈페이지, 커뮤니티 공간을 먼저 클릭했다.

그녀의 완성 작품이 올려진 갤러리 코너에 밤새 새로운 댓글들이 달려 있었다. 오렌지빛 입술 끝이 살짝 위로 올라갔다.

퀼트를 하면서 가장 보람을 느낄 때는 역시 작품을 완성했을 때다. 순수 100% 내 손에 의해 만들어진 개체, 나만의 명품이었다. 여기서 끝이 아니었다. 지금처럼 공유했을 때의 또 다른 큰 즐거움이 있었다. 좋은 정보나 완성된 작품을 함께 나누고 감상을 주고받는 것. 때론 가르쳐 주기도 하고 가르침을 받기도 했다. 그런 퀼터(Quilter)들이 아우러진 온라인 공간이 보빈 홈페이지였고 오프라인 공간이 퀼트 숍 보빈이었다.

커뮤니티 공간을 벗어나 쇼핑몰로 들어갔다. 새로 들어온 주문이 있는지 점검하는 건 해수의 중요한 업무 중 하나였다. 가을이 되면서 조금씩 패키지 주문량이 늘고 있었다. 오늘도 가장 반응이 좋은 것은 블랙로즈 백. 해수의 하얀 얼굴에 뿌듯한 미소가 걸렸다. 이 가방은 블랙로즈 무늬의 아즈미노 원단으로 만든, 가을 시즌을 겨냥한 그녀의 창작품이었다. 정장에도 잘 어울리고 만들기 난이도도 어렵지 않아 반응이 좋았다.

띠링, 벨소리와 함께 컴퓨터 모니터에 메신저 창이 열렸다. 결혼을 한 달여 앞둔 대전에 있는 시은이었다.

시은:청첩장 나왔어!
해수:오잉! 기대, 기대^^
시은:찬영 오빠랑 보고 너에게 제일 먼저 보내는 거야. 지금 보낼게.
해수:OK. 참, 서울은?
시은:신혼집 인테리어 공사 끝나면.
해수:오면 연락해.

시은:ㅇㅋ^^

　미국 유학을 마치고 두 달여 전에 귀국한 시은의 약혼자 찬영은 서울에서 직장을 다녔다. 따라서 시은과 찬영의 신혼살림도 서울에서 차려지고 있었다.

　시은의 청첩장이 도착했다. 공연히 해수의 심장이 콩닥거렸다. 클릭하자 모니터에 파스텔 톤의 예쁜 카드 봉투가 열렸다.

　「영원한 사랑을 약속하는 시간으로의 초대. 신랑 우찬영, 신부 이시은」

　해수는 시은의 청첩장이 그녀의 인간 승리 표창장처럼 보였다. 찬영을 고등학교 때부터 짝사랑한 시은이다. 오빠의 친구라는 점에 더 내색하지 못하고 혼자서 속만 끓이다 마침내 결실을 보게 된 것이다.

　"이시은, 드디어 해냈구나!"

　해수는 뿌듯하기까지 했다.

　과 동기인 시은과는 같은 취미인 퀼트와 누군가를 짝사랑한다는 공통분모 때문에 대학 기간 동안 정말 각별하게 우정을 쌓았었다. 시우에게 차이고 시은이 앞에서 눈이 퉁퉁 붓고 목이 쉴 때까지 목 놓아 울었었다. 그때 시은이 격분했던 일을 생각하면 지금도 피식 웃음이 났다.

　시은은 가부장적이고 보수적인 가정환경 탓에 요즘 보기 드문 순종적이고 착한 동생이었다. 게다가 시우에 대한 자부심이 강했다. 그런 그녀가 시우더러 잘난 척은 혼자 다 하면서 여자 보는 눈은 치명적으로 없다며 흥분했었다. 위로해 주기 위한 빈 말이었다 해도 고마웠었다.

대학 시절 추억까지 떠올라 아득한 눈빛으로 청첩장을 보던 해수는 컴퓨터 뒤쪽 벽으로 시선을 옮겼다. 그곳에는 시우에게 선물한 것과 같은 디자인의 부엉이 한 쌍이 걸려 있었다. 4년 전 화이트 크리스마스가 어제 일처럼 떠올랐다.

보빈의 쇼윈도 너머로 방울 솜 같은 함박눈이 내리고 있었다. 지나가는 사람들은 몸을 잔뜩 움츠린 채 외투를 여미는가 하면 종종걸음을 치기도 했고, 행여나 미끄러질까 조심스러운 발걸음을 살금살금 내딛기도 했다. 눈 덮인 도로 위의 자동차들은 달팽이 걸음을 흉내 내며 꼬리에 꼬리를 물고 길게 늘어섰다.

강추위에 찡그린 얼굴이나 끊임없이 울리는 요란한 경적 소리 따위는 따스한 커피 향과 빈소년합창단의 'My Christmas Tree'에 묻혀 보이지도, 들리지도 않았다. 크리스마스의 온기로 가득한 퀼트 숍 보빈(Bobbin)에서 바라보는 쇼윈도 너머 하얀 풍경은 그저 평화롭기만 한 눈꽃 세상이었다.

이렇게 눈 오는 크리스마스에도 오빠는 도서관에 갔단 말이지?

아침에 시은과의 통화에서 건진 값진 정보를 새기며, 보송보송 흩날리는 눈을 바라보는 맑은 갈색 눈동자가 반짝거렸다.

떠올리기만 해도 해수를 미소 짓게 하는 시우는 그녀가 4년째 짝사랑하는 사람이다. 그는 곧 있을 의사 국가고시를 준비하느라 요즘 도서관에서 살다시피 하고 있었다. 그런 그에게 합격을 기원하는 찹쌀떡을 건네면서 어색하지 않게 크리스마스 선물을 전할 생각이었다.

"이번 기회에 고백할까? 괜히 시험 앞둔 사람, 마음만 어지럽히는 건 아닐까?"

마음을 접으려니 솔직히 초조했다. 시우와의 연결고리라 할 수 있는 시은이 본가가 있는 대전에 취직되어, 4학년 2학기를 마치자마자 벌써 그곳으로 내려가 버렸다. 어쩌면 이번이 그와의 마지막 만남이 될지도 모를 일이었다.

"후우, 일단 부엉이 부부 열쇠고리나 만들자."

마음의 결정을 하지 못한 채 크리스마스 선물로 정한 퀼트 소품을 만들려 쇼윈도에서 멀어졌다.

커다란 작업대에는 미리 준비해 둔 퀼트 재료들이 널려 있었다.

부엉이 수컷과 암컷의 등과 날개가 될 감청 체크 원단과 빨간 체크 원단, 배 부위가 될 하얀 원단을 차례대로 펼쳤다. 그리고 본 그리는 것을 시작으로 다른 때보다 더 정성스럽게 작업해 나갔다. 원단 전용 가위로 정확하게 재단하고 그를 생각하며 한 땀 한 땀 정성 어린 바느질을 이어갔다. 빵빵하게 솜을 넣고, 줄을 끼우고 다시 바느질을 반복하며 점심 먹는 것도 잊은 채 몰두했다.

부엉이 눈을 붙이고 은색 열쇠고리를 끼우는 마지막 작업을 마쳤을 때 절로 탄성을 터뜨리며 기지개를 쭉 켰다. 열쇠고리 인형으로 만든 거라 부엉이 한 마리의 크기는 커다랗게 잘 영근 거봉 한 알만 했다. 만족스러운 미소가 덩그렇게 떠오르는데, 옆에 둔 찹쌀떡이 들어 있는 초콜릿색 상자가 눈에 들어왔다.

"뭔가 허전한데, 그렇지!"

부자재 함으로 달려가 색깔이 다른 리본 테이프 두 개를 들고 왔다.

재빠르게 와인색 테이프로 꽃술을 만들고 핑크색 테이프로 동그랗게 돌려 감아 꽃잎을 만들었다. 완성된 리본 꽃을 초콜릿색 상자에 붙이니 훨씬 로맨틱한 선물 상자가 되었다.

"제발 잘 부탁한다. 나의 분신인 너희가 오빠의 마음에 꼭 들기를……. 신접살림 차리거든 잘살아."

부엉이 부부에게 애정과 염원을 담아 각각 이별의 입맞춤을 하고 리본 꽃 옆에 야무지게 고정했다.

벌써 어둑어둑해지는 바깥을 의식해 재빨리 코트와 머플러를 챙긴 해수는 보빈의 유리문을 힘차게 밀고 나갔다.

그러나 그날 밤, 안타깝게도 집 근처 공원에서 시우에게 보기 좋게 차이고 말았다.

"하아……."

세월이 흐르는 동안 아픈 상처는 아물어지고 시우의 향훈(香薰)은 옅어졌지만, 시은의 결혼식에서 그와 재회한다고 생각하니 해수는 긴장되었다.

시은에게 끝인사를 하고 벽 거울로 갔다. 가슴 아래까지 흘러내리는, 처음으로 기른 긴 머리를 바라보았다.

그는 어떻게 변해 있을까?

한국첨단대학병원.

콜을 받고 한걸음에 인공 신실로 달려온 시우는 숨을 가쁘게 몰아쉬는 환자에게 곧장 다가갔다.

"언제부터 이랬습니까?"

"10분 전부터 호흡이 거칠어졌습니다."

간호사의 답을 들으며 빠르게 차트를 보는 짙은 눈썹이 매섭게 올라갔다.

"혈액 투석은 언제 시작했죠?"

"30분 정도 지났습니다. 선생님! 하트 레이트(Heart rate)*가 떨어집니다!"

심박동 모니터를 돌아보는 시우의 눈이 번뜩였다.

"빨리 CPR(Cardiopulmonary Resuscitation)* 준비하고, 방송 띄우세요!"

[CPR 인공 신실, CPR 인공 신실, CPR 인공 신실…….]

---

* Heart rate:심박동수
* CPR(Cardiopulmonary Resuscitation):심폐소생술

급박한 상황에서 시우가 능숙하면서도 침착하게 환자 머리 위에서 인튜베이션(Intubation)*을 시행하는 동안, 병원 전체에 울린 방송을 듣고 달려온 여러 명의 레지던트와 인턴이 둘러섰다.

한 간호사가 시우를 보며 다급하게 말했다.

"혈압이 안 잡힙니다."

"혈액 리턴(Return)시켜 주시고 에피네프린 원 앰플 아이브이(Epinephrine one ample IV)로 주세요."

"선생님, 정맥 라인이 없습니다!"

"우선 투석 라인으로 주세요. 야, 너희 구경하러 왔어! CPR 처음 해! 빨리 아이브이 라인(IV line) 확보 안 해!"

시우는 아래 연차들에게 차갑게 소리쳤다.

"준하는 이리 와서 앰부 배깅(Ambu bagging)하고 은지는 카디애크 마사지(Cardiac massage)해. 주 선생은 빨리 샘플링(Sampling)하고 강 선생은 방사선과 연락해서 체스트 에이피(Chest AP) 촬영할 수 있도록 해. 그리고 승제는 센트럴 라인(Central line) 확보해! 어서!"

바짝 긴장한 레지던트들과 인턴들이 시우의 빠르면서도 정확한 지시에 따라 민첩하게 움직였다.

"센트럴 라인 카세터(Central line catheter) 준비해 주세요."

시우는 간호사에게 말하고 심전도 모니터를 유심히 쳐다보았다.

＊ Intubation:삽관법

"혈압은 어때요?"

"시스톨릭(Systolic) 60에서 겨우 잡힙니다."

"노멀 세일린(Normal saline) 200cc만 풀 드로핑(Full dropping)하고 도파민(Dopamine)도 준비해 주세요."

카디애크 마사지를 하던 은지가 당황했다.

"선생님, 하트 레이트가 다시 떨어집니다!"

"박 간호사, 아트로핀 원 앰플 아이브이(Atropine one ample IV)로 주세요."

오더를 낸 시우는 잠시 경과를 지켜보았다. 숨소리조차 낼 수 없는 팽팽한 긴장감이 돌았다.

"하트 레이트가 거의 정상으로 돌아왔습니다!"

흥분한 승제의 목소리에 여기저기서 안도의 한숨이 터졌다. 그러나 시우는 아직 긴장을 늦추지 않았다.

"박 간호사, 다시 혈압 체크해 주세요. 노멀 세일린은 다 들어갔나요?"

"네, 다 들어갔습니다. 혈압은 시스톨릭 90에서 잡힙니다."

"CPR한 지 몇 분 지났습니까?"

"15분 지났습니다."

시우는 아래 연차들을 둘러보았다.

"하트는 거의 정상으로 돌아온 것 같다. 퓨플 리플렉스(Pupil reflex)는 어때?"

"정상입니다. 자극에 대한 반응도 양호합니다."

"박지근 환자 주치의가 승제지?"

"네."

승제는 시우를 보며 곧추섰다.

"당분간 MICU(내과 집중치료실)에 케어(Care)할 수 있도록 당장 자리 확보해."

"알겠습니다."

바로 MICU로 전화한 승제의 표정이 밝아졌다.

"다행히 병실로 올라가는 환자가 있답니다."

그제야 시우의 얼굴에 안도의 기색이 스쳤다. 하지만 승제를 바라보는 그의 눈빛은 여전히 날카로웠다.

"김승제, 차트에 이 환자에 대한 최근 기록이 없던데 어떻게 된 거야?"

승제는 가슴이 철렁 내려앉았다.

"환자를 제대로 진단하고 치료하는 것도 중요하지만 환자에 대한 기록도 매우 중요하다고 말했다. 아주 사소한 거라도 회진을 돌거나 검사를 시행했으면 환자의 상태와 검사 결과, 주치의 소견을 반드시 적어야 해."

큰소리치지 않아도 위압감이 느껴지는 목소리였다.

"다른 급한 일이 계속 생기는 바람에 그만……"

"사람 생명을 다루는 일이야. 어떤 변명이나 핑계도 통하지 않는다."

"죄송합니다. 바로 기록하겠습니다."

시우는 승제를 향한 따가운 시선을 거두며 돌아섰다. 이마에 송골송골 땀이 맺힌 채 한숨을 푹푹 내쉬는 승제에게로 동료의 안타까운 시선들이 닿았다.

지친 기색 없이 의국으로 들어온 시우는 곧바로 자신의 랩톱 앞에 앉았다. 의국에 있던 같은 연차 성민이 좀 전의 응급 상황을 알고 그의 어깨를 토닥였다.

"오늘 같은 날 괜찮은 공연 있으면 좋을 텐데."

"응?"

"좀 전에 슈투트가르트 체임버 오케스트라 공연 티켓 예매한다고 회장이 문자 보냈더라고. 확인해 봐. 너도 왔을 거야."

병원 내에 클래식을 좋아하는 동료끼리의 작은 동호회가 있었다. 시우와 성민은 그곳 회원으로, 좋은 공연이 있으면 희망자에 한해서 회장이 티켓을 공동 구매하곤 했다.

성민의 말대로 시우의 휴대폰에도 문자 메시지가 들어와 있었다.

"답장 보낼 필요 없어. 응급인 거 알고 네 것까지 신청했으니까."

"고마워."

시우는 컴퓨터로 시선을 돌려 의학 논문 사이트로 들어갔다. 그때 찬영의 메일이 도착했다는 알림 벨이 울렸다. 클릭하자 뜻밖의 청첩장이 펼쳐지고, 내용을 읽어 내려가는 또렷한 눈매가 가늘어졌다.

"너무 행복해서 가슴이 벅차?"

시우는 낮은 코웃음이 터졌다.

"뭔데?"

성민이 뒤에서 물었다.

"청첩장. 시은이 결혼해."

"그래?"

시우의 어깨너머로 청첩장을 훑어본 성민은 시우를 넌지시 내려다보았다.

"동생에게 결혼 밀리니 은근히 신경 쓰이고 심란하지?"

"아니."

시우는 아무렇지 않게 답하고는 논문 사이트를 살폈다.

"집에서 뭐라고 안 해? 너, 종손이잖아."

모친 선자가 결혼 종용을 하고 있었지만 개의치 않고 있었다.

"정말 여자 보는 눈이 너무 높아서 그런 거 아냐?"

무슨 뚱딴지같은 소리냐고 시우의 눈이 물었다.

"아니, 도통 여자에게 관심이 없으니까 하는 말이지. 인기가 없는 것도 아니고. 물론 네가 공부벌레, 일 중독자인 건 잘 알아. 하지만, 곧 서른이야. 친구로서 진심으로 걱정돼서 그런다. 너 하는 것 보면 장가는커녕 연애도 안 하고 혼자 늙을 것 같아서. 네가 연애 경험이 없었다면 어디 이상이 있는 건 아닌지 의심했을 거다."

성민은 가운을 옆으로 젖히며 시우에게 바싹 붙었다.

"우리 와이프 친구 중에 한 명 소개해 줄까? 괜찮은 친구 있는데."

시우가 관심조차 보이지 않자 성민의 얼굴이 씰룩거렸다.

"인위적인 만남이 싫으면 병원이나…… 아, 시은의 결혼식 날 찾아보든가. 우인들 올 거 아냐."

"동생의 친구를?"

뭐 어떠냐는 듯 성민은 고개를 끄덕였다.

"왜? 동생의 친구면 안 돼? 결혼 금기 조항이야?"

"그런 건 아니지만, 주위 사람들이 얽히는 관계는 피곤하지 않을까?"

"인간관계란 원래 다 피곤한 거야. 그러지 말고 잘 생각해 봐. 시은의 주위에 괜찮은 친구들 꽤 많을 것 같은데."

시우는 시은의 친구라면 망설일 것도 없이 해수가 제일 먼저 떠올랐다.

해수도 오겠구나…….

[새 가죽 핸들 나왔거든요. 샘플 보낼 테니 잘 부탁해요. 그리고 새로 나온 모델도 있는데 그건 모니터 좀 부탁하고요.]

해수는 거래처 사장 수혁에게서 걸려온 전화를 받고 있었다.

"네, 그러세요."

[손목 아프다는 건 좀 어때요? 요즘도 아파요?]

수혁의 목소리는 언제나 다정다감했다.

"아뇨. 지금은 괜찮아요."

[다행이다. 퀼트도 좋지만 건강이 우선이에요. 알죠?]

"고마워요, 고 사장님."

보빈의 유리문에 매달린, 은방울꽃처럼 나란히 줄지어 선 작은 은종들이 청아한 소리를 냈다. 아픈 기색이 역력한 정숙이 들어왔다.

"어, 원장님 오셨어요? 몸은 괜찮으세요?"

작업대에 앉아 퀼트하던 영은이 일어섰다. 놀란 해수는 서둘러 수혁과의 통화를 끝냈다.

"왜 내려오셨어요? 오늘 하루 쉬시라니까요."

해수의 집은 아파트 단지를 끼고 있는 4층짜리 상가 건물이었다. 1층은 보빈과 꽃집이었고 꼭대기 층이 살림집이었다. 가운데 두 층은 사무실로 임대를 주고 있었다.

"괜찮아. 방금 고 사장 전화였니?"

"네. 새 가죽 핸들이랑 새로 나온 모델 나왔는데 모니터 부탁한다구요."

"부지런도 해라. 고 사장은 대성할 거야."

정숙은 요즈음 수혁을 사윗감으로 찍어두고 해수에게 어필하고 있었다. 그는 동대문에서 퀼트 도매업을 하던 부모의 사업을 물려받아 미국, 일본 등지와 원단 무역을 직접 하는가 하면, 최근에는 지방에 가죽 핸들 공장을 세우는 등 부자재 제작 사업에도 뛰어들어 사업을 한창 번창시키고 있었다.

"저는 이상하게 고 사장님이 정이 안 가요."

영은의 툭 던진 말에 해수와 정숙의 관심이 쏠렸다.

"다정하고 키도 크고 다 좋은데 밥 먹고 양치질 안 한 것처럼 개운치가 않단 말이죠."

"뭐, 뭐?"

아픈 몸 때문에 미간에 잡혀 있던 정숙의 주름이 점점 깊게 파였다.

"속을 알 수 없다고나 할까요? 쬐끔 느끼한 것 같기도 하고……."

"쟤가 진중한 사람을 음흉한 사람으로 만들고 있네."

정숙의 말에 해수는 튀어나오는 웃음을 얼른 삼켰다.

"예에? 아, 아니에요."

"뭐가 아니야. 속이 시커멓고 느끼하다며."

"우리 작은 쌤을 좋아하는 줄 알았는데, 지난번에 어떤 여자랑 데이트하는 걸 봤단 말이에요."

영은은 억울하고 속상하다는 듯 말했다.

"바람둥이 같다는 거야?"

"아니, 꼭 그렇다기보다는 진심을 모르겠다 그거죠. 그런데 원장님, 바람둥이가 얼굴에 바람둥이라고 써놓은 건 아니잖아요."

너무 어처구니가 없어서 정숙은 실소를 터뜨렸다.

"아무리 사람 보는 눈이 없어도 그렇지, 고 사장은 절대 그런 사람이 아니야. 내가 어릴 때부터 봐와서 잘 알아. 효자도 그런 효자가 없어."

"효자랑 바람둥이는 아무 관계 없어요, 원장님."

"열린 입이라고……. 거래처 사람이겠지. 원래 이쪽 업계가 여자가 많잖아. 확실하지도 않으면서 그런 애먼 소리를 하면 안 돼."

영은은 입을 쏙 다물었다. 정숙의 수혁에 대한 각별한 애정을 아는 해수는 풀이 죽은 영은에게, 어차피 통하지 않을 얘기이니 이해하고 이쯤에서 끝내는 게 좋겠다는 사인을 보냈다. 그리고 정숙을 뒤에서 꽉 붙잡아 억지로 의자에 앉혔다.

"이제 그만 하시고 따뜻한 차 드세요. 금방 타올게요."

해수는 빠른 속도로 뒤쪽으로 뛰어갔다.

중천에 떠 있던 해가 서쪽으로 기울어갈 즈음, 겨울 조끼를 퀼팅하던 정숙은 약기운이 떨어진 듯 으슬으슬 한기가 일기 시작했다. 숄을 걸쳤지만 무용지물이었다. 금세 식은땀이 솟으며 온몸이 뜨거워졌다.

왜 이렇게 낫지 않는지, 여느 감기몸살과는 달리 오래가는데다 허리 안쪽의 통증에 점차 불길한 예감이 스며들었다. 정숙의 찌푸려진 얼굴이 오늘 등록한 초급 수강생에게 퀼트 기초를 가르치는 해수를 향했다.

"퀼트의 구성은 퀼트 톱(Top)과 뒷감[Backing], 그 사이에 넣는 솜[Batting]으로 이루어져 있어요. 여러 조각 원단을 이어 붙이는 피싱(Piecing/Patchwork), 배경 원단에 감침질, 혹은 공그르기로 조각 원단을 붙이는 아플리케(Appliqué), 피싱이나 아플리케로 만든 톱을 솜과 뒷감을 대고 누비는 퀼팅(Quilting)……."

"아!"

별안간 정숙이 옆구리를 움켜쥐며 허리를 접었다.

"엄마!"

해수가 뛰어가고 영은의 걱정 어린 시선이 뒤따랐다. 정숙은 이마에 땀을 흘리며 고통스러워했다.

"엄마, 안 되겠어요. 병원 가요."

"아니, 그 정도는 아니야. 으윽……."

통증이 쉽게 가시질 않는 듯 정숙은 한참을 힘들어하더니 결국 자리에서 일어났다.

해수가 바로 병원으로 가려고 차가 주차된 건물 뒤쪽으로 가려 했으나, 일단 집으로 올라가자는 정숙의 말을 끝내 거역하지 못했다.

건물 계단 청소를 하던 해수의 부친 종영이 해수의 부축을 받으며 계단을 올라오는 정숙을 보고는 놀라 빗자루를 팽개치고 뛰어내려 왔다.

"아무래도 그냥 감기몸살이 아닌 것 같아요. 병원에 갑시다, 박 원장."

"그래요, 엄마."

재차 병원에 가자고 부녀가 설득했지만, 정숙은 고개를 절레절레하며 완고했다.

"누가 네 엄마를 이기겠니? 쯧쯧."

결국 정숙은 안방 침대에 누웠다.

병원을 둘러싼 제법 가을 정취가 느껴지는 너른 정원에 땅거미가 내려앉았다.

시우는 저녁을 먹으려고 성민과 1년차 준하와 함께 병동을 나섰다.

"승제는?"

"차트 기록하고 있던데요?"

승제를 챙기는 시우 모습에 준하는 어제 인공 신실에서의 일을 아는 성민과 조심스러운 눈빛을 주고받았다.

"승제…… 도 부를까요?"

"우리 어디로 갈까?"

시우는 대답 대신 오히려 질문했다.

"매번 가는 곳 가는 거 아니에요?"

"준하야, 오늘 시우가 쏠 건가 보다."

시우의 생각을 간파한 성민의 말을 듣고 준하도 빠르게 눈치를 채고는 살포시 올라오는 미소를 감추지 않았다.

"분위기 좋은 곳이 생겼다는데 거기로 갈까요? 음식 맛도 좋

고 야경도 끝내준대요. 흠이라면 음식 값이 조금, 아주 조금 세
다는 거?"

"꽤 비싼 곳인가 보군. 하여튼 저 녀석은 기회를 놓치지 않아
요."

성민은 장난스럽게 빈정거렸다.

"승제한테 거기로 오라고 해."

"넵!"

시우의 말이 끝나기가 무섭게 큰 소리로 답한 준하는 싱글거
리며 휴대폰을 꺼냈다. 성민은 준하의 머리를 꼭 쥐어박고는 앞
서 걸어가는 시우를 향해 미소 지었다.

승제까지 합세한 시우 일행은 맨 꼭대기 층에 있는, 준하가
말한 분위기 좋은 레스토랑을 가기 위해 엘리베이터에 올랐다.

복도에 있는 화장실에 들르느라 일행보다 늦게 레스토랑으로
들어간 시우는 아무 손님도 없는 듯한 분위기에 그 자리에 멈춰
섰다.

분명히 영업은 하는 것 같은데…….

돌연 단아한 입매가 굳어졌다. 유일하게 한 테이블을 차지하
고 있던 남녀가 전혀 주위를 의식하지 않은 채 긴 소파에 나란
히 앉아 서로의 입술을 탐하고 있었다.

"소, 손님, 죄송합니다. 오늘 생일 이벤트 커플이 계셔서 다른
손님을 받지 못합니다. 알림판을 이제야 만들었네요. 다시 한
번 사과드립니다."

　뒤에서 들려온 목소리에 내리뜬 시우의 눈길이 꼼지락거리는 종업원의 손에 들려 있는 안내판에 닿았다.

　"기막힌 타이밍인데요? 저 낯 두껍게 키스하는 남자가 통째로 빌렸대요. 돈 좀 있다 이거죠. 도대체 저렇게 느끼하게 생긴 남자가 뭐가 좋다고, 쩝."

　어디서 나타났는지 준하가 퉁명스럽게 속닥거렸다. 시우의 눈이 키스하는 남자에게 닿았다. 담백한 얼굴은 아니지만 선이 굵은 남자답게 생긴 얼굴이었다.

　"가자."

　남의 연애 행각을 감상하는 취미는 없기에 시우는 돌아섰다.

　"정말 느끼하게 생겼죠?"

　"그런 말을 들으려면 저 정도는 돼야지."

　목을 쑥 뺀 준하는 호기심 가득한 눈으로 시우가 턱짓으로 가리킨 구석진 곳을 샅샅이 뒤졌다. 그곳에는 테이블이 아닌 준하의 전신을 담고 있는 벽거울이 떡하니 걸려 있었다.

　"으악, 선배님, 너무해요!"

　레스토랑에서 나온 네 사람은 근처 한식집에 자리를 잡았다.

　한상 가득 음식이 차려지고, 한참 저녁을 먹는데 시우에게 응급실 당직인 2년차 은지에게서 전화가 왔다.

　[선생님, 혹시 병원에 계세요?]

　"근처야. 괜찮아. 말해."

　[환자 한 분 봐주셨으면 해서요. 53세 남자 환자인데 만성신

질환으로 과장님께 외래로 폴로업(Follow-up)하는 분입니다. 약간의 의식 저하로 응급실에 내원하셨습니다.]

"응급 투석이 필요해?"

[외래 기록상으로는 과장님께서 입원 투석을 권유하셨는데 환자분이 거절하셔서 집에서 약만 드시고 계신 상태입니다. 지금 상황은 응급 투석이 필요한데…….]

은지의 목소리에 힘이 빠졌다.

[보호자분께서 과장님만 찾으십니다. 선생님께서 한번 만나 주시면 안 될까요?]

"알았어. 곧 갈 테니 기본적인 검사 하도록 해. 그리고 투석 준비도 해놔."

통화를 끝낸 시우는 곧바로 수저를 내려놓고 자리에서 일어났다. 흔히 있는 일이라 동료들의 별다른 반응은 없었다. 단지 준하가 잽싸게 나름 애교스런 미소를 띠며 계산서를 내밀고 있었다.

한국첨단대학병원 응급실.

분주하게 움직이는 사람들 속에 시우는 은지가 말한 환자 보호자와 막 상담을 끝냈다. 응급실 스테이션에서 초조하게 기다리던 은지는 시우에게 빠르게 다가갔다.

"투석하기로 했어."

기대했던 말을 듣자 은지의 표정이 보름달처럼 환해졌다.

“역시 선생님이세요!”

“신실 간호사에게 연락하고 투석용 삽관 확보해.”

“네!”

시우의 발이 의국을 향해 돌아서는데 한 중년 남자가 비슷한 연배의 여자를 업고 황급히 뛰어들어 왔다. 시우와 은지의 시선이 저절로 그들을 향했다. 연이어 창백한 얼굴로 뒤따라 들어온 긴 머리 여자에게 시우의 시선이 멈췄다.

해수⋯⋯?

뛰어가려는 은지보다 그녀의 팔을 붙잡은 시우의 손이 더 빨랐다.

“내가 갈게.”

응급실 베드에 누운 정숙을 보는 해수의 입술이 바짝바짝 말랐다.

해수는 여기까지 어떻게 왔는지 하나도 기억나지 않았다. 다급하게 그녀를 부르는 소리에 거실로 나갔을 때는 정숙을 업은 종영이 이미 신을 신고 있었다. 외투를 걸칠 경황도 없이 입은 트레이닝 차림 그대로 뛰어나왔다.

정숙은 몸을 제대로 펴지 못하고 극심한 고통에 시달렸다.

애가 타는 해수는 의료진을 찾아 고개를 이리저리 돌렸다. 그리고 다가오는 낯익은 눈빛과 부딪쳤다.

시우 오빠⋯⋯!

그 자리에 얼어붙은 해수 옆으로 시우가 다가섰다.

갑작스럽게 이루어진 근 4년 만의 해후(邂逅)였지만 눈길조차 부딪칠 여유가 없는 상황. 시우는 곧바로 정숙의 상태를 살폈다. 정숙에 대한 걱정으로 빠르게 뛰던 해수의 심장이 예정보다 빠른, 아니, 예상하지 못한 만남에 정처없이 쿵쿵거렸다.

"어디가 가장 아프세요?"

아파서 바로 눕지도 못하는 정숙은 시우의 질문에 바로 답하지 못하고 몸을 뒤틀었다. 얼른 정신을 추스른 해수는 다가온 은지와 간호사에게 시우의 옆자리를 내주었다.

눈부시게 밝은 조명, 병원 특유의 매캐한 소독약 냄새, 딱딱한 베드, 낯선 이 모든 것들이 고통에 힘들어하는 정숙을 더욱 두렵게 했다. 눈을 질끈 감고 신음을 흘리며 겨우 입을 열었다.

"흐음…… 오른쪽 옆구리……. 으음…….."

정숙의 말을 귀 기울여 들은 시우는 간호사에게 바이탈(Vital) 체크를 주문했다.

"혈압은 90에 60. 심박동 수는 분당 110회 정도 됩니다."

"체온은?"

"39.5도입니다."

진지한 시우의 표정 없는 얼굴이 해수를 불안하게 했다. 그는 정숙을 가까이 내려다보았다.

"언제부터 아프셨어요?"

"며칠 전부터 몸살 기운이 있으셨어요."

정숙 대신 해수가 답했다.

"평소 다른 지병은 없으셨나요?"

이번에는 종영이 답했다.

"원래 허약체질이라 잔병치레는 많은 편이지만 지병이라 할 만한 병은 없어요. 이렇게 아픈 것도 처음인데……."

"진찰 좀 하겠습니다."

시우는 가볍게 주먹 쥔 손으로 정숙의 허리를 두드렸다.

"아악!"

정숙은 비명에 가까운 소리를 지르며 고통을 호소했다. 해수의 눈가가 젖어들었다. 종영도 미간을 잔뜩 찌푸렸다.

시우는 차분하게 이학적 검사[Physical examination]를 시행하면서 질문을 이어갔고, 피 검사와 소변 검사가 시행되었다.

검사 결과를 기다리는 얼마간의 초조한 시간이 흐른 후, 시우는 응급실 스테이션에서 은지와 함께 결과를 확인했다.

"요로패혈증 초기 증상을 동반한 APN(급성신우신염)이야."

"네. 바이탈이 좋지 않으시네요. 좀 더 일찍 오셨으면 좋았을 텐데……. 어떻게 할까요?"

"탈수 증상이 심하시니 우선 노멀 세일린으로 충분히 하이드레이션(Hydration)*부터 하고, 혈액 배양 검사와 소변 배양 검사를 시행해. 그리고 항생제를 바로 사용하도록 해."

"추가 검사는요?"

"기본적인 방사선 촬영과 복부 초음파 해야지."

명료하게 오더를 내린 시우는 정숙이 누워 있는 베드를 향해

---

* Hydration:수분 공급

돌아섰다. 벨벳 트레이닝복을 입은 선연한 해수가 눈에 들어왔다.

진통제를 맞은 정숙은 아픈 증세가 어느 정도 가라앉은 듯 편안해졌다. 걸어오는 시우를 보며 검사 결과가 나온 것을 예감한 해수는 가슴이 두근거렸다.

"급성신우신염입니다. 요로패혈증 초기 증상도 있으시고요. 입원하셔야겠습니다."

종영의 입에서 탄식에 가까운 한숨이 터져 나왔다. 그 한숨 속에는 강제로라도 정숙을 진작 데리고 왔어야 했는데 하는 자책과 후회가 담겨 있었다. 그건 해수도 마찬가지였다.

해수와 종영은 시우에게서 병에 대한 자세한 설명을 들었다. 종영이 여전히 긴장한 얼굴로 물었다.

"완치는 되는 거겠죠?"

"네."

그제야 해수와 종영은 한시름 놓으며 마음을 가라앉혔다.

정숙은 내과 63병동 입원실로 옮겨졌다. 현재 빈 병실이 2인실 한 곳밖에 없어서 급성신부전증을 앓고 있는 다른 환자와 병실을 함께 쓰게 되었다.

"주치의 선생님에게 콜할까요?"

박정은 병동 간호사가 시우에게 물었다. 정숙의 주치의는 1년차 준하였다.

"아뇨. 오늘과 내일 오더는 제가 내겠습니다. 밤에 노티스(Noti

ce)*할 일이 생기면 저에게 연락 주십시오.”

정숙의 입원 절차가 대충 마무리되었을 즈음 시계는 자정을 넘어서고 있었다. 마음의 여유를 찾은 해수는 여태 옆을 지키고 있는 시우를 조심스럽게 돌아보았다.

깔끔하고 샤프한 외모 때문인지 하얀 가운이 무척 잘 어울렸다. 우윳빛 드레스 셔츠에 세련된 그레이 톤의 넥타이는 그의 성격을 보여주듯 빈틈없이 매어져 있었고, 머리 모양도 흐트러짐이 없었다. 힘든 수련의 과정일 텐데도 마른 편이던 체격은 오히려 더 다부져지고 건강해 보였다. 근사해졌다고나 할까…….

정숙의 이불을 고쳐 덮어준 종영이 시우를 보며 감사의 인사를 전했다.

“아닙니다. 당연히 해야 할 일을 했을 뿐입니다. 그리고 인사가 늦었습니다. 이시우라고 합니다. 시은의 오빠입니다.”

시우는 정중하게 고개를 숙였다.

해수의 대학 단짝이었던 시은을 정숙과 종영은 당연히 알았고, 시은에게 의사인 오빠가 있다는 것도 익히 들어 알고 있었다. 뜻밖의 만남에 두 사람의 커진 눈이 해수를 향했다. 해수는 어색하게 웃으며 고개를 끄덕였다.

“하하, 그러고 보니 시은이랑 닮았구면. 만나게 되어 반가워요.”

종영은 시우에게 손을 내밀었다. 침대에 누워 역시 반가움을

---

* Notice:통지

표한 정숙은 은근한 눈길로 시우를 살폈다. 아프고 경황이 없어서 제대로 보지는 않았지만 처음 봤을 때부터 눈에 띄는 준수한 외모라는 건 알았다. 시은이처럼 한눈에 척 봐도 귀태가 흘렀다. 그러나 시은은 살갑고 편한 반면 시우는 쉽게 다가갈 수 없는 차가움과 도도함이 느껴졌다.

"그럼 전 이만 가보겠습니다."

병실을 나가는 시우와 마냥 시우가 편하지 않은 해수의 시선이 엇갈리게 부딪쳤다.

시우가 나간 뒤, 종영은 늦은 시간을 의식해 해수에게 어서 집에 갈 것을 재촉했다.

"내일 숍도 열어야 하는데 얼른 가서 자라. 엄마 옆에는 내가 있을 테니 걱정하지 말고."

"제가 엄마 곁에 있을게요. 여기는 아빠가 주무시기에 불편하세요."

보조 침대가 딱딱한데다 옆 베드 환자와 간병인이 모두 중년의 아주머니들이었다.

"아니야. 엄마 옆에는 당연히 내가 있어야지."

종영은 이불 밖으로 나와 있는 정숙의 손을 보란 듯이 덥석 잡았다. 희미하게 미소 짓는 정숙도 종영이 있기를 바라는 눈치였다.

"알았어요. 누가 우리 엄마 아빠를 말리겠어요? 집에 가서 필요한 거나 챙겨올게요."

"아니야. 너무 늦었어. 그냥 오늘은 이대로 잘 테니 내일 갖고 와. 아니면 봐서 잠깐 교대해도 되고."

"네, 네. 알겠습니다. 그럼 소녀는 이만 물러가겠습니다."

졌다는 듯 해수는 미소 진 얼굴로 병실을 나갔다.

의사실에서 가운을 벗고 재킷으로 갈아입은 시우는 해수가 계속 머릿속을 맴돌았다.

이렇게 재회하려고 그 꿈을 꾼 것일까…….

끈이 긴 가죽 백을 크로스로 두르고 복도로 나갔다. 저만치 엘리베이터 앞에 해수가 서 있는 게 보였다. 그녀는 한층 한층 불을 밝히는 엘리베이터의 숫자를 올려다보고 있었다.

해수도 시우 생각을 하고 있었다. 그렇게 보고 싶어 일부러 그의 주변을 서성였을 때는 그림자도 볼 수 없더니 전혀 생각지도 못한 상황에서, 그리운 감정도 이제 무뎌진 이 시점에서 그를 만났다. 사람의 인연이란…….

다가오는 인기척에 무심코 고개를 돌린 그녀는 시우와 눈이 마주쳤다. 심장이 팔딱 튀어 편하게 대하자 속으로 되뇌며 다가선 그에게 미소를 지어 보였다. 그리고 도착한 엘리베이터가 빨리 열리기를 기다렸다.

텅 비어 있는 엘리베이터에 해수가 먼저 오르고 시우가 뒤따랐다. 문이 닫히자 해수는 시우의 존재감에 엘리베이터가 꽉 찬 듯했다.

"잘 지냈니?"

"네. 오빠도 잘 지냈어요?"

시우는 짧게 고개를 끄덕였다. 바로 아래층부터 사람들이 오르내리기 시작해 두 사람의 대화는 더 이뤄지지 않았다.

옷이라도 제대로 입고 오는 건데, 자신의 차림새를 쓱 훑어본 해수는 완전 민얼굴인 얼굴에 손을 가져다 댔다.

시우는 거울에 비치는 해수의 섬세해진 옆얼굴을 지켜보고 있었다. 아기 볼처럼 포동포동했던 얼굴은 갸름해졌고, 흐른 세월만큼 길어진 탐스러운 머리카락과 긴 속눈썹에 가려진 깊이 있는 까만 눈동자는 그녀를 성숙한 여인으로 탈바꿈시킨 듯 활달했던 귀여운 이미지보다는 꾸미지 않은 여성스러운 매력이 묻어났다. ……아름다운 여인이 되어 있었다.

엘리베이터에서 내린 두 사람은 일정한 거리를 두고 정문으로 향했다.

해수는 아직 시우에게 고맙다는 인사를 하지 못한 것을 깨닫고 앞서 걷는 그를 주시했다. 첫사랑을 만나면 실망하는 경우가 많다고 하던데 웬걸, 시우는 더 멋있어졌다.

회전문을 통과한 시우가 걸음을 멈추는 게 보였다. 해수는 서둘러 회전문을 밀고 나갔다.

"오늘 고마웠어요."

해수에게 잘 가라는 말을 하려고 걸음을 멈췄던 시우는 뚝 떨어진 기온에 어깨를 움츠리는 그녀를 돌아보았다. 깊은 가을밤

을 물들인 알록달록한 나뭇잎들이 쌀쌀해진 바람을 타고 두 사
람 사이로 사그락사그락 파고들었다.
　"데려다 줄게."
　"차 가지고 왔어요."
　가볍게 고개를 끄덕인 해수는 그녀에게 무척 잘 어울리는 긴
머리카락을 흩날리며 빠르게 시우의 시야에서 벗어났다.

입원 기간 동안 필요한 것들을 커다란 가방에 챙긴 해수는 이른 아침 공기를 마시며 병원에 도착했다.

밤잠을 설친 얼굴빛을 지우고 한껏 미소 지은 얼굴로 병실 문을 여니, 방금 욕실에서 씻고 나온 듯 앞머리에 물기가 묻은 종영이 반갑게 맞았다. 그는 옆 베드 사람들과 밤새 친해졌는지 스스럼없이 대화하고 있었다. 정숙은 간밤에 잘 잔 듯 혈색이 좋아 보였다.

종영과 정숙에게 인사한 해수가 옆 베드를 향해 꾸벅 고개를 숙이자, 해수를 관심있게 보던 간병인이 기다렸다는 듯 인사를 받았다.

“따님이 참 미인이네예. 요새 그 화장품 광고하는 그 아 닮았다야. 이름이 조 머시기인데, 그 소리 많이 듣지예?”

경상도 사투리를 쓰는 간병인은 해수의 하나로 묶어 올린 머리에서부터 롱 스웨터와 레깅스, 롱부츠를 신은 다리까지 전신을 훑어보았다.

“딸 하나라예?”

“네.”

“아이고, 이리 이쁜 외동딸 시집보낼라 카모 아깝것다. 하긴 요새 그런 게 어디 있노. 데릴사위를 봐도 되고, 또 요새는 저것들이 편할랄꼬 처가 가까이 살라 칸답미더.”

종영과 정숙은 대꾸 대신 소리없이 웃었다.

병실 문이 열리며 아침 식사가 도착했다. 해수는 정숙과 종영이 식사를 마칠 때까지 기다렸다가 그들에게 따뜻한 물을 건넸다.

“그만 가봐. 숍 열어야지.”

“좀 늦을 거라고 영은 씨에게 연락했어요.”

“오늘은 백화점 문화센터 수업도 있잖아. 여기 일은 신경 쓰지 말고 가서 일봐.”

“제가 누구 딸인데요, 걱정하지 마세요. 홋.”

똑똑 노크 소리가 들리고 시우와 은지, 준하가 들어왔다.

이달부터 4년차들이 전문의 시험 준비에 들어가, 3년차인 시우가 치프가 되어 회진을 돌고 있었다.

해수는 얼른 식판을 들고 복도로 나갔다. 다시 병실로 돌아왔을 때는 옆 베드 환자를 먼저 본 시우가 정숙에게로 돌아서고 있었다.

"편히 주무셨습니까?"

눈을 맞추며 물어오는 시우를 향해 정숙은 고개를 끄덕였다.

"통증은 어떠세요?"

"어제보다는 좋아진 것 같아요."

"곧 좋아지실 테니 너무 걱정하지 마십시오. 불편하신 데 있으면 바로 말씀하시구요."

병실 문을 향해 가던 시우는 침대 뒤쪽에 서 있는 해수와 눈인사를 주고받았다.

시우는 얼마 지나지 않아 스태프 회진 때 재차 정숙의 병실을 찾았다. 문화센터 수업 시간이 가까워져 돌아갈 채비를 하던 해수는 우르르 들어온 의료진 속에서 시우가 한눈에 들어왔다. 의식되긴 했지만, 어제보다는 훨씬 얼굴 보기가 편해진 것을 느꼈다. 다행이었다.

스태프 회진이 끝난 시우는 스테이션에서 차트를 살폈다.

"내 말 맞죠? 진짜 예쁘죠?"

"그래, 담당 환자 보호자가 예뻐 좋겠다. 잘해봐."

"지금 누구 얘기하는 거예요?"

성민과 준하가 주고받는 대화에 은지가 끼어들었다.

"2호실 박정숙 환자 보호자요. 딸 같아요."

준하의 대답에 시우의 귀가 쫑긋했다. 하지만 짐짓 모른 체했다.

어젯밤 정숙이 입원할 때 있었던 박정은 간호사와 은지가 시우를 힐끔 쳐다보았다.

"이시우 선생님 아시는 분이야."

은지가 말조심하라는 뜻으로 준하에게 낮게 말했다. 준하는 오히려 반색하며 차트만 뚫어지게 보는 시우에게로 고개를 쑥 내밀었다.

"정말이세요?"

시우는 대꾸하지 않았다. 어떤 정보라도 좋으니 한마디만 던져 달라는 애절한 표정을 짓는 준하가 안타까워 성민이 거들었다.

"애인 있는지 없는지만 말해줘. 준하 목 빠지겠다."

시은에게서 가끔 해수의 안부 정도는 듣고 있었다. 애인 있다는 말은 듣지 못했는데…….

시우가 고개를 들자 사람들의 시선이 일제히 쏟아졌다. 말을 안 해서 그렇지 모두 해수에게 관심이 많은 듯했다. 특히 남자 레지던트들의 눈빛이 예사롭지 않았다. 예쁜 환자나 보호자가 있으면 흔히 있는 일이기에 새삼스럽지는 않았다. 다만, 그 대상이 해수라는 게 좀 걸릴 뿐이었다.

"몰라."

시우의 짧은 한마디에 모두 실망스러움을 감추지 않았다. 준하는 혹시나 하는 마음에 시우에게 좀 더 가까이 다가갔다.

"선배님과 각별한 사이인 건 아니죠?"

"시우가 여자에게 관심있는 거 봤어?"

시우가 답하기도 전에 성민이 말했다. 은지도 시우의 시선을 피해 어젯밤 분위기로 봐선 그건 아니라는 제스처를 했다. 마음이 놓인 준하는 특유의 유들유들함을 발휘하며 넉살을 떨었다.

"저런 여자 분이 옆에 있는데도 선배님이 혼자이신 걸 보면 역시 눈이 저 하늘에 계신 거예요."

동료들의 얼굴에 준하만이 할 수 있는 겁도 없는 소리라는 표정과 절대적으로 동의한다는 표정이 교차했다.

시우는 동료들이 어떻게 생각하든 관심없었다. 그는 지금 준하의 말에 해수가 고백한 그날이 떠올라 잠시 그때로 돌아가 있었다.

"온다, 온다."

해수가 병실에서 나온 모양이었다. 모두 아무 일 없었다는 듯 각자의 일에 열중하는 척했지만 해수의 동선을 따라 호기심 어린 시선들을 보내고 있었다.

시우도 엘리베이터로 향하는 해수의 뒷모습을 쫓았다. 일부러 그러려고 애쓰는 건지 아니면 정말 깨끗하게 잊어서인지 그를 대하는 그녀의 태도는 태연하다 못해 무덤덤하기까지 했다. 시우의 입가에 자조적인 미소가 그려졌다.

당연한 거잖아, 이시우.

✻

해수는 작업대에 앉아 내년 정기 전시회에 출품할 대형 작품을 만들고 있었다. 그러나 아픈 정숙과 이틀째 병원에서 잠을 잔 종영 생각에 집중되지 않았다.

바늘을 내려놓고 이번 달 코튼타임(퀼트 간행물)을 펼쳤다. 하지만 역시 책 내용이 눈에 들어오지 않았다.

패키지 상품을 정리하던 영은이 그런 해수의 마음을 읽었다.

"늘 느끼는 거지만, 우리 원장님과 사장님 금실은 정말 좋으신 것 같아요. 전 사장님 보면 이상적인 남편상 같아요."

영은은 딱히 직함이 없는 종영을 사장님이라고 불렀다.

"이상적인 남편상?"

"네. 서로 높임말 쓰시는 것도 그렇고, 원장님을 진심으로 배려하시는 마음도 그렇고요. 보빈의 시작이 퀼트에 푹 빠진 원장님을 위해 사장님이 손수 만들어주신 작업실이라면서요. 게다가 우리 사장님, 외조의 왕이시잖아요. 남자들 말만 그렇지, 막상 자기 아내가 일을 가지게 되면 육아는 둘째 치고 가사 분담도 나 몰라라 한대요. 지금이야 사장님은 퇴직하셨고 우리 원장님은 퀼트 계에서 알아주는 선생님이 되셨으니 당연한 거 아니냐고 쉽게 말하겠지만, 남자들 퇴직해도 여전히 집에서 손가락</p>

하나 까닥하기 싫어한대요. 그런데 우리 사장님은 집에서 앞치마 두르고 살림도 잘하시잖아요.”

그건 해수도 공감하는 부분이었다. 그녀 또한 결혼 후에도 작품 활동을 계속할 생각이기에 장래 남편은 퀼트에 대한 그녀의 애정을 일로써 이해하고 존중하며 배려하는 사람이면 좋겠다는 생각을 하고 있었다.

“영은 씨, 그런 맥락에서 보면 엄마의 바람대로 고 사장님만 한 분이 없는 것 같기도 해. 그렇지?”

“양반은 아니신데요?”

“응?”

유리문에 달린 종소리가 울리더니 캐주얼 정장 차림의 수혁이 들어왔다. 시큰둥한 영은을 향해 작은 웃음을 터뜨린 해수는 가죽 핸들이 담긴 상자를 든 수혁을 맞았다.

“직접 가지고 오셨어요?”

“해수 씨도 보고요. 점심 먹었어요?”

“아직 전이에요.”

“잘됐네요. 밥 먹으러 가요. 그런데 원장님이 안 보이시네요? 벌써 점심 드시러 가신 건가?”

수혁은 주위를 두리번거렸다.

“엄마, 입원하셨어요.”

“네?”

정숙의 입원 소식을 들은 그는 매우 놀랐다.

“당장 병문안부터 다녀와야겠어요. 점심은 다녀와서 먹어요.”

“저도 같이 가요.”

일도 손에 잡히지 않는데 해수는 그편이 나을 듯했다.

시우는 63병동 스테이션에서 환자 기록을 찾고 있는 윤 과장을 발견했다.

“과장님, 신장 이식 대기 환자 이말연 환자 말입니다.”

“응.”

“처음에는 언니분이 신장을 공여한다고 했는데 심적 변화가 생겼습니다. 환자는 현재 투석 거부 상태고 이식만을 원합니다. 언니분께 공여 이후 의학적으로나 실생활에서나 전혀 문제없다고 거듭 설명했음에도 갈등하고 있습니다. 아무래도 당장 이식은 힘들 것 같습니다.”

윤 과장은 낮은 한숨을 내쉬었다.

“이런 경우가 처음은 아니지. 언니보다는 형부와 조카들이 반대할 거야. 흠, 힘들 것 같구먼. 당분간만이라도 투석할 수 있도록 환자를 설득해 봐.”

“알겠습니다.”

시우는 착잡한 마음을 삼켰다.

수혁과 함께 엘리베이터에서 내린 해수는 심각하게 대화를 나누는 시우와 윤 과장 옆을 지나갔다. 두 사람의 대화 내용은

들을 수 없었지만, 시우의 얼굴이 진지하게 굳는 건 느낄 수 있었다.

6층에 마련된 야외 휴식 공간으로 나간 시우는 난간에 기대어 멀리 희끄무레한 하늘을 올려다보았다.

그는 잘못된 의료 상식으로 인해 신장 기증을 피하는 공여자들이 많은 현실이 안타까웠다. 신장 이식의 성공률은 상당히 높은 편이고 공여자 또한 생활하는 데 아무 지장이 없음에도 나아지지 않았다. 의식의 변화가 좀 있는 듯했지만 실질적인 변화는 아직도 먼 이야기. 시우는 길게 숨을 내쉬었다.

불쑥 종이컵 하나가 시우의 시야를 가렸다.

"블루마운틴이에요."

목소리 주인은 해수였다.

"커피 전문점에 내려갔다가 병동 선생님들이 생각나서 커피랑 도넛 좀 샀어요."

"여기 있는 거 어떻게 알았어?"

"멀리서도 눈에 확 띄던데요?"

해수의 농담에 입가에 작은 미소가 어린 시우는 블루마운틴을 한 모금 마셨다. 입안 가득 커피 향이 번지고 가슴속까지 그윽한 향이 퍼지자 답답한 속이 조금은 풀리는 듯했다.

"병실에 손님이 계세요. 먼저 들어가 볼게요."

"응. 커피, 고마워."

돌아서는 해수를 쫓아 시선을 옮기던 시우는 그녀의 카디건 어깨에 붙은 실오라기를 발견했다. 변함없는 그녀의 모습에 그도 모르게 입꼬리가 부드럽게 말려 올라갔다.

아무 생각 없이 실오라기를 떼어내는 순간, 찌릿하며 강한 정전기가 일었다. 두 사람은 동시에 움찔했다. 홱 뒤돌아본 해수가 시우의 손에 잡혀 있는 실오라기를 보고 민망한 듯 눈살을 찌푸렸다.

"나 여전히 칠칠치 못하죠?"

해수는 생긋 웃었다. 그녀의 변하지 않은 또 다른 모습인 해사한 미소 앞에 시우는 대답할 말을 빨리 찾지 못했다. 그사이 그녀는 병동으로 들어갔고, 그녀가 떠난 자리에는 시우의 눈길이 머물렀다.

해수만 다녀가면 조각 원단과 실오라기가 빌라 여기저기에 돌아다녔었다. 그런 걸 질색하는 그의 성격을 아는 해수와 시은은 퀼트한 후에는 꼭 청소를 했었지만, 원단과 실의 특성상 완벽하게 치운다는 건 어려운 듯했다. 그래서 실오라기와 조각 원단은 언제부터인가 오늘도 해수가 다녀갔다는 그녀만의 방문 징표가 되었다. 목마른 사람이 우물 판다고, 아쉬운 자신이 한 올 한 올, 한 조각 한 조각 치우곤 했었다. 만든 완성품이나 원단을 보면 감탄을 하기도 했지만, 청소할 때만큼은 눈을 부릅뜨고 도저히 이 취미는 이해할 수 없다며 고개를 저었었다.

회상에 젖은 아련한 눈빛의 시우는 어느새 불어오는 가을바람을 여유롭게 맞으며 블루마운틴을 마셨다.

병원 복도를 걸어가는 해수는 그녀가 기억하는 시우의 방을 떠올리고 있었다.

윤이 날 정도로 반짝이는 책상과 질서정연하게 빼곡히 두 벽을 가득 채운 책, 먼지 한 톨 없이 일렬로 나열된 장식용 조각품과 반듯하게 정리된 침대 시트……. 한마디로 그의 방은 깔끔함의 진수를 보여주는 공간이었다. 처음에는 도우미 아주머니가 무척 일을 잘하시는 분인가 보다 생각했었다. 하지만 시은의 방을 떠올려 보면 그것도 아니었다. 그래서 혹 시우가 결벽증이 있는 건 아닐까 의심하기도 했고, 그가 만약 보빈에 온다면 마스크를 쓰고 오지 않을까 상상하기도 했다.

그래도 그를 좋아했었다. 그 정갈한 방에서 열심히 공부하는 모습은 해수의 심장을 여러 번 두근거리게 했다. 시은과 둘이 커피를 마실 때면 으레 블루마운틴을 내렸었다. 그리고 시은을 대신해 딱 한 번 시우의 책상에 커피를 가져다준 적이 있었다. 그때를 생각하면 지금도 떨려왔다. 마치 그의 아내가 된 듯했으니까.

어느새 2호실 앞에 다다른 해수는 새록새록 떠오르는 추억을 접고 병실 문을 열었다.

"그럼 해수 씨 점심 먹여서 숍에 데려다 주겠습니다."

정숙과 재미나게 대화하던 수혁이 들어오는 해수를 보며 자리에서 일어섰다. 어리둥절해하는 해수를 향해 정숙이 밝게 말했다.

“점심도 안 먹고 왔다며? 고 사장이랑 맛있는 거 먹고 들어가.”

“아니에요.”

“고 사장 여기 온다고 점심도 못 먹었다는데 그러면 안 되지.”

알게 모르게 눈에 힘을 주는 정숙이었다. 옆에서 지켜보던 종영도 해수를 위해 그렇게 할 것을 권했다.

병동으로 돌아온 시우는 2호실에서 나오는 해수와 수혁을 보았다. 해수는 시우를 보지 못한 채 수혁과 정답게 대화하며 걸어갔다. 그들의 다정한 모습을 물끄러미 보던 시우의 눈이 수혁에게 고정되었다.

저 남자는……!

다음날, 윤 과장의 오전 회진이 시작되었다. 내과 의료진들과 함께 병실 복도를 지나가던 시우는 맞은편에서 양손에 물통을 쥐고 걸어오는 해수를 보았다. 그녀는 오늘 블라우스에 하얀 허벅지와 매끈한 종아리를 돋보이게 하는 랩 미니스커트를 입고 있었다.

그 남자와는 어떤 사이일까?

어제 일이 떠올라 시우는 해수에게서 눈을 떼지 못했다. 불현듯 가는 발목까지 이어진 그녀의 예쁜 다리 곡선이 한눈에 들어와 목이 칼칼했다.

황급히 시선을 돌리는데 가뜩이나 해수에게 관심이 많은 동료들의 눈이 일제히 그녀에게 쏠려 있는 게 보였다. 몇몇 끈끈한 눈빛은 묵례하고 지나가는 그녀를 집요하게 따라붙었다. 순식간에 알 수 없는 불쾌함에 사로잡혔다.

주위에 남아도는 게 원단이면서 길게 좀 입을 수 없나?

간호사에게 오더를 내리는 시우 곁으로 준하가 다급하게 다가섰다.

"아침에 신조직 검사를 시행한 심은숙 환자, 검사한 부위에 통증이 점점 심해지고 있습니다."

"바이탈(Vital)은?"

"혈압은 괜찮은데 통증 때문인지 하트 레이트(Heart rate)가 빠릅니다."

"차트 줘봐."

시우는 빠르게 차트를 살폈다.

"헤모글로빈(Hemoglobin)은?"

"조직 검사 전과 큰 변화는 없습니다."

6호실로 뛰어가는 시우를 따라 준하도 허겁지겁 뒤따랐다.

운동 삼아 천천히 병원 복도를 걷던 정숙과 링거 대를 밀던 종영은 달려가는 두 사람을 눈으로 좇았다.

"의사도 참 힘든 직업이구먼."

"그러게 말이에요."

"박 원장, 이시우 선생 말이에요. 사람이 참 믿음직하고 괜찮아 보이지 않아요?"

"그래 보여요."

"시은을 봐도 그렇고 가정교육도 잘 받은 것 같아요."

"집안이 보수적이고 가부장적이라고 들었어요."

"그래요?"

"네. 종손 집안이라고 했던가? 하여튼 집에 제사가 많다더라고요."

"부친께서 종합병원 병원장이라고 하지 않았어요?"

"네. 대전에서 꽤 유명한 병원이라더군요. 그런데 왜요? 이시우 선생, 사윗감으로 탐나세요?"

"한두 번 보고 그 사람을 다 알 수는 없지만, 우리 나이쯤 되면 첫인상만 봐도 대충 감이 오잖아요."

"그렇죠. 그런데 그런 집안은 어렵고 힘들어요. 이시우 선생도 그렇고요. 난 좀 편한 사람이 좋아요. 그러면서도 능력있는 고 사장 같은 사람이요."

종영은 수혁이 조건으로는 어떨지 몰라도 사람에 대한 느낌은 그렇게 썩 좋지 않았다. 눈빛은 마음의 거울이라고 생각하는데 수혁의 눈빛이 맑아 보이지 않았던 것이다. 해수와 혼담이 오가는 것도 아니고 단지 정숙의 바람일 뿐이니 내색하진 않고 있었다.

"그런데 당신, 해수 시집 안 보낼 거라고 하지 않았어요?"

정숙은 종영을 놀리듯 곱게 흘겨보았다.

"하하! 그러게 말이에요. 그런데 막상 해수가 결혼할 때가 됐다 싶으니까 딸 가진 부모 마음이 다 그런 건지, 괜찮은 청년을 보면 일단 사윗감으로 생각해 본다니까. 허허."

"그건 저도 그래요."

"우리가 이러면 뭐 하겠어요. 제일 중요한 건 우리 딸 마음이지."

"그렇긴 하죠. 하지만 우리 해수, 부모 말 들어 나쁠 것 없다는 거 잘 아는 착한 딸이에요. 누가 되었든 우리가 적극적으로 밀면 아마 할 거예요."

"글쎄……."

"엄마!"

갑자기 들려온 딸의 목소리를 찾아 정숙과 종영은 고개를 돌렸다. 엘리베이터가 있는 쪽에서 벨벳 원피스 위에 재킷을 걸친 해수가 걸어오고 있었다.

"숍은 어쩌고?"

"문화센터 저녁 수업 가기 전에 들렀다가 가려고 조금 일찍 나왔어요."

"작은 쌤이라도 숍을 잘 지켜야지 우리 이러다 문 닫는 거 아니니?"

“걱정 붙들어 매세요.”

곱살스럽게 정숙의 팔짱을 낀 해수는 숍에서 있었던 일들을 재잘재잘 늘어놓기 시작했다. 그런 해수를 향한 정숙과 종영의 눈에는 사랑이 넘쳐흘렀다.

6호실 응급 환자를 살피고 준하와 다시 병동 스테이션으로 돌아오던 시우는 2호실로 막 들어가는 해수를 보았다. 그리고 이어 자신의 앞을 지나가는 수혁을 보았다. 또다시 병문안을 온 듯 그의 목적지는 2호실이었다. 수혁의 방문은 확실히 시우의 신경을 거슬렀다. 옆에서 성민과 준하의 대화가 들려왔다.

“준하야, 네가 말한 2호실 이쁜이 보호자 말이야. 좀 전에 지나갔는데 하는 짓도 애교스럽더라.”

“그럼 지금 병실에 있어요?”

좀 전까지 환자 때문에 전전긍긍하던 준하의 얼굴에 화색이 돌았다.

뭐야, 또 해수 이야기?

“김준하 선생.”

시우의 목소리가 근엄하게 착 가라앉았다.

“네?”

“미결 차트가 많던데 정리 좀 하지?”

까닭은 모르겠지만 냉랭하게 변한 시우를 급파악한 준하는 날쌔게 차트 쪽으로 몸을 움직였다.

병실 복도를 지나가던 시우는 문이 열려 있는 2호실을 쳐다보았다. 가을 햇살을 등진 채 보호자 의자에 앉아 있는 해수가 보였다. 그녀는 누워 있는 정숙과 담소를 나누며 퀼트를 하고 있었다. 그 모습이 무척 단아하면서도 고왔다. 대학 시절, 명랑하기만 하던 그녀가 오늘처럼 느껴졌던 적이 있었다.

크리스마스 시즌을 앞둔, 본과 2학년 2학기 기말고사가 끝난 날이었다. 며칠째 밤샘 공부로 스르르 감기는 눈을 간신히 뜨고, 눈이 녹아 질척이는 교정을 빠르게 빠져나와 빌라로 향했다.

현관으로 들어서니 열린 시은의 방문 너머로 바닥에 앉아 퀼트하는 해수가 보였다. 그녀의 무릎 위에는 눈 내리는 호수 위에서 스케이트를 타는 산타가 아플리케된, 크리스마스 침대보가 넓게 펼쳐져 있었다. 때마침 눈을 녹이고 창을 넘어온 햇살이 그녀의 머리카락과 고운 등선을 타고 마지막 빛을 발하며 부서졌다. 추운 바깥 날씨 때문에 더욱 아늑하고 따뜻하게 느껴지는 방 안, 그 한가운데 해수가 그림처럼 앉아 있었다, 지금처럼……. 그리고 그때처럼 바느질을 멈춘 그녀가 돌아보았다.

쿵쿵 심장이 뛰었다.

별안간 휴대폰 벨소리가 울려 화들짝 놀란 시우는 황급히 휴대폰을 찾아들었다.

[이번 주말에 바쁘니?]

대전에 있는 모친 선자의 목소리가 들려왔다. 시우는 이내 마음을 가라앉혔지만, 이어 들려온 전화 내용에 뒷목이 뻐근했다.

용건은 다름 아닌 선을 보라는 것.

"그럴 시간 없습니다."

선자는 곧 4년차가 되는 시우가 전문의 시험도 봐야 하고, 수련의가 끝나면 군의관이나 공중보건의로 군 복무도 해야 해서 내년 봄에는 꼭 결혼시켰으면 했다. 게다가 1, 2년차 때는 거의 병원에서 살다시피 했지만, 올해부터는 매일 출퇴근하는데다 텅 빈 넓은 빌라에 혼자 사는 것도 영 마음에 걸렸다.

[선보기 싫으면 석영이를 진지하게 생각해 보든가. 같은 병원에 있으니 연애하기도 좋고 직업도 같으니까 서로 잘 이해할 거 아니냐.]

석영은 일반외과 레지던트 1년차로 부모님끼리 꽤 친분이 두터운 사이였다. 하지만 시우는 석영과 병원에서 일 관계로 몇 번 본 게 전부였고 호감조차 없었다.

"지금 바쁩니다. 이만 끊을게요."

싸늘한 얼굴로 휴대폰을 닫았다. 당신처럼 현모양처인 며느리를 원할 줄 알았는데…….

가풍의 영향일지는 몰라도 시우는 어릴 때부터 항상 단정한 모습으로 가족을 챙기고 살림하는 가정적인 어머니 선자의 모습이 좋았다. 가화만사성(家和萬事成)이라는 집안의 가훈처럼 아버지 태호 또한 가정의 화목을 으뜸으로 생각했고 실천하는 분이었다.

시우의 눈이 다시 해수를 찾았다. 그녀는 뿌듯함이 담긴 환한 미소로 정숙에게 완성된 탑을 들어 보이고 있었다. 어디 창문이라도 열려 있는지 서늘한 가을바람이 시우의 가슴을 횅하니 뚫고 지나가는 듯했다.

시우는 꼭 닫혀 있는 병실 맞은편 유리창으로 고개를 돌렸다. 가을빛에 물들고 솔솔 이는 바람에 흔들리는 나무숲이 눈 아래에 펼쳐져 있었다.

이시우, 너도 가을을 타나 보다.

"박정숙 환자 혈액 검사 결과가 나왔습니다."

신실 회진을 마치고 병동으로 올라온 시우에게 준하가 다가섰다. 컴퓨터 모니터 앞으로 간 시우는 검사 결과를 찬찬히 살폈다.

"이제는 열도 나지 않고 통증도 없으세요. 혈압도 정상으로 유지되고 있습니다."

"먹는 항생제로 바꿔."

"오늘 저녁부터 바꾸겠습니다."

"혈소판 감소증이 심해 걱정했는데 정상으로 회복되었군. 내일이면 퇴원해도 될 것 같다. 외래는 다음 주에 내 외래로 보내줘."

"알겠습니다. IV(링거 주사)는 어떻게 할까요?"

“당연히 제거해야지. 내가 가서 제거하고 퇴원에 대해서도 말씀드릴게.”

시우는 즉시 정숙에게 가려고 했다.

“지금 2호실로 가시게요?”

“응. 왜?”

생각하면 속이 쓰리다는 듯 인상을 찌푸린 준하는 주위를 의식해 목소리를 낮췄다.

“지금 병실에요, 어떤 남자가 와 있거든요. 그 남자, 이쁜이 보호자의 애인 같아요. 에이!”

해수의 애인?

“매일 오다시피 하는 남자가 한 명 있는데 오늘은 화분까지 들고 왔더라고요. 저의 동물적인 직감으로 봤을 때, 사장님이라는 호칭을 쓰고 있지만 각별한 사이임이 틀림없어요. 집안에서 인정하는 연인 사이 같아요. 그러니까 병문안도 뻔질나게 오고 환자 앞에서도 전혀 어색하지 않게 다정하게 얘기하죠. 하긴 그 미모에 애인이 없을 리 없죠.”

설마 또 그 남자?

“그런데 그 남자 느끼하게 생긴 게 낯이…… 아!”

준하는 이제야 레스토랑을 통째로 빌렸던 남자가 떠올랐다.

“잠깐, 잠깐……. 그때 여자는 이쁜이 보호자가 아니었는데……. 선배님, 기억하시죠? 그때 그 키스하던 남자잖아요. 그럼 뭐야? 혹시 양다리?”

시우는 딱딱하게 굳은 얼굴로 곧장 2호실로 향했다.

사장님이라는 호칭을 쓴다면 친척도 아닐 테고, 이쯤 되니 시우의 예리한 직감도 눈치가 빠른 준하의 추측과 비슷한 결론에 도달했다.

병실 문고리를 잡으려는데 침착하라는 듯 전화벨이 울렸다. 시은이었다.

[이번 주말에 서울 갈 거야. 신혼집 인테리어가 끝났대. 가구부터 하나씩 들이려고.]

"응. 시은아……."

[응?]

"혹시 해수……."

[해수?]

뜻밖에 시우 입에서 나온 해수 이름에 시은이 의아해했다.

"사귀는 사람 있니?"

[난데없이 그게 무슨 소리야? 해수 만났어?]

"길게 말할 시간 없어."

[없어.]

"확실해?"

[적어도 내가 아는 한은 그래. 근데 또 모르지. 자주 못 만나니까 최근에 만나는 사람이 생겼는지도. 근데 왜?]

지금 시은에게 애인 있는 남자와 해수가 사귀는 것 같아서라고 말하기엔 경솔함이 있었다.

[오빠?]

"서울 와서 봐."

직접 확인하면 될 터, 휴대폰을 닫은 시우는 거리낌없이 2호실 문을 열었다. 그러나 병실에는 준하의 말과는 달리 정숙과 종영 둘뿐이었다.

그 순간, 시우의 시선을 사로잡은 심장을 닮은 꽃 안투리움……. 그 남자가 사 온 꽃 화분인 듯했다. 꽃말이 순정, 순수한 마음이었던가.

시우는 무표정한 얼굴로 정숙의 베드 옆에 있는 안투리움 앞으로 걸어갔다.

"꽃은 환자에게 해롭습니다."

이게 무슨 소린가. 정숙이 베드에서 천천히 일어났다.

"공기 정화를 해주는 꽃이라고 고 사장이 일부러 사 왔는데……."

"꽃은 알레르기를 유발할 수 있고, 알레르기 환자에게는 치명적일 수 있습니다."

시우는 덥석 화분을 들었다. 당황한 정숙의 눈빛이 종영을 향했다.

"나도 썩 내키지 않았어."

정숙의 눈길을 질끈 외면하며 입을 팔자로 꾹 다문 종영은 갖고 가라는 뜻으로 고개를 끄덕였다.

시우가 돌아서자 언제 따라왔는지 준하가 문 앞에서 병실을 예의 주시하고 있었다.

준하는 시우가 건네는 화분을 얼떨결에 받아 들었다.

"치워 버려."

"……!"

낮은 목소리로 말한 시우는 의기양양하게 스테이션을 향해 걸어갔다.

"저, 선배님! 퇴원 소식 전하려 오신 거 아니었어요?"

아차! 시우는 머리끝이 쭈뼛 섰다. 짧게 호흡을 고르고 미간에 잔뜩 힘을 준 채 팩 돌아섰다.

"주치의 하는 일이 뭐야?"

"예에?"

준하는 너무 어이없어 입을 떡 벌렸다. 시우는 고갯짓으로 빨리 들어가 전하라는 사인을 보내고 빠르게 그 자리를 벗어났다. 안투리움의 또 다른 꽃말인 번뇌를 되뇌며……

정숙의 퇴원 소식을 전해 들은 해수는 퇴근길에 그동안 수고한 의료진들을 위해 케이크를 준비해 왔다. 정숙의 담당 주치의 준하에게는 방향 효과가 있는 롱 다리 커피 인형을 따로 선물했다.

"해수야, 이시우 선생에게도 뭔가 인사를 해야 하지 않겠니?"

종영의 말에 정숙도 동의하는 듯 해수를 쳐다보았다. 해수도 고민하지 않은 건 아니었다. 그런데 퀼트 선물을 하자니 자꾸 부엉이 부부가 떠올라 선뜻 내키지 않았고, 다른 선물을 하자니 까다로운 그의 눈높이를 맞출 자신이 없었다.

"시은이 서울 오는 날에 맞춰 함께 집으로 초대하는 건 어떻겠니?"

"네? 집으로요?"

"이시우 선생이 부담스러워할 수 있잖아요."

정숙이 살며시 말했다.

"시은이도 함께 초대하는 건데 괜찮지 않을까요?"

"그러지 말고 밖에서 먹는 게 어때요?"

"흐음, 내 생각에 부담은 두 여자분이 가지시는 것 같은데요?"

종영은 해수와 정숙을 번갈아 보며 싱긋 웃었다. 속마음을 들킨 모녀는 어색하게 웃었다.

"솔직히 번거롭긴 하잖아요. 당신도 힘들고."

"난 괜찮아요."

어느 때부터인가 부엌은 거의 종영의 차지였다. 음식 맛도 종영이 만든 게 훨씬 나았고 살림 솜씨도 더 깔끔했다. 그런 그가 괜찮다는데 더는 정숙이 반대할 이유가 없었다. 해수도 생각해 보니 부모님 입장에서 당신들의 고마운 마음을 전하는 선물로는 괜찮은 것 같았다. 그리고 오랜만에 시우와 시은을 함께 만나는 것도 기대되는 일이었다. 문제는 시우였다. 불필요하거나 부담스럽다고 판단되면 절대 받아들일 사람이 아니었다.

"해수야, 이시우 선생에게는 네가 얘기하는 게 좋겠다. 엄마나 내가 하면 정말 부담스러울 수 있으니까. 그러겠다면 시은이 언제 서울 오는지 물어서 날짜 정하고."

"알았어요."

해수에게서 선물을 받고 들뜬 준하는 해수를 일명 '커피 인형님'이라고 칭하며 내과 병동뿐 아니라 인근 병동까지 원두커피 향을 풍겨대며 돌아다녔다. 그리고는 보란 듯 내과 의사실 책장에 커피 인형의 롱 다리를 최대한 섹시하게 꼬아 앉혀놓았다.

아침 일찍 출근한 시우는 의사실에 있는 커피 인형을 보았다. 아직 확인하지 못한 해수와 그 남자의 관계가 불쑥 떠올랐다. 그리고…… 커피 인형님?

스멀스멀 뜨거운 기운이 올라와 인형을 지그시 노려보다, 눈에 상당히 거슬리는 인형의 짧은 스커트를 손끝으로 잡고 무릎선까지 당겨 내렸다.

회진을 마치고 병동 스테이션에 있던 시우는 오늘따라 유달리 준하가 눈에 띄었다. 준하가 정숙의 주치의이긴 하나, 정작 마음고생, 몸 고생은 자신이 더 했다. 그렇다 하여 생색을 낼 수도 없는 일……. 또다시 열이 오르며 내장이 쪼여드는 듯 배까지 아팠다.

"오빠."

갑자기 해수의 목소리가 들려 움칫했다. 그녀 뒤로 퇴원 준비를 마친 정숙과 종영이 걸어오고 있었다.

해수 가족은 시우를 비롯한 병동 의료진들과 작별 인사를 나눴다.

"제가 들겠습니다."

거절할 사이도 없이 시우가 종영의 손에 있던 가방을 앗아 들고 엘리베이터로 걸어갔다. 기분이 꽤 괜찮은 종영은 흐뭇하게 뒤따랐다. 그 광경을 지켜보던 준하의 눈이 게슴츠레해졌다.

엘리베이터가 도착하자 종영은 시우의 손에 있던 가방을 다시 들었다.

"바쁠 텐데 인제 그만 늘어가 봐요."

"그래요. 그동안 수고 많았어요. 다음 주 외래 때 봐요."

"살펴 가십시오."

열린 엘리베이터에서 사람들이 우르르 나왔다.

"해수야, 우리는 밑에서 기다리마."

해수에게 눈짓한 종영은 정숙과 먼저 엘리베이터에 올랐다. 종영의 뜻을 알아차린 해수는 엘리베이터가 닫히자 시우를 돌아보았다.

"고마웠어요, 오빠. 그래서 말인데……."

시우는 뭔가 할 말을 망설이는 해수를 빤히 쳐다보았다.

서해수, 사랑하는 사람 있니?

"같이 밥 한번 먹었으면 해요. 아빠가 집으로 초대하고 싶으시대요. 시은이랑 함께."

대답 없이 시우가 계속 뚫어지게 보기만 하자 해수는 얼른 덧붙였다.

"부담스러우면 거절해도 돼요."

"아니……. 초대해 주셔서 감사하다고 전해줘."

내심 긴장했던 터라 해수는 환하게 번지는 미소를 숨기지 않았다.

"그럼 다시 만나요. 갈게요."

엘리베이터에 사뿐히 올라탄 그녀는 그를 향해 생글 웃으며 손을 흔들었다. 시우는 가슴 한편이 묵직하게 일렁거리는 것을 느꼈다.

"이거, 이거 뭡니까, 이 묘한 분위기는?"

난데없는 준하의 등장에 시우는 곧바로 병동 스테이션으로 걸음을 떼었다.

"어제 그 화분 치워 버린 것도 그렇고, 뭔가 냄새가 나는데요? 뭐, 가슴 아프지만 선배님이라면 깨끗이 양보해 드릴 수 있으니 말씀해 보십시오."

"뭘?"

"제 눈은 못 속입니다. 선배님이 여자를 넋 놓고 보는 건 처음 봤습니다."

시우는 코웃음 쳤다. 졸졸 따라가던 준하의 표정이 돌연 심각해졌다.

"그럼, 지난번 그 느끼 쪽쪽맨은 그냥 잘 아는 사이래요? 안 물어보셨어요?”

시우는 걸음을 멈췄다.

“오버하지 마.”

“뭘요? 느끼 쪽쪽맨과 커피 인형님과의 관계요? 아니면 선배님과 커피 인형님과의 관계…….”

“둘 다.”

준하의 말이 채 끝나기도 전에 시우는 힘주어 말했다. 더는 대화는 사절이라고 적힌 시우의 등을 보며 준하는 섭섭하다는 듯 입을 삐죽였다.

강한 바람이 부는 듯 건너편 옥상 정원의 나무들이 심하게 흔들렸다. 제풀에 지쳐 휘날려 가는 이파리도 있었지만, 대부분은 파라락거리면서도 때 이른 낙엽 신세를 면하기 위해 안간힘을 쓰고 있었다.

서울에 온 시은과 통화 중인 해수는 나뭇가지에 매달린 애처로운 이파리에서 시선을 거두며 침대로 걸어갔다.

[우리 오빠와 네가 그렇게 만났구나. 그런데 우리 오빠가 너에 대해 왜 물었지?]

"응?"

[아, 아니야. 아무것도. 그런데 병문안도 못 갔는데 죄송해서

어떻게 가니?]

"대전에 있었잖아."

[그래도 알았다면 당연히 갔어. 진작 알려주지. 사람 면목없게…….]

"괜찮아. 너에게 연락 안 한 거 엄마, 아빠도 알고 계셔."

시은은 잠시 생각하는 듯했다.

[그럼 염치없지만 밥 먹으러 갈게. 그런데 의외다. 우리 오빠가 초대에 응한 거.]

"나도 반반이었어. 아무래도 아빠가 초대하는 거라 거절하기 미안했나 봐."

[서해수, 우리 오빠 다 잊었니?]

"응?"

[안 내키는데 그러겠다고 할 사람 아니잖아.]

아, 난 또 뭐라고…….

"맞아, 그럴 사람 아니지. 그건 그렇고, 찬영 오빠도 함께 와. 아빠가 네 결혼 축하도 하고 겸사겸사 잘됐다며 초대하고 싶다 하셨어. 엄마도 찬영 오빠 궁금해하시고."

[어머, 정말? 너무 감사하지. 그런데 폐만 끼치는 거 아니야?]

"우리 사이에 폐는 무슨, 우리 부모님 들으시면 서운해하신다. 부담 갖지 말고 꼭 같이 와."

[알았어. 날짜와 시간 정해서 바로 알려줄게.]

"그래."

[참! 너, 나 몰래 사람 사귀는 거 아니지?]

"응?"

해수는 답하기 전에 웃음부터 터졌다.

"누구 약 올려? 내 주위에 뻔히 남자 없는 거 알면서……."

[왜 없어? 어머니께서 강력히 추천하시는 고 사장님이라는 분 있잖아.]

"안 그래도 지금 심사숙고 중이시다."

[엉? 진짜?]

"그래. 사실 고 사장님 정도면 나한테는 이상적인 남편이지 않을까 해."

[드디어 엄마에게 세뇌당했구나!]

"내가 애니? 그 정도 주관은 있거든."

해수는 딱 부러지게 말했다.

[말하는 것 들어보니 고 사장님이 너 좋아한다고 하면 당장에라도 사귀겠다?]

"못 사귈 것도 없지?"

[뭐? 옆구리가 허전하긴 하나 보네, 안 하던 소리를 다 하고. 사랑하지도 않는데 어떻게 사겨?]

"세상 사람들이 다 너처럼 결혼하는 거 아니거든? 그리고 나, 독신주의도 아니야. 사랑 타령 하다가 결혼도 못하고 꼬부랑 할머니 되면 네가 책임질 거야?"

[그래도 어느 정도 마음이 동해야지.]

"고 사장님, 좋은 분이야."

시은은 잠시 침묵했다. 해수가 시우를 좋아했을 당시, 시우가 마음을 알아주지 않는데도 그의 옆에 있는 것만 해도 행복해했었다. 고백해서 마음을 받아주면 다행이지만, 그렇지 못할 경우 옆에 있는 것조차 불가능해질 수 있다는 두려움에 고백은커녕 티도 내지 않고 마음속에 꼭꼭 묻어두었었다.

[내가 그동안 무심했다. 이제부터 신경 쓰마.]

안타까움에 시은의 목소리가 축축하게 젖었다. 그러나 해수는 장난으로 들려 웃었다.

[진심이야. 내 결혼식 날 찾아봐. 마음에 드는 사람 있으면 힘껏 밀어줄게.]

"진짜?"

[당연하지. 찬영 오빠 친구 중에 상당히 괜찮은 사람 많아.]

찬영 오빠의 친구? 해수는 제일 먼저 시우가 떠올라 씁쓸했다. 하지만 반어적으로 씩씩하게 답했다.

"알았어. 방금 한 말 꼭 책임져야 해?"

[오케이! 오빠들과 날짜 정해서 다시 전화할게.]

"응."

그리고 며칠 뒤 날짜와 시간을 잡았다며 시은에게서 연락이 왔다.

정숙과 종영은 내과 외래 예약일에 맞춰 한국첨단대학병원에

갔다. 차례가 되어 진료실로 들어가니 시우가 자리에서 일어서며 두 사람을 맞았다.

"퇴원하시고 어떠셨어요?"

"괜찮았어요."

정숙과 종영의 얼굴에는 잔잔한 미소가 떠 있었다. 시우는 다정한 두 어른을 보며 화목한 가정에서 사랑 듬뿍 받으며 자랐을 해수가 그려졌다.

정숙은 베드에 누워 간단한 진찰을 받고 재발 방지에 대한 설명을 들었다.

"약은 그만 드셔도 될 것 같습니다."

"그럼, 완치됐단 말이죠?"

종영이 기대에 찬 눈으로 물었다.

"네. 소변 검사와 혈액 검사 하고 가시면 됩니다. 확인 차원에서 하는 거니까 너무 걱정하지는 마시고, 결과는 나오는 대로 제가 따로 연락드리겠습니다. 그리고 말씀 낮추십시오."

정숙과 종영은 서로 마주 보며 멋쩍게 웃었다. 시은의 오빠라는 생각에 편하게 대하고 싶었지만, 마냥 그렇게 대할 수 있는 분위기의 시우가 아니었다.

"그래요. 앞으로는 그렇게 하리다. 그럼, 다음 주 주말에 우리 집에서 만나요."

"네, 그때 찾아뵙겠습니다."

이튿날, 시우는 정상으로 나온 정숙의 검사 결과를 알려주기

위해 병동 컴퓨터 모니터에 뜬 보빈의 전화번호를 보며 수화기
를 들었다. 그때 바지 호주머니에 있던 휴대폰이 진동했다.

[오빠, 지난번에 해수가 사귀는 사람이 있는지 물었었잖아.]

시은이 뭔가 알아낸 걸 직감한 시우는 심장이 빠르게 뛰었다.

[그게 왜 궁금한 건데?]

"끊어."

[알았어, 알았어. 사귀는 사람 없대, 아직은.]

'아직은' 이라는 말의 뉘앙스가 묘하게 들려왔지만 중요한 것
은 없다는 현재의 사실인지라, 시우는 소리없는 안도의 한숨을
내쉬었다. 그리고 보일 듯 말 듯 입가에 미소가 감돌았다.

시은과 통화를 끝내고 다시 수화기를 들어 번호를 누르기 시
작했다.

"선생님, 오늘 신장내과 회식은 7시 한진관입니다. 잊지 마십
시오."

뒤에서 은지가 회식 소식을 전했다. 한진관은 해수의 집과 한
블록 떨어진 곳에 있었다. 멈칫한 시우는 마지막 번호 하나를
남겨두고 수화기를 내려놓았다.

울리는 전화벨 소리에 한창 꽃잎을 아플리케하던 해수는 바
늘을 핀 쿠션에 꽂았다.

"보빈입니다."

[나, 시우.]

시우 오빠?

[어머니 검사 결과가 나왔어. 집 앞인데 잠깐 나올 수 있니?]

놀란 해수는 작업대에서 발딱 일어섰다. 굵게 말아 올린 올림머리와 터틀넥 셔츠 위에 겹쳐 입은 슬리브리스 원피스를 대충 훑어보고는 빠르게 유리문을 열고 나갔다.

해가 진 뒤라 바람이 차가웠다. 외투를 걸치지 않고 나온 걸 깨닫고 되돌아가려다, 대로 갓길에 깜빡이를 켠 크림색 차 앞에 네이비 슈트를 입은 시우를 보고는 그냥 걸어갔다.

"어떻게 나왔어요?"

경직된 얼굴로 해수가 조심스럽게 검사 결과를 물었다.

"모두 정상이야."

반가운 소식에 불빛을 받은 해수의 눈이 반짝거렸다.

"다행이에요. 신경 써줘서 고마워요. 그것 때문에 일부러 왔어요?"

"근처에 회식 있어."

"아, 그럼 얼른 가보세요. 여기 들르느라 늦은 거 아니에요?"

시우는 짧게 고개를 저었다.

"먼저 들어가. 춥다."

몸을 움츠리며 팔을 쓸던 해수는 시우의 시선이 얇게 입은 자신의 옷차림에 닿아 있는 걸 알고 머쓱하게 웃었다.

"네. 먼저 들어갈게요."

말은 그렇게 했지만 막상 돌아서려니 강한 자석에 붙어 있는

쇠붙이처럼 땅에서 발이 떨어지지 않았다.

"다음 주에 봐요."

"응."

"……조심해서 가세요."

인제 그만, 해수는 발길보다 눈길을 먼저 돌렸다. 그리고 느린 걸음을 재촉했다.

시우는 잰걸음으로 아늑하게 불을 밝힌 보빈으로 향하는 해수가 완전히 사라질 때까지 그 자리에 서 있었다.

토요일 아침, 종영은 아침 식사를 물리자마자 머리를 싸매고 식탁에 앉았다. 오늘 치를 손님을 위한 식단을 아직도 다 짜지 못했다. 대충 하라는 정숙의 말에 발끈해 몇 년 동안 쌓은 요리 실력을 제대로 발휘해 보겠다며 큰소리친 게 화근이 되어 더 신중을 기하고 있었다. 그와 마주 앉은 해수는 보빈이 쉬는 날이라 오늘 하루 주방장 보조 역할을 톡톡히 할 셈이었다.

"이 군, 무슨 음식 좋아할까?"

종영은 시우에게 말을 편하게 하려고 호칭부터 바꿔봤다. 처음에는 어색했는데 금방 익숙해졌다.

"한식 좋아해요."

"한식, 어떤 거?"

“국과 밥이죠.”

종영이 은근슬쩍 해수를 째려보았다. 쿡쿡 웃은 해수는 생각하는 듯 눈동자를 위로 굴렸다.

“국은 고기보다는 해산물로 우려낸 걸 좋아하고 밥은 꼬들꼬들하지만 않으면 돼요. 잡곡도 잘 먹고요. 반찬은 육류, 채소 가리지 않는데 문제는 간이에요. 조금만 짜거나 싱거워도 안 먹어요.”

“일찍 와서 간을 보라고 해야겠군. 아니면 아예 같이 요리하든가.”

종영의 농담에 해수는 큰 소리로 웃었다.

“그렇게 하자고 해보세요. 오빠 반응이 기대되는데요?”

“왜?”

“시우 오빠, 남자가 요리하면 큰일 나는 줄 아는 사람이거든요.”

“요즘 젊은 사람 중에도 그런 사람이 있어?”

물 마시러 부엌으로 들어온 정숙이 혀를 찼다.

“그뿐이게요? 생선뼈도 발라줘야 해요.”

“여자 엄청 고생시킬 남자구먼. 시은이 오빠 수발들었다는 말이 빈말 아니네. 피곤한 스타일이야.”

“와, 엄마, 그걸 기억하고 계셨어요?”

“그런 남자들이 자기 여자 더 위할 수도 있어요. 생선뼈 발라주는 여자, 얼마나 예쁘겠어요?”

"뭐라고요?"

컵에 물을 붓던 정숙은 종영이 뼈를 발라주면 모를까, 자신은 절대 뼈 발라주는 여자는 아니므로 불끈 화가 났다.

"해수야, 아빠 말에 속지 마. 그런 남자는 절대 여자 귀한 줄 모른다."

종영은 물을 급하게 들이켜는 정숙을 힐끔거리며 웃음을 참았다.

"해수야, 남자는 여자 하기 나름이라고, 여자가 어떻게 하느냐에 따라 180도 바뀔 수 있는 게 남자야. 아빠는 처음부터 앞치마 두른 줄 아니? 선산에 모신 할머니가 지금 아빠의 모습을 보신다면 아마 무덤에서도 벌떡 일어나실 거다."

종영은 아연실색한 정숙에게 말할 틈을 주지 않고 빠르게 이어 말했다.

"하지만 어쩌겠니? 엄마의 저 약한 손목으로 그 무거운 곰솥을 들었다 났다 하는 걸 보면 도저히 그냥 보고만 있을 수 없겠는걸. 게다가 식칼은 또 얼마나 무시무시하니? 아빠는 이 세상에서 제일 무서운 게 곰솥과 식칼이야."

정숙의 눈치를 살피며 위태롭게 듣던 해수는 웃음을 터뜨리고 말았다. 열이 치솟았던 정숙도 웃지 않을 수 없었다.

"어서 해수랑 장이나 봐오세요. 나는 청소하고 있을 테니까."

"청소를요? 해수야, 빨리 가자, 엄마 맘 바뀌기 전에."

어이없어하는 정숙과 후다닥 뛰어나가는 종영을 보며 웃음을 머금은 해수는 얼른 종영을 뒤따랐다.

　집에서 가까운 대형 마트에 도착한 해수와 종영은 식료품 코너로 갔다. 종영은 여러 종류의 국수가 진열된 곳에서 머뭇거렸다.

　"가볍게 메밀국수를 곁들일까?"

　"시우 오빠는 면 종류 별로 안 좋아해요. 그 맛있는 라면도 안 먹는다니까요."

　카트를 끌던 종영은 걸음을 멈추고 앞서 걸어가는 해수를 멀거니 바라보았다. 졸업한 이후로 만나지 못했다는 시우에 대해 단순히 친구 오빠라고 하기에는 지나칠 정도로 소소한 것까지 기억하는 딸을 느꼈다.

　"아빠, 우리 구절판 만들면 어떨까요?"

　그 손 많이 가는 것을?

　"이 군이 구절판은 좋아할는지……."

　종영은 넌지시 던져 보았다.

　"좋아해요."

　"그래……. 그런데 밀전병도 밀가루로 만든 건데 괜찮을까?"

　"국수류를 싫어할 뿐이지 밀가루 음식을 다 싫어하진 않아요. 그러면 정말 까다로운 식성이게요?"

　딸아, 이 정도도 충분히 까다롭거든?

　해수를 살긋 흘겨본 종영은 상념에 빠졌다.

　학창 시절에 해수를 따라다닌 남학생들은 제법 있었다. 집으로 전화 오거나 집 앞에서 얼쩡거리는 녀석들도 있었다. 그러나 스물일곱이 되도록 연애 한번 제대로 하는 걸 보지 못했다. 대학 4학년 때인가, 좋아하는 사람 없느냐고 물었더니 있다고 답했었다. 그렇지만 연애하는 것 같지는 않았었다. 항상 시은과 다녔으니까.

깔끔한 정장 차림의 시은과 찬영은 닫혀 있는 보빈 앞에서 시우를 기다렸다.

"그러니까 시우가 보통 전화로 알려주는 검사 결과를 직접 와서 말해줬다는 거지?"

찬영은 믿기 어렵다는 듯 시은에게 재확인했다. 시은은 찰랑대는 단발머리를 귀 뒤로 넘기며 의미심장한 표정으로 고개를 끄덕였다.

"해수가 사귀는 사람이 있는지 물어본 것도 그렇고, 이번 초대에 응한 것도 그렇고, 뭔가 있는 것 같아."

"그러게. 시우로서는 지나친 행동들이네."

"우리 오빠가 이번에 해수를 만나고 관심이라도 생긴 걸까?"

"알 수 없지. 도통 속을 드러내지 않는 녀석이니……. 저기 온다."

가을 코르덴 슈트를 입은 시우는 딴청을 부리는 찬영과 시은에게 다가왔다.

"이제부턴 네가 들어."

시우는 차에서 갖고 온 과일 바구니를 찬영에게 냅다 건네고 가뿐하게 4층을 향해 계단을 밟았다. 무게가 상당한 바구니를 힘겹게 든 찬영은 눈을 부라렸다.

"시은아, 다음 생에는 꼭 시우 누나로 태어나. 제대로 부려먹게."

"그러엄 다음 생에도 나랑 결혼할 꼬야?"

"응?"

눈을 깜박거리며 혀 짧은 소리를 낸 시은은 찬영의 답을 기다렸다. 언제 그랬냐는 듯 찬영의 부릅뜬 눈에서 힘이 스르르 풀렸다.

"당연하지. 그럼 넌? 너는 아냐?"

"글쎄."

짓궂게 답을 회피한 시은은 잽싸게 시우가 올라간 계단을 오르기 시작했다.

"야, 이시은! 거기에 서!"

과일 바구니의 무게를 무색하게 하며 계단을 뛰어오르는 찬영은 시은의 대답을 종용했다. 원하는 답을 듣지 못하자 급기야 투정 부리며 떼까지 썼다. 더는 못 보고, 못 듣겠는 시우는 매서운 눈초리로 자제를 경고했지만 부질없자 몸서리치며 두세 계단씩 밟아 올라갔다.

얌전하기만 하던 시은이 찬영을 만나면서부터 없던 애교도 생기고 활발해졌다. 예전의 해수처럼. 어쩌면 지금도 한결같은 해수처럼……. 시우의 머릿속은 곧 만나게 될 해수로 가득 찼다.

제일 먼저 4층에 이른 시우는 현관문에 달린 작은 곰 인형 세 마리와 마주했다. 뒤에 도착한 시은이 벨을 눌렀다.

"이거 은근히 긴장되는데?"

찬영의 말이 끝나기가 무섭게 그레이 톤의 점프 스커트를 입고 반 묶음 머리를 한 해수가 웃으며 문을 열었다.

"어서 오세요."

"들어와요."

해수 뒤로 정숙이 서 있었다. 간단한 인사가 오가고 세 사람은 퀼트로 만든 돼지 모양의 발 매트를 딛고 거실로 들어섰다.

집 안은 온통 맛있는 음식 냄새로 진동하고 있었다. 부엌에서 역시 퀼트로 만든 앞치마를 두른 종영이 한 손에 부침 뒤집개를 들고 바삐 뛰어나왔다.

"어서들 오시게나. 차리기만 하면 되니까 조금만 기다리시게."

희끗희끗한 머리카락도 보이건만 종영의 모습은 어색하기는커녕 오히려 숙련된 살림꾼의 자태가 묻어났다. 가정에서 가사하는 남자의 모습을 실제로 보는 건 처음인 시우는 살짝 문화 충격에 멀뚱멀뚱했고, 찬영은 애써 웃음을 참느라 살짝 주먹 쥔 손으로 입을 가렸다. 마음이 급한 종영은 다시 부엌으로 뛰어갔다.

"해수네 집, 잡지에도 몇 번 나왔어. 예쁘지? 어머니는 TV에
도 여러 번 나오셨고."

시은의 말에 시우는 온통 퀼트로 꾸며져 있는 집을 둘러보았
다.

바닥에 깔린 베들레헴스타 카펫부터 방문마다 달린 각종 리
스, 천장에 매달려 있는 빗자루를 탄 마녀, 소파에 놓여 있는 선
보넷 쿠션, 등받이까지 모두 원단으로 만든 퀼트였다. 나무 격
자로 된 거실 창의 커튼도 퀼트를 응용하여 직접 만든 듯했다.
그의 취향은 아니었지만 로맨틱하면서도 컨트리풍의 분위기가
원목가구들과 어우러져 아기자기하면서도 포근했다.

이윽고 코스모스 아플리케 러너가 깔린 식탁 가득 음식이 차
려지고 모두 둘러앉았다. 어떻게 앉다 보니 시은과 찬영 맞은편
에 해수와 시우가 앉고 종영과 정숙이 멀리 마주 앉았다.

"어떻게, 간이 맞는가?"

종영은 미역된장해물국을 떠먹는 시우를 빤히 쳐다보았다.

멸치, 보리새우, 다시마를 넣고 우려낸 육수에 조개, 문어, 굴
등 각종 해물을 넣어 심혈을 기울여 만들었다. 해수와 정숙은
하마터면 큰 소리로 웃을 뻔했다. 영문을 모르는 시우는 시원하
고 개운한 국을 내려다보며 정중하게 답했다.

"네, 맛있습니다."

"다행이군."

해수와 정숙은 소리 죽여 웃었다.

오늘 음식은 종영이 큰소리친 것보다 훨씬 훌륭했다. 시은과 찬영은 신혼집 집들이 때 초빙하고 싶다는 농담으로 종영의 마음을 한층 더 띄웠고, 대화의 화제도 다음 주로 다가온 결혼식에서 시우와 찬영의 학창시절 이야기까지 다양했다. 오늘 분위기 메이커는 단연 찬영과 시은 커플이었다.

“그럼 시우 군과 찬영 군은 중학교 때부터 친구구먼.”

“네. 학교는 다르지만 서울에 있는 고등학교로 함께 진학했고, 다시 과는 다르지만 같은 대학을 다녔습니다.”

찬영이 알아듣기 쉽게 설명했다.

“그럼 이제는 계속 서울에서 사는 기야?”

정숙이 시은을 보며 물었다.

“그럴 것 같아요.”

고개를 끄덕인 정숙은 이번에는 시우를 쳐다보았다.

“레지던트 끝나면 개업할 거예요?”

“우선 군 복무를 마쳐야 합니다. 그런 다음 대전으로 내려갈 생각입니다.”

“병원을 물려받을 건가 보군.”

종영이 진지하게 말했다.

“네.”

“내려가면 아버님께서 자랑스럽고 든든해하시겠네.”

대견하다는 미소를 지은 정숙을 보며 종영도 고개를 끄덕였다. 하지만 맛있기만 하던 국의 끝 맛이 덜 익은 홍시처럼 떫게 느껴졌다. 대전으로 내려가야 한다니⋯⋯.

해수는 식탁 중앙에 올려둔 돔 구이를 보고 있었다. 사람들의 손이 선뜻 가지 않는 듯 아직 형체가 거의 그대로였다. 그리고 예상대로 시우의 젓가락은 한 번도 닿지 않았다. 해수의 눈길을 알아챈 종영이 슬며시 일어서더니 새 젓가락을 들고 왔다.

"특별히 수산시장 가서 자연산으로 사 왔는데, 이 녀석이 너무 도도한걸? 뼈 발라줄 테니 모두 편안하게 먹어요. 안 먹으면 음식에 대한 예의가 아니야."

모두 소리 내어 웃고는 종영이 섭섭지 않게 한 젓가락씩 집어 갔다. 그제야 시우도 한 점 들었다. 종영은 해수가 애써 만든 구절판을 시우가 맛있게 먹는 것도 인지했다. 그는 서로 엇갈리게 마주 보는 해수와 시우를 보며 두 사람의 마음은 모르겠지만, 참 잘 어울린다는 생각은 들었다.

화기애애한 분위기 속에 저녁 식사가 끝나고 모두 거실로 자리를 옮겨 과일 디저트를 기다렸다. 해수와 시은이 과일 접시를 쟁반에 받쳐 들고 나왔다.

빨간 껍질 부분을 귀로 세운 토끼 모양의 사과와 한 면의 껍질만 깔끔하게 돌돌 말아 끝 부분에서 꽃봉오리 이쑤시개로 꽂은 바나나, 보타이를 맨 배 등 예쁘게 모양을 낸 과일을 보면서 시우는 해수가 깎은 거란 걸 금방 알아차렸다. 예나 지금이나 변함없는 해수의 모습을 발견할 때면 왠지 모르게 가슴이 몽글거리면서 잔잔한 파동이 일었다.

아래층 사람들이 찾아와, 정숙과 종영이 잠시 자리를 비웠다. 찬영과 시은은 당도 높은 제철 과일을 사이좋게 권하며 연거푸 찍어 먹었다. 다정한 예비 신혼부부의 모습을 보며 해수도 사과를 입으로 가져갔다.

"찬영 오빠, 우리 이 자리에서 연습해 볼까? 높임말 쓰는 거."

"됐어. 지금까지 안 썼는데 갑자기 쓰면 이상해."

"그러다가 오빠 부모님 앞에서 실수하면 어떻게 해? 엄마가 결혼하면 오빠에게 반말하지 말라고 했단 말이야. 특히 시어른들 앞에서는 조심해야 한다고 하셨어."

"괜찮아. 걱정하지 마. 우리 부모님께서는 이해하셔. 오히려 어색해."

해수와 시우는 과일을 먹으며 묵묵히 앞에 앉은 두 사람의 대화를 경청했다.

"난 오빠 부모님께 예쁘게 보이고 싶은데……."

"지금도 충분히 예쁘거든? 정 걸리면 어른들 앞에서만 쓰든가."

"그럴까?"

두 사람은 마음이 통한 듯 눈을 맞추며 웃었다. 알콩달콩한 커플의 모습에 괜스레 멋쩍은 해수와 시우는 어색한 침묵을 감내해야 했다.

시은이 사과 한 조각을 콕 찍더니 찬영에게 살포시 내밀었다.

"아아 해보세요. 이거 아주 맛있어요."

돌발적인 시은의 높임말과 애교스런 행동에 삼키던 배가 목에 걸린 시우가 컥컥거렸다. 헤벌쭉한 얼굴로 날름 찬영이 받아먹자 이건 왠지 해수도 손발이 오그라들었다.

"키위 있는데 깜박했다. 금방 갖고 올게."

오그라든 손발도 펼 겸 일어서려는데 시우가 재빠르게 해수의 손목을 붙잡았다.

"이거면 충분해. 너도 어서 먹어."

엉거주춤한 자세로 해수는 그대로 굳었다. 과일을 먹던 시은과 찬영의 눈이 튀어나올 듯 똥그래졌다. 그들이 시선에 더 당황한 해수는 서둘러 손목을 빼내려 했지만, 앉을 때까지 놔주지 않겠다는 듯 시우의 손은 꿈쩍하지 않았다.

"그래, 해수야. 부모님 오시면 그때 더 내오자."

시은이 덕에 덜 어색하게 자리에 앉고 손목도 풀렸지만 해수는 여전히 손목 부위가 화끈거렸다. 아무 일 없었던 것처럼 시은과 찬영이 다시 분위기를 이끌었다.

해수는 살며시 시우를 돌아보았다. 그는 자신의 행동을 의식하지 못한 듯 변함없는 표정으로 과일을 먹고 있었다.

시우와 지금껏 알고 지낸 시간 중에 딱히 그와의 스킨십이라고 할 수 있는 건 단 한 번, 스노보드를 처음 배울 때였는데, 발목을 다쳐 업힌 적이 있었다. 그러나 다치기 전까지는 바로 옆에서 균형을 잃어 비틀거리는데도 손 한 번 잡아주지 않았었다. 그런 사람이기에 그답지 않은 이런 행동은 오해의 소지가 있었다.

그래서 시은과 찬영 오빠도 놀란 것이겠지. 하지만, 여기까지…….

시우의 작은 배려나 친절, 무심결에 한 행동이나 말 등에 착각하곤 하는 시절이 있었다. 좋아할수록, 아니, 사랑할수록 바라보는 마음이 커서인지 더 쉽게 오해를 했었다. 희망 고문인 줄도 모르고…….

지금의 나는 가슴 떨려하며 오빠를 바라보았던 그때의 해수가 아니니까, 오빠의 작은 행동 하나에 의미를 부여하며 설레는 일은 없을 거야.

빌라로 돌아온 시우는 곧장 침실로 갔다. 그가 욕실로 들어갈 때까지 시은의 시선이 끈질기게 좇았다. 엉겁결일 수도 있지만, 해수의 손목을 잡은 걸 본 이후로 그의 감정이 더욱 궁금했다.

해수의 집에서 나온 세 사람은 해수도 같이 근처에 있는 맥주 전문점에서 가볍게 한잔했었다. 시은의 눈에 나란히 앉은 해수와 시우는 여전히 잘 어울리는 한 쌍이었다. 예전과 다른 게 있다면 해수의 눈동자가 시우를 향해 흔들리지 않는다는 것과 의식해서인지 시우가 은연중에 해수를 챙긴다는 건데, 아쉽게도 그것만으로는 해수를 거절한 적이 있는 시우의 마음에 어떤 변화가 있다고는 결론지을 수 없었다. 예전에도 시우는 해수를 챙겼었기에.

다음날 아침, 일요일인데도 출근 준비를 하는 시우에게 시은이 무선 전화기를 들고 왔다.

"찬영 오빠 전화."

와이셔츠 손목 단추를 잠그던 시우는 전화기를 받아 들었다.

[통화하는 김에 시은이 목소리도 들으려고 집 전화로 걸었다.]

찬영이 일부러 더 이런다는 걸 알았지만, 시우의 눈은 어느새 전화기를 노려보고 있었다.

[오늘 밤에 잠깐 보자.]

"어제 봤잖아."

[간밤에 할 말이 생겨서 그런다. 그게 아니더라도 이시우 너와 나 사이에 이유 없이도 매일 볼 수 있는 거 아니야?]

"내가 시은이야? 너랑 사귀어?"

[자식, 튕기기는. 8시까지 이프(If)로 와.]

시우는 재킷과 손수건, 지갑 등을 챙겨온 시은에게 통화를 끝낸 전화기를 건넸다.

"나 신경 쓰지 마."

"찬영 오빠가 뭐라고 해?"

시은은 마저 단추를 채우는 시우의 안색을 살폈다.

"너희 둘 하는 것 보면 다 보여."

"아니라고는 말 못해. 엄마가 오빠 걱정 많이 하신단 말이야."

"사서 걱정하시는 거야."

"결혼은커녕 여자에게 관심도 없으니까 그러시지. 집안 어르신들도 다 걱정하시는 것 같아. 인사가 오빠 이야기야. 종손 결혼 언제 하느냐, 왜 안 시키느냐 그러면서. 그러니 엄마도 더 스트레스받으시고."

"누가 들으면 내가 서른아홉인 줄 알겠다."

"피이."

시은은 시우에게 재킷을 건넸다.

"귀하신 종손이니까 그렇잖아. 그것도 손이 귀한 집안의. 그리고 요즘 세상에 자매도 아니고 여동생이 오빠보다 먼저 결혼하는 거 예사지만, 내 마음도 오빠가 빨리 결혼했으면 해. 좋은 여자 만났으면 싶고. 대전으로 내려갈 거니까 이왕이면 우리 부모님도 잘 모실 수 있는 그런 여자. 뭐, 내 욕심이지만."

아무 대꾸 없이 시은에게 건네받은 소지품을 챙긴 시우는 방을 나갔다.

"오빠, 최근에 마음에 든 사람 없어?"

쪼르르 뒤따라 나온 시은이 해수를 염두에 두고 의미심장하게 물었다. 시우는 현관 앞에서 시은을 똑바로 마주 보았다.

"없어."

기대에 부푼 작은 어깨가 아래로 툭 떨어졌다.

병원 근처에 있는 와인바 이프로 시우가 들어가자 바텐더 앞에 앉아 있던 찬영이 손을 번쩍 들었다.

"일요일인데도 병원에 간 거야?"

"응. 시은이는?"

"좀 전에 빌라에 데려다 주고 왔어."

바텐더가 두 사람 앞에 나란히 놓인 크리스털 잔에 화이트 와인을 따랐다.

"우리 어머니, 시은이 볼수록 마음에 드신대. 밝고 싹싹한데다 예의도 바르다고."

시우는 와인 잔을 기울여 레몬 라임 향을 입안에 머금었다.

"결혼하면 시은이 원하는 대로 하게 하면서 살 거야."

"누가 들으면 결혼 전에는 그렇게 못하고 산 줄 알겠다?"

"몰랐어?"

찬영이 과장되게 눈을 크게 떴다.

"시은이는 취미생활도 마음 편히 못했어. 먼지 날리고 어수선하게 어지르는 꼴을 못 보는 너 때문에. 기억 안 나?"

"퀼트? 해수까지 불러다 했는데 무슨 소리야?"

"그거야 해수 때문이었지."

뭐?

"해수가 빌라에 드나들면서부터 시은이 네 앞에서도 퀼트할 수 있었어. 그전에는 어림없었다고."

수긍할 수 없다는 시우의 표정에 찬영이 살짝 흥분했다.

"예전에 네가 빌라에서 해수와 퀼트 편하게 하라고 말했다면서 시은이 얼마나 좋아했었는지 알아? 요즘 그런 동생이 어디 있니?"

시우가 글쎄 하며 고개를 갸웃하자 찬영은 혀를 찼다.

시우는 무덤덤한 얼굴로 태연자약하게 와인 잔을 입으로 가져갔다.

"시우야."

와인 한 잔을 먼저 비운 찬영이 목소리를 낮췄다.

"지금부터 하는 이야기는 시은의 오빠가 아닌 친구로서 들어주기를 바란다."

심각한 이야기를 하려는지 찬영이 숙연해졌다. 금세 두 사람을 에워싸고 묘한 긴장감이 서렸다.

"내가 왜 해수에게 고백하지 못했는지 알아?"

새삼스럽게 그때 이야기는 왜 꺼내는지……. 시우도 와인 잔을 비웠다.

"고백하러 간 날, 해수의 기분이 별로 안 좋아 보였어. 그래서 무슨 일 있느냐고 했더니, 좋아하는 사람이 있는데……."

찬영은 단번에 말하지 못하고 숨을 크게 들이쉬었다.

"그 사람이 너무 보고 싶다고 하더라."

찬영의 쓴웃음을 바라보는 시우의 얼굴이 순식간에 굳어졌다.

"심장이 어찌나 벌렁거리는지 터질 것 같더라. 그래도 꾹 참고 해수에게 말했지. 보고 싶으면 보러 가지 그러냐고. 고백했는데 차였대. 누군지 내 속을 제대로 뒤집어놓았지. 훗. 그 뒤집은 놈이 너라는 것도 그때 알았어.”

우찬영!

“나에게 말하지 않았던 네 마음, 이해해.”

찬영은 해수에게 졸업 선물을 전해주면서 고백할 거라고 했었다. 해수에게서 고백받았다는 말은 굳이 할 필요 없다고 여겼기에 하지 않았었다. 사랑의 상처는 사랑으로 치유한다는 말도 있듯이 해수가 찬영의 마음을 받아들일 수도 있는 일이었다.

“해수는 날 보는 순간 네가 생각났던 거야. 슬프고 아프면서도 그리운 감정……. 그래서 그만 내 앞에서 눈물을 보이고 말았지. 아마 너, 거절할 때도 매정하게 했을 거야. 안 봐도 비디오지.”

애써 밝게 말했지만 찬영은 어느새 다시 채워진 와인 잔을 깨끗하게 비웠다.

“아마도 해수는 시은의 친구라는 이유만으로 애초부터 너의 이성의 대상에서 제외였을 거야. 게다가 내가 해수에게 첫눈에 반하는 바람에…….”

“찬영아.”

“너, 얽히는 관계 싫어하고 우정이라면 사랑보다 먼저였잖아. 내가 시은이랑 사귀는 것도 처음에는 안 반겼어. 그 당시 너와 진지하게 대화하고 싶었는데 넌 벌써 인턴 과정 들어가 버렸고, 나는 나대로 유학 준비에 바빴던 터라 타이밍을 놓쳤어. 그러다 미국으로 떠나 버리고……. 나 때문에 해수가 상처받은 거 같아 늘 걸렸어. 미안하기도 하고. 너에게도 마찬가지야.”

“그게 무슨 소리야?”

“내가 해수를 좋아하지 않았다면 넌 해수의 마음을 받아들였을 테니까.”

“말도 안 되는 소리 하지 마.”

시우는 딱 잘라 말했다.

“넌 네가 얼마나 이성적인지 모르지? 내가 아는 녀석 중에 가장 자기 컨트롤이 뛰어난 놈이야. 그래서 비인간적으로 보일 때도 있어. 이시우, 우리 15년 우정이야. 예전에 딱 한 번 너도 해수를 좋아하는 게 아닐까 생각한 적이 있었어. 해수가 스키장에서 다쳤을 때 달려가는 네 모습 보면서……. 나보다 먼저 뛰어갔었어.”

“그건 사람이 다쳤으니까.”

“나도 그렇게 생각하고 넘겼어. 그런데 그게 아니었을지도 모른다는 생각이 뒤에 들더라. 그 당시에는 내가 내 감정에 휩쓸려 제대로 보지 못했던 거야. 미국에 있을 때 가끔 떠올라서 생각하다 보니 해수를 대하는 너의 태도나 행동에 의외의 모습들이 많았다는 걸 알았어. 너, 여진에게도 그렇게 하지 않았어.”

여진은 대학 시절 클래식 동호회에서 사귄 시우의 동갑내기 옛 여자친구로, 음대를 졸업하고 유학을 떠나면서 이별을 고했었다.

“하고 싶은 말이 뭐야?”

“만약 네가 해수에게 이성으로서의 감정이 조금이라도 있다면, 나와 시은이 생각하지 말고 네 감정에 충실하면 좋겠어. 이 말을 하고 싶었어.”

시우는 진심 어린 찬영의 눈을 보았다.

“4년이나 지난 이야기야. 그리고 과거는 과거일 뿐이야.”

“나는 현재 이야기를 하는 거야. 둘 다 지금 사귀는 사람도 없으니 다시 만난 해수에게서 네가 깨닫지 못했던 옛 감정이 되살아날 수도 있고, 아니면 아예 새롭게 생길 수도 있잖아. 어떻든 그렇게 된다면 이번에는 제대로 해보라고. 이건 시은이도 같은 생각이야.”

잠깐 동안 침묵이 찾아왔다.

“내가 해수를 좋아하는 동안 해수는 널 좋아했어. 그래서 해수의 마음이 더 와 닿았는지도 몰라. 난 지금도 기억나. 그때의 해수의 눈빛, 표정, 웃음을……. 그 모든 것들은 너를 향한 것이었어. 해수…… 지금도 그런 마음으로 널 보지 않을까?”

찬영은 말끝에 시우를 은근슬쩍 쳐다보았다. 시우의 입가에 냉소가 스쳤다.

“내가 너의 유도 질문에 넘어갈 것 같아? 분위기 너무 잡았어.”

“자식, 좀 속아주면 안 돼?”

“그럼 연기를 잘하던가.”

"좋아, 좋아. 그럼 단도직입적으로 물을게. 해수, 다시 만나니 어땠어? 아무 느낌 없어?"

시우는 크리스털 잔을 빙그르르 돌렸다.

"반가웠어."

"그리고?"

"그뿐이야."

찬영은 답답한 듯 숨을 훅하고 들이쉬었다.

"그뿐인데 해수 어머니 검사 결과를 보빈까지 직접 가서 전해 줬다는 거야?"

"근처에 회식이 있었어."

"이시우, 넌 옆집도 인터폰으로 말하는 인간이야. 그럼 해수의 집 초대에 응한 건? 행여나 어르신들이 초대한 거라서 어쩔 수 없었다고는 하지 마. 작년에 우리 큰누나 입원했을 때 매형이 그렇게 밥 사겠다고 했는데 너 그때, 당연히 제가 해야 할 일을 했을 뿐이라며 끝까지 잘난 척했으니까. 우리 매형, 해수 부모님 연배야."

아무런 동요 없이 시우가 가만히 와인만 마시자 찬영은 제풀에 지칠 지경이었다.

"그래, 좋아. 그럴 수 있다고 쳐. 그럼, 해수가 사귀는 사람이 있는지 없는지는 왜 물었어?"

"아예 취조를 해라."

"대답 안 하면 시은이와 나, 네가 해수에게 관심있는 걸로 판단하고 장모님께 시우 걱정 붙들어 매시라고 말씀드릴 거야."

"세트로 까불어요."

"진짜야. 당장 전화할 수도 있어."

찬영은 정말 전화하려고 휴대폰을 꺼냈다.

"어떤 남자가 한 여자에게 생일 이벤트를 열어주는 걸 우연히 봤어."

어쩔 수 없이 시우가 이야기를 꺼냈을 때는 미소가 스쳤던 찬영의 얼굴이 이야기가 진행될수록 점차 심각해졌다.

"뭐야, 그 남자가 양다리라도 걸치는 게 아닌가 의심했다는 거야?"

"말하자면 그래."

"그래서 해수가 걱정됐다?"

"너라면 안 그랬겠어?"

"나라면 당연히 그랬겠지만, 너라면 좀 지나친 관심 아니야? 예민했던 것 같기도 하고."

"맞아. 해수, 내가 거절했지만 아꼈던 동생이야. 지금도 그렇고. 좋은 사람 만났으면 좋겠어."

시우의 눈동자가 깊은 샘처럼 짙어졌다. 찬영은 그런 시우의 눈을 뚫어지게 쳐다보았다.

"결론은 해수에 대한 네 감정은 어디까지나 친구의 오빠로서 아끼는 동생이라는 거지? 거기에다가 과거 미안했던 일로 인한 책임감, 죄책감 같은 감정이 복합되었다는 거고."

시우는 천천히 고개를 끄덕였다.

차갑고 냉철한 이면에 깊은 속정과 강한 책임감을 지닌 시우라는 건 누구보다 찬영이 잘 알았다. 그리고 이런 분위기에서 거짓말을 할 시우도 아니었다. 그러하기에 느낄 수 있는 그의 진심이 고스란히 전달되어 왔다.

예전에 내가 해수를 좋아하지 않았다면 그 당시에 알아봤을 텐데, 넌 해수를 좋아했던 거야. 지금처럼 동생의 친구, 혹은 친구가 좋아하는 여자로 인식했기에 네 감정을 깨닫지 못했던 거지. 그리고 지금, 다시 만난 해수에 대한 너의 감정이 하얀 백합 향처럼 너무 진하게 와 닿아. 마치 해수를 한순간도 잊어본 적이 없었던 사람처럼. 해수 이야기를 할 때 너의 명석한 두뇌가 아닌, 네 마음이 그렇게 말하고 있어.

"사랑은 눈으로 보는 게 아니라 마음으로 본다고, 그래서 날개 달린 큐피드가 장님인 거라고 셰익스피어가 말했다, 이 헛똑똑이야."

"뭐?"

"아니다, 아니야. 내가 주무시는 셰익스피어님까지 깨워봤자 정서가 메마른 네놈이 뭘 알겠냐? 쯧쯧. 병원에서 시간 있으면 초음파나 해봐. 네 돌심장도 뛰는지."

찬영의 휴대폰이 울려 대화는 자연스럽게 마무리되었다. 발신자를 확인한 찬영은 스툴에서 일어섰다.

"그냥 여기서 받아."

"시은이야. 너는 울트라 닭살 커플의 대화만 들어도 저승사자가 되잖아. 곧 돌아올게."

기막혀하는 시우를 두고 찬영은 자리를 떴다.

잠시 후 찬영이 돌아왔을 때는 이미 시우가 계산을 마친 뒤였다.

두 사람은 택시를 잡으려 대로 가에 섰다. 먼저 온 택시를 탄 찬영이 차창 너머로 시우를 바라보았다.

이시우, 두 번째 찾아온 기회야. 이번에는 놓치질 않길 바란다.

"어이, 친구의 오빠!"

창문을 내린 찬영이 시우를 빗대어 불렀다.

"좀 전에 시은이랑 통화할 때 물어봤는데 해수가 친하게 지내는 거래처 사장이 한 명 있대. 아마 그 사람이 병문안을 왔을 거라고 하네."

시우는 해수가 그 남자를 사장님이라고 불렀다는 준하의 말과 화분을 치워 버린 날 정숙이 고 사장이라고 했던 게 기억났다.

"사귀는 사람 아니니까 됐어. 지난 일이야."

이시우, 정말 그럴까?

"그런데 그 거래처 사장, 해수 어머니께서 사윗감으로 찜한 사람이래. 둘만의 생일 이벤트를 할 정도면 분명히 연인 사이일 텐데, 어머님께서 그 남자에게 애인이 있는 걸 모르시나 봐. 해수도 그렇고.”

시우의 미간이 꿈틀거렸다.

“아, 그리고 그 남자, 해수가 꿈꾸는 이상적인 남편이란다. 난 네가 그런 존재이지 않을까 했는데……. 간다, 친구의 오빠!”

찬영을 태운 택시는 한 대 때려놓고 도망가는 아이처럼 쌩하니 꽁무니를 빼며 달려갔다. 시우는 정말 한 대 맞은 것처럼 얼얼한 표정이더니 이내 관자놀이에 핏대가 섰다.

뭐? 이상적인 남편?

“하!”

부케

10월의 마지막 날, 살랑대며 불어오는 한 가닥 짧은 바람이 블라우스 옷깃 사이로 사늘하게 스며들었다. 대전에서 열리는 시은의 결혼식에 참석하려고 정성스럽게 치장한 해수는 빠른 걸음으로 보빈으로 들어갔다.

어김없이 작은 은종들과 늘 이 시간에 찾아오는 라디오 DJ가 그녀를 포근하게 반겼다. 헝겊으로 된 소품 하나하나 먼지를 털어내는 정숙의 정성 어린 손길이 잠깐 멈췄다.

"지금 가는 거니?"

"네."

"우아, 작은 쌤 오늘 정말 예쁘세요!"

대걸레로 바닥 청소를 하던 영은이 부러운 시선으로 해수의 위아래를 반복해서 훑었다.

타이트스커트와 프릴 달린 코코아 빛 블라우스, 허리선이 짧은 셰이드 톤의 카키색 재킷이 날씬한 몸매를 맵시 있게 감싸고 있었다. 굵게 웨이브 진 머리는 윤기가 흘렀고, 무늿결이 있는 코코아 빛 스타킹과 구두도 의상과 잘 어울렸다. 마스카라까지 곱게 한 화장은 화사한 오렌지 톤이었다.

"오늘 신부 측 친구분 중에서 작은 쌤이 가장 예쁘실 거예요."

"말이라도 고마워."

해수는 생긋 웃었다. 정숙은 그저 완연한 성숙미가 느껴지는 딸을 흐뭇하게 바라보았다.

"잘 다녀와. 시은이에게 인사 전해주고."

"네, 다녀올게요. 영은 씨, 오늘 부탁해. 수고!"

"걱정하지 마세요. 신랑 친구분 중에 괜찮은 남자 있으면 그냥 꽉 물고 오세요!"

영은이 앙 하고 무는 시늉을 하는 바람에 해수는 기분 좋은 웃음을 터뜨리며 보빈을 나섰다.

서울역에서 대전으로 출발하는 KTX에 오른 해수는 부드럽게 출발하는 기차에 몸을 묻고 창밖을 바라보았다.

울긋불긋 이름 모를 가로수의 잎사귀들이 가을빛에 투영되고 바람에 흔들리어 반짝거렸다. 마른 낙엽들은 서로 뒤엉켜 뒹굴

거나 한 귀퉁이에 소복이 언덕을 만들기도 했다. 분주하게 오가
는 사람들의 몸놀림마저도 여유롭게 느껴지는 한가로운 가을
오전, 더없는 상쾌함이 해수의 온몸을 청량하게 했다.

영은이 말대로 찬영 오빠 친구 중에서 한 명 물어? 지난번에
시은이도 꼭 찾아보라고, 밀어준다고 했는데…….

짝사랑에 실패한 이후로 그 흔한 소개팅 한번 하지 않았다.
퀼트가 주로 여성들의 취미인지라 퀼트 숍뿐 아니라 문화센터,
모임에 나가도 여자들뿐이었다. 굳이 있다면 거래처 직원들인
데 수혁 외에 자주 보는 이는 없었다. 불쑥 시우의 얼굴이 유리
창에 비쳤다.

고백하기 이전으로 돌아간 것처럼 편안한 지금의 관계를 다시
는 망치고 싶지 않아. 시우 오빠는 그저 친구의 오빠일 뿐…….

기차는 한 시간 남짓 걸려 대전역에 도착했다. 낯선 대전의
향취에 신경이 곤두서면서도 시은의 결혼식은 해수의 마음마저
설레게 했다.

택시가 멈춘 곳은 가을 정취가 물씬 풍기는 전원 속의 야외
결혼식장, 해수는 금색 체인 끈으로 된 블랙로즈 백을 어깨에
메고 택시에서 내렸다. 주위를 살피며 한 발씩 내디딜 때마다
가볍게 부는 가을바람을 타고 긴 머리카락이 살랑거렸다.

꽤 넓은 야외 결혼식장은 입구에서부터 이미 많은 하객으로
북적였다. 숙련된 정원사의 손길이 느껴지는 분재 나무들과 듬

성듬성 놓인 돌 조각상들이 해수의 눈길을 끌었다. 예식장이라 기보다는 격조 높은 유명한 조각공원에 온 느낌이랄까, 식이 진 행될 장소를 빙 둘러싸고 있는 고즈넉한 연못이 그 운치를 더했 다.

저만치 한복이 너무나 잘 어울리는 선자가 보였다. 그녀는 변 함없이 단아하고 우아한 자태로 손님들을 맞고 있었다. 옆으로 조금은 무서운 인상의 태호가 근엄하게 서 있었다. 예전에 시은 의 부모님보다는 시우의 부모님으로 봐서인지 한마디를 해도 조심스럽고 어려웠었다.

해수는 긴 시간이 흘렀음에도 여전히 움츠러드는 어깨가 느 껴졌다. 시우라도 있으면 덜 어색하고 나을 것 같아 주위를 둘 러보았지만 그는 보이지 않았다. 심호흡을 하고 많은 하객의 인 사를 받느라 분주한 그들에게 다가갔다.

"안녕하세요. 저 시은이 친구 해수예요."

다소곳하게 인사하는 해수를 선자는 금방 알아보았다.

"오랜만이구나. 서울에서 여기까지 와주고, 찾아오는 데 힘들 진 않았니?"

"네. 그동안 잘 지내셨어요?"

"그래, 시은이는 만나봤니?"

"아니요. 이제 가서 보려고요."

옆에서 빤히 쳐다보는 태호의 시선이 느껴졌다.

"당신, 기억하시죠? 시은이 대학 동기 해수예요."

선자의 말에 태호는 몇 번 본 적이 있는 해수를 기억해 내고 고개를 끄덕였다.

"종부, 축하해!"

연이어 도착한 하객들이 밀려와 해수는 자연스럽게 그 자리를 벗어났다.

큰 숙제를 해결한 듯 홀가분해진 마음으로 이번에는 입이 귀에 걸린 새신랑 찬영에게 다가가 축하 인사를 건넸다.

"시우 어디 갔지? 좀 전까지 여기 있었는데."

해수가 묻지도 않았는데 찬영은 시우부터 찾아 두리번거렸다.

"시은이에게 가볼게요. 나중에 봐요."

"그래. 시우 휴대폰으로 해봐."

아마도 지인이 없는 자신을 생각해 시우에게 연락하라는 것 같았다.

해수는 시은이 있을 건물로 향했다.

연못 위의 징검다리를 지나 대리석으로 된 건물로 들어서자 사람들이 분주하게 드나드는 신부 대기실이 바로 보였다. 얼마나 예쁠지, 기대 반 설렘 반으로 문고리를 잡는데 벌컥 안쪽에서 문이 열리며 카메라를 손에 쥔 남자가 나왔다. 그 틈으로 시은과 눈이 마주쳤다.

"해수야!"

"와아, 이시은, 예쁘다!"

시은은 심플하면서도 보트네크라인이 아름다운 상앗빛 웨딩 드레스를 입고 있었다.

"오느라 힘들었지?"

"힘들긴, 편하게 왔어. 오늘 날씨도 좋고 야외 결혼식 하기 딱 좋은 날이야. 결혼, 진심으로 축하해."

"고마워. 참, 우리 오빠 만났어?"

"아직. 찬영 오빠는 봤어. 멋있던데?"

"그렇지? 쿡. 어머, 이 가방이 블랙로즈 백이야? 예쁘다!"

퀼터 아니라고 할까 봐, 시은은 이 와중에도 해수가 든 가방이 눈에 들어온 모양이었다.

"만들기 쉬워. 다음에 가르쳐 줄게."

"응. 참, 네가 선물해 준 아이리시체인 스프레드, 침대에 깔았어."

"그래?"

"아주 예쁘더라. 고마워. 찬영 오빠가 너무 정성스러워서 이거 어디 덮고 자겠느냐고 그러더라."

두 사람은 한껏 들뜬 분위기에 소리 내어 웃었다.

좀 더 이야기를 나누며 시은의 옆에 있던 해수는 선자와 태호가 들어오자 그들만의 시간을 위해 신부 대기실을 먼저 나왔다.

식장을 향하는 해수는 다시 연못 징검다리 앞에 다다랐다. 띄엄띄엄 놓인 돌을 조심스럽게 한발 한발 짚어 가는데, 다음 발을 디뎌야 할 징검돌 하나를 사이에 두고 반짝반짝 윤이 나는 남자 구두와 맞닥쳤다.

흠, 내가 건너는 걸 봤을 텐데 기다려야 하는 거 아니야?

난감한 표정 위로 애써 미소를 그리며 구두에서 시작된 시선을 위로 올렸다. 고급스러운 블랙 슈트에 감긴 미끈하면서도 단단해 보이는 허벅지를 지나 유난히 빛을 발하는 벨트 버클에 시선이 멈췄다. 유독 이 브랜드를 좋아하는 한 남자가 떠올라 슬림하게 몸을 감싸고 있는 재킷을 따라 고개를 들었다.

"오빠……."

그녀의 예상대로 햇살을 안고 선 남자는 시우였다. 오늘따라 더 멋있어 보이는 그의 모습에 한순간 할 말을 잃었다.

"언제 왔니?"

"조, 좀 됐나? 시은이랑 있었어요."

괜히 빨개지는 볼을 감추려 해수는 올곧게 바라보는 시선을 회피했다.

시우는 하객들과 인사하던 중 작은할아버지의 부름을 받고 잠시 자리를 비웠었다. 이 시간이면 해수가 도착했을 것 같아 신부 대기실로 발걸음을 옮기는 차였다.

그는 찬영에게서 거래처 사장에 대한 이야기를 들은 이후로 계속 마음이 불편했다. 신경 쓰지 않으려 해도 정숙이 사윗감으로 찍었다는 것과 해수의 이상적인 남편이라는 것이 맞물려 그의 신경을 끊임없이 자극했다. 아니, 통째로 마비시켰다는 말이 더 옳을 정도로 뇌리를 떠나지 않았다.

시우는 말없이 뒤돌아 징검다리를 한 돌씩 건너뛰어 걸었다. 그 뒤를 해수가 총총 밟았다.

"오빠, 시은이 봤죠? 정말 예뻐요."

돌아오는 답은 없었지만 어색하진 않았다. 두 사람은 마지막 돌을 딛고 지면에 안착했다.

"차 갖고 왔니?"

"아니요."

"시우야!"

이세 막 도착한 한 우인으로 인해 두 사람의 대화는 거기서 끝났다. 우인은 시우와 친숙하면서도 반갑게 인사를 하고는 시우 옆에 있는 해수를 호기심 어리게 쳐다보았다. 그 시선이 의미심장하고 노골적이라 부담을 느낀 해수는 먼저 그 자리를 벗어났다. 시우는 멀어져 가는 그녀를 눈으로 좇았다.

"누구야?"

"……."

"네…… 여자?"

위잉 하는 바람 소리가 시우의 귓가에 울렸다.

내 여자…….

"시…… 은이…… 친구."

한 음절 한 음절 내뱉을 때마다 가슴이 따끔거렸다.

"난 또, 네 여자인 줄 알았지. 그런데 괜찮다."

친구의 시선이 해수를 따라 움직이더니 샐쭉거렸다.

"소개해 줄래? 괜찮으면 해줘."

해가 잠시 구름에 가려진 틈을 타고 바람을 따라 떼를 지어 다니던 낙엽들이 작은 소용돌이를 일으켰다. 오래전 찬영이 했던 말이 소개해 달라는 친구의 말 위로 오버랩되었다.

'시우야, 아까 함께 있던 애, 시은이 친구라고 했지? 꽤 괜찮던데 소개해 줘.'

군대에서 갓 제대한 찬영이 해수에게 첫눈에 반했다며 마음을 털어놓았었다. 그때도 이런 기분이었다. 모든 것이 썰물에 쓸려 내려가는 듯한 싸한 느낌, 심장이 돌덩어리처럼 딱딱하게 굳는 느낌, 그리고 돌이 된 심장이 수면 아래로 깊숙이 가라앉는 느낌…….

여진을 떠나보내고 몇 달 지난 뒤의 일이었다. 그 당시만 해도 아직 새로운 사랑을 인정하고 다시 시작할 여력을 허락지 않았던 시간……. 심장이 아프게 죄여왔다.

"이시우?"

친구의 목소리는 윙윙거릴 뿐 귀에 들어오지 않았다. 어느새 시우는 좀 전까지 눈으로 잡고 있던 해수를 찾고 있었다. 늘 보이는 자리에 있던 그녀인데 이리저리 둘러보아도 보이지 않았다. 심장이 빨리 뛰기 시작하면서 걸음도 빨라졌다.

서해수…….

맑은 가을 햇살이 쏟아지는 가운데 결혼식이 막 시작되었다.

피아노와 현악 연주에 맞춰 남자 중창단이 부르는 결혼행진곡이 가을 숲에 울려 퍼졌을 때, 시우는 신부 측 하객 속에 있는 해수를 찾았다. 불안하게 뛰던 심장이 고아하게 서 있는 그녀를 보고는 크게 울렸다. 가슴 밑바닥에서부터 뜨거운 기운이 꽉 차올랐다.

해수야…….

찬영과 시은의 결혼 서약이 끝나고 신랑 우인들의 경쾌한 축가가 이어졌다. 결혼식 분위기는 순식간에 들떴다. 하지만 찬영이 직접 시은을 위해 준비한 사랑의 발라드가 이어졌을 때는 노래하는 그에게 모두 감동한 듯 두 사람의 행복한 모습에 잔잔히 젖어들었다.

부러운 시선으로 시은을 바라보던 해수는 맞은편 신랑 측 우인들 속에 있는 시우를 발견했다. 신부에게 감미로운 노래 선물을 하는 찬영을 두고 농담들을 하는지 시우를 둘러싼 친구들의 얼굴에 홍조 띤 미소가 어렸다. 시우의 눈가와 입가에도 부드러운 미소가 감돌았다. 그녀의 심장을 늘 콩닥거리게 했던 매력적인 하얀 미소였다.

풍만한 여인의 나신 돌 조각상을 사이에 두고 시우와 눈이 마주쳤다. 깊게 바라보는 눈빛에 덜컥한 심장이 따갑게 아려왔지만, 애써 담담한 미소를 띠고 꽃으로 장식된 아치 터널로 고개를 돌렸다.

어느덧 신랑 신부 친구들의 기념사진 촬영이 끝나고 부케 던지는 순서가 되었다.

"해수야!"

시은이 해수를 향해 레이스 장갑을 낀 손을 까닥였다.

나더러 부케를 받으라고? 큰 키 때문에 맨 뒷줄에 있던 해수는 모두의 시선이 쏠리자 당황했다. 자신으로 인해 이 행복한 분위기가 흐트러져서는 안 될 일, 길게 숨을 내쉬고 앞으로 나아갔다. 시은과 찬영의 미소 진 얼굴에 마음을 진정시키며 사진 기사가 가리키는 곳에 섰다.

"자, 신부님 던지세요!"

신부보다 더 관심이 집중되는 순간이었다. 바짝 긴장한 채 힘차게 날아오는 곱다란 수국과 리시안셔스를 답삭 가슴으로 안았다.

"와아!"

사람들의 박수 소리와 환호가 들리고, 역할을 무사히 완수했다는 만족감에 해수는 활짝 웃었다.

시우는 파스텔 톤의 화사한 부케보다 더 아름다운 해수의 웃는 얼굴에 심장이 정상 박동을 벗어나 빈맥 증상을 보였다. 흔들리지 않는 깊은 눈동자는 오직 그녀에게만 고정되었고 귓가에는 그녀의 웃음소리만 들려왔다.

이제야 알겠다. 부엉이 부부를 왜 지금까지 간직하고 있었는지를……

피로연 드레스로 갈아입은 시은과 찬영이 해수에게 다가왔다.

"친구들은 호텔에 따로 자리를 마련했어. 우리랑 가자. 멀어서 차로 이동해야 해."

"그래."

"참, 해수야, 관심 가는 사람 있어?"

"글쎄."

제대로 보지 않았기에 얼버무렸다.

"없으면 소개팅할래? 너 소개해 달라는 사람이 있어."

시은은 무척 신이 나 보였다.

"이시은, 지금 세진이 얘기하는 거야?"

"응. 찬영 오빠도 들었잖아."

시은은 해수에게로 몸을 기울였다.

"찬영 오빠 대학 동기인데 너한테 반한 모양이야. 진지하게 소개해 달라고 했어. 집안, 학벌, 인물 어느 것 하나 빠지지 않아."

"잠깐만, 시은아……."

찬영은 당혹스러웠다. 이러다 해수가 진짜 한다면 어쩌려고. 아니, 그보다 세진은 시우와도 잘 아는 사이였다. 잘못 소개했다가는 괜히 복잡해지기 십상이었다. 마침 해수 뒤로 걸어오는 시우가 보였다. 찬영이 안절부절, 우물쭈물하는 사이 시은이 다 그쳤다.

"팍팍 밀어준다니까. 세진 씨, 성격도 좋아!"

그래! 번뜩하고 찬영의 머릿속에 좋은 생각이 떠올랐다. 순식간에 시은과 같은 눈빛이 되더니 큰 소리로 너털웃음을 쳤다.

"생각해 볼 필요도 없어. 해수야, 세진이는 내가 보장해! 만나 봐. 하하!"

돌변한 찬영의 태도에 해수와 시은은 어리둥절했다.

"세진이 말고도 해수에게 관심있는 녀석들 많던걸. 아까 보니까 이 녀석들이 하나같이 품절녀는 쳐다볼 수 없으니까 해수만 보고 있더라고. 하긴 누구처럼 눈을 멋으로 달고 다니는 게 아니라면 당연히 그렇겠지. 해수야, 오늘 늦게 가도 되지? 세진이와 피로연에서 자연스럽게 얘기……."

"주말이라 차 막혀."

찬영의 말을 싹둑 자르며 해수 옆에 시우가 섰다.

"아니에요."

시우를 보고 말한 해수는 시은과 찬영을 차례대로 보았다.

"기차 타고 갈 거야. 막힐 일 없어. 만나볼게. 찬영 오빠, 세진 씨 소개해 주세요. 이렇게 강력히 추천하는 걸 보니 정말 괜찮은 사람 같은데요?"

해수의 진지한 반응에 찬영은 서늘하게 굳는 시우를 보았다. 가슴 한편이 간질거려 웃음이 터지려는 걸 간신히 참고 양손으로 시은과 해수의 팔을 잡아끌었다.

"세진이는 피로연장으로 벌써 출발했으니 우리도 서두릅시다. 늦었어요. 시우야, 너도 가야지?”

찬영은 뒤통수에 닿는 시우의 눈총을 따갑게 느꼈다. 세진이라면 시우도 반대할 거리가 없는 정말 괜찮은 친구였다. 그럼에도 시우가 무슨 태클을 걸어온다면 친구의 오빠라는 명목으로는 절대 공감할 수 없는, 이건 명백한 질투였다. 찬영은 계속 삐져나오는 웃음을 꾹꾹 눌렀다.

시우는 부케를 든 해수를 가만히 응시하며 두어 발 떨어져 걸었다.

‘나, 오빠 좋아해요.’

‘미안하다. 네 마음은 받을 수 없어.’

생생한 그날이 해수의 심장에 아픔으로, 상처로 박혔을 텐데…….

내가 너를 어떻게 마음에 담아야 할지, 너에게 어떻게 다가가야 할지…….

시우의 시선이 두 여자 사이에 행복하게 걸어가는 찬영에게 닿았다. 찬영이 시은과 한창 사귈 때 나눴던 대화가 아른아른 머릿속을 배회했다.

‘고등학교 때부터 나를 좋아했었다는 시은의 고백에 난 바보가 된 기분이었어. 지금까지 뭘 보면서 살았나, 정신이 번쩍 드는 거야. 그런데 또 재미있는 게 뭔지 알아? 시은의 마음을 받아들인 그때부터 죄인이 된 것 같았어. 그 긴 시간 동안 혼자 가슴앓이한 것을 생각하면 내 가슴이 무너지는 거야. 무조건 잘해줘야 할 것 같고, 무조건 내가 잘못한 것 같은……. 너는 짝사랑 안 해봐서 모를 거야. 그 감정이 얼마나 숨 막히고 애절한 건지…….'

'그렇지만 그건 잘못된 생각 같은데? 시은이도 그렇게 생각하는 건 원하지 않을 거야.'

'맞아. 그런데 그렇게 하지 않으면 내 가슴이 터질 것 같은데 어떻게 해? 무조건 내가 잘못했어. 다 내 잘못이야. 시은아, 사랑해. 너만을 사랑해. 노래를 부르게 되더라고. 훗. 그런데 그렇게 말할 수 있는 지금이 난 너무 행복해. 이런 내가 너의 눈에는 바보로 보이겠지?'

시우는 다시 해수를 쳐다보았다. 바스락바스락 낙엽 밟는 소리가 귓가에 공허하게 들려왔다.

예식장 주차장에 도착하자 시우는 차의 자동키를 작동시켰다.

"해수는 내 차 타."

시우의 말에 앞서 걷던 세 사람이 동시에 멈춰 섰다. 시우를 돌아보는 찬영의 눈이 반짝거렸다.

"시은이랑 함께 갈게요."

해수는 대수롭지 않게 거절했다. 무표정한 얼굴로 일관했지만, 입을 굳게 다무는 시우의 찰나의 표정을 찬영은 놓치지 않았다.

"아차! 신혼여행 가방을 뒷자리에 뒀구나!"

해수가 앉을 자리가 없다는 게 이제야 떠올랐다는 듯 찬영은 난감해했다.

"트렁크로 옮기면 되지."

"트렁크에도 짐이 있어. 이것저것……."

시은의 말에 찬영이 얼른 되받았다.

"그럼 나는 시우 오빠 차 탈게요."

별 어렵지 않은 일이기에 해수는 눈치껏 말했다.

"그럴래? 미안해, 해수야."

"뭘요."

"그럼 이따가 보자."

일이 생각대로 풀리자 찬영은 얼른 시은의 팔꿈치를 움켜쥐고 풍선과 꽃으로 장식된 웨딩카를 향해 걸어갔다.

영문을 모른 채 찬영의 손에 이끌려 가던 시은은 서두르는 이유에 대해 물어보려다, 아무 짐도 없는 웨딩카의 깨끗한 뒷자리를 발견하고는 얼굴이 하얘졌다.

"차, 찬영 오빠! 신혼여행 가방 뒷자리에 뒀다고 하지 않았어? 없어!"

"걱정하지 마. 트렁크에 있으니까."

"응?"

"실은 해수를 시우 차에 타게 하려고 그런 거였어."

"왜?"

"시우, 해수를 좋아하는 것 같지 않아?"

"지난번에 말했잖아. 우리 오빠, 관심있는 여자 없다 했다고."

"타라. 가면서 말할게."

시은의 고개가 살짝 기울어졌다.

"무슨 일 있었어? 무슨 일 있었구나! 그렇지? 잠깐, 잠깐만. 그럼 세진 씨 소개팅 건은 어떻게 해? 해수, 한다고 했는데? 세진 씨한테는 또 뭐라고 하고?"

"그건 가면서 생각하자."

"진짜 우리 오빠가 좋아하는 거 맞아? 확실해?"

궁금증으로 가득 찬 시은의 눈이 찬영의 시선을 무섭게 좇았다. 찬영은 미끄러지듯 주차장을 벗어나는 크림색 차에 시선의 끝을 두고 있었다.

"저대로 그냥 납치해 가면 제일 깔끔한데……."

"뭐?"

"이건 혹시나 해서 물어보는 건데, 시우 말이야. 피를 철철 흘리면서 응급실로 실려 온 환자를 보면 피가 들끓고 흥분되면서, 아무리 아리땁고 좋아하는 여자라 해도 건강하면 옆에 앉아도 무덤덤한 그런 몹쓸 직업병 같은 건 없겠지?"

"뭐라고? 어떻게 우리 오빠를!"

"깜짝이야!"

부르르 떠는 시은을 보며 찬영의 눈매가 가늘어졌다.

"클 때 시우에게 많이 치였다 하면서도 시우라면 그저 대단한 우리 오빠지."

조금은 미안한 듯 시은은 입을 삐죽 내밀었지만 부정하진 않
았다.

시우의 차는 한산한 대로를 부드럽게 달렸다.

무릎 위에 소담스런 부케가 올려 있는 해수는 자동차 키에 대
롱거리는 명품 로고가 박힌 열쇠고리를 내려다보았다.

부엉이 부부는 지금 어디 있을까? 잘살고 있을까?

차가 방향을 바꾸는 바람에 쨍쨍한 오후 햇살이 눈앞으로 쏟
아졌다. 해수는 조수석 앞에 있는 햇빛 가리개를 내렸다.

휘릭, 아이보리 빛 네모난 종이 한 장이 흩날리듯 떨어졌다.
발밑에 안착한 종이를 잠시 보다, 천천히 아주 천천히 집어 올
렸다.

대학 3학년 어느 겨울날, 시우의 학교와 집의 방향이 같아 가
끔 그의 차를 탔었다. 지는 해의 노을빛 햇살을 가리려고 지금
처럼 조수석 햇빛 가리개를 내렸는데 사진 한 장이 흘러내렸었
다. 시우와 여진이 다정하게 찍은 사진이었다.

운전 중이던 시우가 사진을 채갔었다. 어색하게 허공에 머물
러 있던 손을 머뭇머뭇 무릎으로 내렸었다. 여진이 유학을 떠나
고 두 계절이 바뀌었을 때였다. 머리로는 헤어졌다 하나 마음으
로의 이별은 아직도 먼 이야기 같았다. 가슴이 저려와 차창 너
머로 시선을 돌렸었다. 앞으로 몇 번의 계절이 더 바뀌어야 오

빠의 눈에 내가 보일까요? 언젠가는 나를 돌아볼까요? 가슴에 묻어둔 하고픈 말이 있는데……. 이 추운 겨울이 빨리 지나가면 좋겠어요……. 빨개지는 눈시울을 서쪽 붉은 노을에 숨겨야만 했었다.

"슈투트가르트 체임버 오케스트라 공연 티켓이네요?"

과거에서 돌아온 해수는 손에 쥔 아이보리 빛 종이를 보며 말했다.

한 달여 전, 라디오 DJ가 이 공연에 대해 언급했을 때 혼자 보러 가기 싫어 예매하지 않았던 게 생각났다. 한때는 공연장에 갈 때마다 혹 시우와 만나지 않을까 하는 기대에 주위를 두리번거리곤 했었는데, 이런 식으로 인연이 어긋났었는지도 모르겠다는 생각이 들었다.

시우는 병원 클래식 동호회 회원들과 보려고 구매했던 티켓을 해수가 원래 자리인 햇빛 가리개에 부착된 포켓에 꽂는 것을 지켜보았다. 예전에 해수와 몇 번 공연장을 찾은 적이 있었다. 물론 찬영, 시은과도 함께였었다. 공연 전 해수에게 작품 설명을 해주곤 했었는데, 그럴 때면 언제나 귀를 기울이며 까만 눈을 빛냈었다.

시우는 도심을 피해 외곽 순환고속도로로 차를 몰았다. 피로연장으로 가는 길과 같은 길을 달리고 있었지만, 해수를 태울 때 이미 그곳으로 갈 마음은 없었다. 가을의 절정에 흠뻑 빠져 있는 듯 붉은 경치에 넋을 놓은 그녀를 돌아보았다. 피로연장으로 가지 않는 것에 대해 핑계를 대기보단 그냥 고백하자. 좋아한다고…….

삐리리 삐리리, 다급하게 울리는 휴대폰 벨소리가 해수에게 잡혀 있는 시우를 깨웠다.

[선배님, 병원입니다!]

이어폰으로 들려온 급박한 준하의 목소리에 그윽하던 눈빛이 날카로워졌다.

[일단 다른 선생님들께 콜하겠습니다.]

"알았어. ……응. 바로 연락해."

병원에서 걸려온 전화임을 직감한 해수는 통화를 끝낸 시우를 보았다.

"병원에 무슨 일 생겼어요?"

"지금 서울로 가야 할 것 같아."

"네에?"

그렇다면 이 근처에서 택시를 타야 할 것 같은 해수는 창밖을 둘러보았다.

두리번거리던 눈동자가 크게 흔들렸다. 이곳은 여러 고속도로가 연결된 순환고속도로, 택시도 없을뿐더러 어떻게든 알아서 갈 테니 내려달라는 말도 할 수 없는 곳이었다. 게다가 경부고속도로와도 연결되어 있어, 그녀 때문에 우회해 달라 하기도 참으로 난감했다. 당연히 이런 사실은 시우도 잘 알았다.

휴대폰이 다시 울렸을 때 두 사람은 똑같이 촉각을 곤두세웠다.

[다행히 서지훈 선생님께서 오시는 중입니다.]

서지훈은 시우의 선배로 교수가 되기 위해 펠로우(Fellow) 과
정을 밟고 있는 실력있는 전문의였다.

[아, 저기 오시네요! 선배님, 걱정하지 마시고 계시다 오세요.
또 연락드리겠습니다. 끊을게요!]

속으로 안도하며 이어폰을 뺀 시우는 일단 한숨은 돌렸지만,
병원으로 가야겠다는 생각에는 변함이 없었다. 자못 심각하게
그의 말을 기다리는 해수가 느껴졌다.

고백은 다음 기회로 미뤄야겠지만, 너를 피로연장에 두고 갈
수는 없어. 다시는 놓치지 않아, 서해수.

"서울 가자. 나하고."

"네?"

"미안한데 그게 최선인 것 같다."

예상하지 못한 말에 해수는 당혹스러웠다. 최선이라는 말에
는 금방 공감이 갔지만, 그렇다 하여 쉽게 답할 수는 없었다. 피
로연에 참석하지 못한다니 서운해서였다. 그녀 자신도 그러한
데 시은은 얼마나 서운하겠는가. 그리고 신혼여행 잘 다녀오라
는 인사도 못했다.

"시은이가 섭섭할 거예요."

"내가 말할게."

해수의 눈에 경부고속도로와 곧 만난다는 도로 안내판이 보

였다. 달리 뾰족한 수는 떠오르지 않고 해수는 안절부절못했다. 환자를 살리는 일이 무엇보다 시급하고 중요함을 알기에, 결국은 안타까운 표정으로 블랙로즈 백에서 주섬주섬 휴대폰을 찾아 꺼냈다.

다행히 시은과 찬영은 서운한 기색 없이 이해해 주었고, 오히려 대전까지 와줘서 고맙다는 인사와 더불어 편하게 올라가게 되었다며 잘되었다고 했다.

시은과 찬영의 목소리를 듣고 나니 해수의 마음은 한결 편안해졌다. 그런데 이 아쉬움은 뭔지…….

"아, 세진 씨!"

순간 시우가 급브레이크를 밟는 바람에 차가 앞뒤로 심하게 들썩였다.

"괜찮아? 미, 미안. 살며시 밟는다는 게 그만……."

간이 콩알만 해진 해수는 큰 소리로 외쳤던 게 시우의 정신을 순간적으로 흐트러 놓은 것 같아 입을 꼭 다물고 안전벨트를 붙잡았다.

부웅 하는 소리와 함께 차는 다시 제 속도를 찾았다.

두 달만 있으면 스물여덟, 놓쳐 버린 소개팅 건을 생각하니 솔직히 아쉬운 해수는 시우를 약간은 원망스러운 눈초리로 쳐다보았다. 그는 오직 환자만 생각하는 듯 조금이라도 빨리 가기 위해 운전에 몰두하고 있었다.

그 큰 병원에 내과 의사가 오빠만 있는 것도 아닐 텐데 동생 결혼식에 참석한 사람을 꼭 불러야 하나? 하긴 오빠는 유능하고 똑똑한 사람이니까, 어디서든 인정받는 사람이니까……. 그래도 소개팅 건은 매우 아깝다.

시우는 조수석 쪽 백미러를 보다 그에게 고정된 해수의 시선을 느꼈다. 갑자기 얼굴 혈관이 팽창되면서 뜨거워지려 했다. 운전에 몰입하려 했지만, 좀체 움직이지 않는 시선은 그녀에게서 풍기는 은은한 향기만큼 달콤해 그를 당황하게 했다. 때마침 좀 전 급브레이크 때 떨어진 듯 해수의 구두 앞에서 반짝이는 휴대폰이 보였다.

"전화 왔어."

"어머."

해수는 속마음을 들킨 것처럼 허둥대며 뒤늦게 감지한 휴대폰을 찾아 들었다. 시우는 그 틈에 길게 숨을 내쉬었다.

"여보세요?"

[대전에 있는 친구 결혼식에 갔다면서요?]

"고 사장님!"

뜻밖에 들려온 수혁의 목소리가 오늘따라 해수는 무척 반가웠다. 마치 물거품이 된 세진과의 소개팅에 대한 위로를 받는 것 같다고나 할까. 그러나 고 사장이 누구인지 확실히 아는 시우는 머리끝이 쭈뼛할 정도로 신경이 예민해졌다.

"결혼식 마치고 지금 서울로 가는 길이에요."

[그래요? 일찍 마쳤네요. 크리스마스 원단 새로 들어와서 연

락했는데.]

크리스마스 원단은 가을이 시작되면서부터 시장에 나오고 있었다. 크리스마스 시즌에 맞추려면 미리 원단을 구입해 샘플도 만들고 전시를 해야 하기에 구매도 빨랐다.

"예쁜 원단 많이 들어왔어요?"

새 원단이 들어왔다는 소식은 늘 해수를 들뜨게 해 그녀의 얼굴에 생기를 불어넣었다. 반면에 시우는 수혁의 전화에 반응하는 그녀의 표정 하나하나에 가슴에 스크래치가 났다.

[미국 RJR과 일본 원단인데 언제쯤 들를래요?]

"음, 주초는 어렵고 금요일에 갈게요."

[그럼 오후 늦게 와요. 일 마치고 함께 저녁 먹어요.]

"저녁을요?"

시우의 얼굴이 일순간에 얼음장이 되었다.

고 사장이라는 사람을 대하는 해수의 태도와 지나친 친근함도 거슬리는데 저녁 약속까지 하려 하다니! 만나는 여자가 있으면서 왜 해수와 저녁을 먹으려는 건지, 공적인 만남일 수도 있지만 그보다는, 이 남자 진짜 양다리나 바람둥이 아니야?

[처음으로 해수 씨에게 정식으로 데이트 신청하는 거예요.]

데이트?

[거절하면 무지 창피할 것 같은데…….]

"고 사장님……."

수혁과 몇 차례 밥은 먹었지만 수혁의 말대로 데이트는 처음이었다. 부담스러운 면도 있지만, 데이트라는 말만으로도 해수는 살짝 가슴이 설레었다. 그녀가 기억하는 남자와의 마지막 데이트는 시우에게 차였던 4년 전 화이트 크리스마스였다. 그것을 데이트라고 할 수 있을지는 모르겠지만. 어쨌든 요즘 들어 부쩍 호감 가는 수혁의 데이트 제안은 기분 나쁘지 않았다.

시우는 해수의 침묵이 불길했다. 저 표정은 뭐야? 도대체 해수에게 무슨 말을 한 거야? 설마 저녁 약속을 하려는 건 아니겠지? 마침 그의 눈에 햇빛 가리개에 꽂혀 있는 티켓이 포착됐다. 금요일! 공연일이 금요일이었다! 하지만, 그가 가진 티켓은 한 장뿐!

"고 사……."

"너, 약속 있어!"

시우는 다급하게 소리쳤다.

화들짝 놀란 해수는 시우를 휙 돌아보았다. 방금 뭐라고 했어요?

담담한 겉모습과는 달리 시우는 난생처음 손에 땀이 났다. 지금, 이미 매진되었을 티켓 따위는 문제가 아니었다.

"내가 해수를 좋아하는 동안 해수는 널 좋아했어. 그래서 해수의 마음이 더 와 닿았는지도 몰라. 난 지금도 기억나. 그때의 해수의 눈빛, 표정, 웃음을……. 그 모든 것들은 너를 향한 것이었어. 해수…… 지금도 그런 마음으로 널 보지 않을까?"

우찬영, 네 말이 맞기를…….

"오케스트라 공연이 금요일이야. 보러 가자."

해수는 잘못 들은 건 아닌지 하는 눈빛으로 눈앞의 티켓을 가리켰다.

"저 오케스트라 공연이요?"

시우는 고개를 끄덕였다.

"오빠랑 보러 가자고요?"

당연히 나하고지! 눈에 힘이 들어가려는 걸 겨우 진정시키고 시우는 침착하게 재차 고개를 끄덕였다.

오빠가 지금 나에게 데이트 신청을? 그럴 리가……. 해수는 퍼뜩 정신을 차렸다. 본능적으로 짝사랑 후유증, 자기 방어 보호 본능이 일었다. 추측하지 말자. 앞서 가지 말자. 의미 부여를 하지 말자. 누구와도 얼마든지 같이 가자고 할 수 있는 일이야. 게다가 금요일……. 휴대폰 건너편에서 그녀의 답을 기다리는 수혁을 생각했다. 그녀가 거절하면 무지 창피할 것 같다고 한 그가 얼마나 애타게 긍정적인 답을 기다리고 있겠는가! 타의든 자의든 벌써 시우에 의해 기대했던 소개팅 건이 날아가 버렸다. 두 번은 안 될 일!

"먼저 들어온 약속이 있어요. 미안해요."

해수의 또록또록한 목소리가 비수처럼 시우의 가슴에 꽂혔다. 시우는 넌 대답하지 않았으니 선약이 이뤄진 게 아니라는 말 따위는 입에 담고 싶지 않았다. 거절당할 수 있다는 것과 거절당한 현실의 충격 괴리는 꽤 커, 할 말을 모두 앗아가 버렸다.

[해수 씨?]

"앗! 죄송해요, 고 사장님."

[대답 안 해주실 거예요?]

"좋아요. 그날 봬요."

핸들을 꽉 쥔 시우의 주먹 위로 하얀 뼈가 도드라졌다. 자신의 제안을 해수가 진지하게 받아들이지 않은 것 같아 더 화나고 서운했다. 그때 찬영에게서 휴대폰 문자 메시지가 들어왔다.

「해수에게 미안할 텐데 나중에 영화라도 보자고 해. 아마 좋아할 거야. 피로연 중에도 지금 너희 둘의 분위기가 무지 궁금한 찬영이가. 크크.」

타들어가는 심장에 냅다 휘발유를 들이붓는 찬영의 만행에 시우는 결국 피가 거꾸로 치솟고 말았다. 앞으로 내가 네 말을 들으면 이시은 동생이다!

해수는 수혁과 통화를 끝낸 휴대폰을 만지작거리며 무르익은 가을 길을 바라보았다. 나랑 보려고 일부러 구입한 티켓은 아닐 거야…….

좀체 마음이 가라앉지 않는 시우는 즐겨 듣는 이무지치(I Musici) CD를 틀었다. 그의 마음 상태와 상당히 동떨어진, 비발디 사계 중 가을 1악장이 경쾌하게 울려 퍼져 빠르게 몇 단계 다음 곡으로 넘겼다. 마지막 트랙에 있는, 사계 녹음과 함께 커플링된 역시 비발디 바이올린 협주곡인 '연인[L Amoroso]'이 흘러나왔다. 오늘따라 음악도 받쳐 주지 않는다는 생각을 하며 그냥 끄려는데 문득 해수가 좋아하는 곡이라는 사실이 떠올랐다. 아니나 다를까…….

"어, 연인이다!"

시우는 스톱 버튼을 누르려던 손을 관자놀이로 옮기고, 차창에 팔꿈치를 기대고 선 붉은 물결로 넘실거리는 산야로 시선을 돌렸다. 사랑하는 연인들이 속삭이는 듯한 아름다운 하모니가 그의 가슴을 아프게 파고들었다.

해수 너, 설마 그 남자와 연인이 되는 꿈을 꾸고 있는 건 아니겠지…….

두 사람을 태운 차는 한 번도 쉬지 않고 서울에 닿았다. 교통도 원활해 평상시보다 일찍 도착했다. 저만치 한국첨단대학병원이 보였다.

"일찍 도착해 다행이에요. 나는 저기 큰길에 내려주세요."

시우는 말없이 해수가 가리킨 가로수 길에 차를 세웠다.

재빠르게 차에서 내린 해수는 노란 은행나무 아래에서 손을 흔들었다. 그러나 곧바로 출발할 거라 여긴 크림색 차가 꿈쩍도 않자 의아한 눈으로 운전석을 주시했다. 시우는 어떠한 감정도 묻어 있지 않은 얼굴로 해수와 눈을 맞췄다.

"문화회관 7시 30분이야. 나올 때까지 기다릴게."

해수의 눈이 휘둥그레졌다. 시우의 차는 더는 머물지 않고 좌

회전 신호를 쫓아 날렵하게 병원으로 사라졌다. 얼떨떨한 해수는 그의 차가 사라진 한국첨단대학병원 정문을 한참 바라보았다.

주차장에 차를 세우자마자 시우는 곧바로 클래식 동호회 총무에게 전화를 걸어 티켓을 팔려는 회원이 있는지 확인했다.

[이번 공연은 모두가 기다렸던 거라 그런지 아무도 없는데…….]

치프방으로 들어간 그는 컴퓨터를 켰다. 예상대로 슈투트가르트 체임버 오케스트라 공연 티켓은 이미 매진이었다. 온라인 클래식 동호회 사이트를 비롯해 몇몇 사이트를 차례대로 클릭하며 급매로 나온 티켓이 있는지 찾았다. 그러나 모두 허사였다. 여러 군데 티켓을 구한다는 글을 남기고 자리에서 일어섰다.

63병동에 가운을 입은 시우가 나타나자 스테이션에서 업무를 보던 박정은 간호사가 놀란 표정을 지었다.

"선생님, 오늘 동생분 결혼이라고 하지 않으셨어요? 벌써 올라오신 거예요?"

엷은 미소로 답을 대신한 시우는 눈으로 준하를 찾았다.

"김준하 선생, 어디 있어요?"

"5호실 환자 진료하고 있습니다. 조금 전부터 피버(Fever)*가 나기 시작했어요."

---

* Fever:열

그때 마침 오랜 피곤함이 고스란히 배어 있는 얼굴로 준하가 5호실에서 나왔다.

"어, 선배님! 벌써 올라오신 거예요? 1호실 환자, 무사히 고비 넘겼다고 문자 넣었는데 못 받으셨어요?"

당연히 받았다.

"5호실 환자, 피버가 난다고?"

대답은 하지 않고 다른 환자의 이야기로 돌리는 시우를 뚫어지게 보던 준하는 올라온 사연을 캐묻고 싶은 욕구를 숨김없이 드러낸 얼굴로 답하기 시작했다.

"네……. 다른 전신 증상은 거의 없고 조금 칠링(Chilling)*을 느끼세요. 렁(Lung)* 사운드(Sound)도 괜찮고 입안도 깨끗합니다."

"듀얼 루멘 카세터(Dual lumen catheter)* 에그짓 사이트(Exit site)는 봤어?"

"약간 레드니스(Redness)*가 있긴 한데요. 더티(Dirty)하지는 않습니다."

"우선 피버 스터디(Fever study)* 내고 관찰해. 특별한 포커스(Focus) 없이 계속 열이 나면 카세터 리무벌(Catheter removal)*도 고려하고."

---

* Chilling:한기　　* Lung:폐
* Dual lumen catheter:혈액 투석용 카세터
* Redness:발적
* Fever study:열이 났을 때 하는 검사
* Catheter removal:카세터 제거

“네.”

“가자.”

“네?”

“커피 마시러.”

“오, 좋죠! 아래 커피전문점에서 사주시는 거죠?”

기대에 찬 준하를 보며 시우는 가볍게 고개를 끄덕였다. 준하는 킥킥 웃으며 시우 옆에 찰싹 붙어 걸었다.

“그렇잖아도 화이트 모카 생각났었는데……. 그런데 정말 어떻게 된 거예요? 결혼식만 보고 바로 오신 거예요?”

“…….”

“에이, 말씀해 주세요. 무슨 일 있으셨어요? 아, 알았다! 동생분 결혼이라 친척 어르신들이 자꾸 선배님은 언제 결혼할 거냐고 귀찮게 물어서 도망 온 거죠?”

시우의 입가에 잠시 미소가 머물렀다.

“에그, 커피 인형님 계시면서 왜 그러셨어요? 잘 안 되세요? 쯧쯧, 말씀 좀 해보세요. 선배님은 너무 입이 무거운 게 흠이에요.”

준하는 아무 반응이 없는 시우를 부드럽게 흘겨보았다.

“아참, 이번 주에 선배님 보러 가시는 오케스트라 공연이요. 이름도 어려워요. 슈투트라나 슈르트라나……. 어쨌든 그 공연이요, 성민 선배 대신 제가 가게 되었어요. 장인어른 생신인 걸 깜박 잊으셨대요. 세상에, 잊을 게 따로 있지. 요즘 그런 날을 깜박하는 간 큰 사위가 어디 있대요? 으하하.”

시우는 우뚝 걸음을 멈췄다.

“어쨌든 그 덕에 선물 받았죠 뭐. 선배님 그날 저 꼭 챙겨주세요. 제가 사실 클래식에는 문외한인지라. 킥킥.”

“티켓 갖고 있어?”

“당연하죠.”

준하는 싱글거리며 호주머니에 있던 티켓을 자랑하듯 뽑아 들었다.

“짠!”

휙!

어떻게 할 사이도 없이 시우의 기다란 손가락 사이로 티켓이 공간 이동을 했다.

“1년차가 그렇게 한가해?”

“헉! 서, 선배님!”

“넌 너무 입이 가벼운 게 흠이야.”

돌아서 싱긋 미소 짓고 걸어가는 시우를 보며 준하는 멍했다. 그러나 이내 발을 동동거리며 이번만큼은 그냥 당할 수 없다는 듯, 형에게 먹던 사탕을 뺏긴 아이처럼 칭얼거리며 쫓아갔다.

“선배니임, 이건 직권 남용의 우를 범하시는 너무 잔인한 처사세요! 흑! 제 티켓 돌려주세여엉. 제가 아무리 힘없는 1년차지만 이렇게 권력의 힘 아래 무참하게 짓밟힐…… 이크!”

갑자기 시우가 걸음을 멈추는 바람에 하마터면 그를 덥석 안을 뻔했다.

"얼마면 돼?"

"예? 그, 그건 원빈이 송혜교에게 한 말인데……."

시우는 팔짱을 끼고 티켓을 들어 보였다. 준하는 갑작스러운 상황과 티켓에 숨겨진 이면을 파악하려고 신속하게 머리를 회전시켰다.

"셋 셀 동안 말하지 않으면 네가 거래를 포기한 걸로 간주하겠다. 하나."

"자, 잠깐만요."

"둘."

"아, 성격 급하시네."

"셋!"

"화이트 모카 100잔!"

셋과 거의 동시에 준하가 외쳤다.

준하는 커피 마시러 가는 길이어서인지 떠오르는 거라곤 아까부터 먹고 싶었던 화이트 모카밖에 없었다. 그런데 100잔이라니……. 스스로 생각해도 공짜표로 좀 과하다 싶었지만 이미 말은 뱉었고 흥정을 하려면 일단 세게 불러야 함을 상기했다. 준하의 얼굴에 조금은 비열하고 조금은 야비한 미소가 번졌다.

"콜."

"이얍!"

베를린 필하모니 오케스트라 VIP석을 웃도는 금액이었다. 그러나 그 이상을 요구했어도 시우는 들어주었을 것이다.

시우가 단번에 답하는 바람에 흥정은커녕 곧바로 날도둑이 된 듯했지만 준하는 박지성의 골 세리머니를 흉내 내며 앞서 걷는 시우를 따라잡았다.

"선배님, 그 비싼 티켓의 주인은 누구예요? 커피 인형님이죠? 그렇죠? 이거 앞으로는 화이트 모카님이라고 불러야겠는데요? 하하! 화이트 모카 100잔이라! 성민 선배가 알면 엄청 배 아파하시겠어요. 킥킥."

화이트 모카라…….

해수를 떠올리는 지금 시우의 마음은 비 오는 날의 블루마운틴 곱하기 100잔…….

 고백

똑똑, 미소를 지은 종영은 해수가 아직 잠들어 있는 그녀의 방으로 살포시 고개를 내밀었다. 조용조용히 창으로 다가가 빨간 빛깔의 꽃무늬 커튼을 열어젖혔다. 포근한 햇살이 눈 깜짝할 사이에 방을 가득 채웠다.

"아빠……."

"깼니? 우리 딸, 밥 먹으러 가자."

부스스 일어난 해수는 침대 머리에 둔 자명종 시계를 보았다. 벌써 9시였다.

식탁에 먼저 와 있는 정숙은 부엌으로 들어서며 인사하는 해수를 쳐다보았다.

"어제 늦게 잤어?"

"전시 작품 퀼팅 좀 한다고요."

상투처럼 틀어 올린 머리를 한 해수는 정숙의 맞은편에 앉았다. 곰돌이 주방 장갑을 낀 종영이 사각 패치로 만든 냄비 받침대에 해물된장찌개가 보글보글 끓는 뚝배기를 내려놓았다. 해수는 찌개를 보니 미역된장해물국을 맛있게 먹던 시우가 떠올랐다.

'나올 때까지 기다릴게.'

번쩍 눈이 떠진 해수는 머리를 짤짤 흔들었다.

"나이만 먹었지, 저럴 때 보면 꼭 애 같아요."

눈곱만 떼고 앉은 해수가 잠을 깨기 위한 행동으로 정숙은 착각한 모양이었다. 종영이 고개를 끄덕이며 식탁에 앉았다.

"애 맞잖아요. 어지르기는 일등인데 뒷정리는 꼴등인 애. 늦잠 자기 일쑤에 살림이라곤 도통 모르는 애. 이제 슬슬 배워야 할 텐데 우리가 해수를 너무 안 가르쳤어요."

정숙이 억울하다는 표정을 짓는 해수의 편을 들었다.

"차차 배우면 돼요. 그리고 닥치면 다 해요. 손재주와 눈썰미가 있어서 뭐든 감각있게 만들기는 잘하잖아요. 집 안 꾸미는 것도 좋아하고요. 음식도 지난번 구절판은 맛도 좋았어요. 당신 말대로 문제는 뒷정리죠. 쿡."

"엄마."

"사실은 사실이잖아."

　해수는 뭐가 재밌는지 마주 보며 웃는 종영과 정숙을 어이없게 바라보다 결국 따라 웃었다.

　오래전 시은의 빌라에서 퀼트를 하고 나면 시우를 의식해 집에서도 하지 않는 청소를 정말 열심히 하곤 했었다. 그런데도 돌아다니는 잔해들로 인해 그의 눈썹이 45도로 올라가곤 했었다.

　나올 때까지 기다리겠다는 그 말을 그 시절에 들었다면 아마 집안 대청소를 하고도 남을 에너지를 발산하고 있을 텐데…….

　"나 오늘부터 운동으로 자전거 타려고 해요."

　해수는 머릿속에서 시우를 지우며 말했다.

　"좋은 생각이다. 마치면 테니스 코트로 와. 같이 점심 먹고 들어오게."

　종영은 일요일마다 참여하는 테니스 동호회가 있었다. 주로 퇴직한 사람들이 친목 차원에서 가볍게 게임을 하는 모임인데 날씨가 쌀쌀해지면서부터 실내 코트로 옮겨 모임을 하고 있었다.

　"나는 왜 빼요?"

　"박 원장이야 당연히 나오셔야죠."

　"엎드려 절 받기네요. 그런데 왜 자전거야? 그냥 아빠랑 테니스 하지."

　"지난번에 잡지를 본 적이 있는데 제 체형에는 유산소 운동이 좋대요. 맞는 말 같아서요. 그리고 앞으로는 더 바빠져 자전거 타기 정도가 적당한 것 같아요."

"바빠?"

종영이 해수를 보며 물었는데 미더덕을 한 숟갈 가득 뜬 정숙이 답하기 시작했다.

"당장 연말에 코엑스에서 열리는 수공예 박람회 있잖아요. 다가올 겨울과 크리스마스 시즌도 대비해야 하고, 내년 봄 정기 전시회에 출품할 작품도 완성해야 하고요. 도록에 실릴 사진은 2월에 미리 촬영하잖아요. 게다가 늘 하는 문화센터 강좌에 이제부터는 섭외 들어오는 방송도 해수에게 맡기려고요. 지난번에 아프고 나서부터 몸이 더 허약해진 것 같아요. 눈도 침침하고 쉬엄쉬엄하려고요."

정숙은 이미 바늘귀에 실을 꿸 때 자동 실 꿰기 기구를 이용하거나 돋보기를 쓰고 있었다. 손목 관절도 좋지 않아 예전만큼 퀼트도 하지 못했다. 그것을 아는 해수는 무겁게 가라앉는 마음만큼 손에 쥔 숟가락이 무겁게 느껴져 찌개를 뜨는 손놀림이 더뎌졌다.

"참, 해수야, 이번 시즌에 생각해 둔 작품 있어?"

해수는 그늘진 표정을 몰아내고 방긋 미소 지었다.

"새로운 패턴의 산타 벽걸이 하나 구상 중이에요. 가방은 지난번 패치워크 통신(퀼트 간행물)에서 봐둔 게 있고요. 영은 씨와 함께 샘플 작업 들어갈 거예요. 그리고 이건 제 창작인데 아즈미노 원단과 천연 털 원단을 접목해 겨울 가방을 하나 만들려고요."

"천연 털이면 가격대가 올라갈 텐데……."

얌전히 찌개를 한술 뜨는 해수를 정숙은 넌짓 바라보았다.

"그렇잖아도 동대문 갈 때 한번 둘러보려고 해요. 단가도 중요하니까."

"그래, 어련히 알아서 하겠느냐마는 잘 알아보고 하도록 해."

"네. 완성도가 괜찮으면 박람회 때도 내놓을 생각이에요. 반응 괜찮으면 내년 협회 전시회 때도 소품으로 출품하고요."

정숙은 의욕적이고 믿음직스러운 해수를 흐뭇하게 바라보았다. 두 사람의 대화를 무덤덤하게 듣던 종영은 화제 전환을 시도했다.

"시은이한테 받은 부케, 드라이플라워 하려고 매달아둔 거야?"

"잘 말렸다가 100일째 되는 날 태우면 결혼한 친구가 정말 잘 산대요."

"부케 받으면 곧 결혼해야 한다던데, 시은이 결혼하는데 부럽지 않든?"

결혼 이야기를 꺼내는 정숙을 향해 해수는 밥을 오물거리다 말고 샐쭉 웃었다.

"부럽긴 하지만 결혼을 혼자 하나요?"

"멀리서 찾지 말고 주위를 둘러봐. 인연은 멀리 있지 않다고 하잖아."

정숙이 말한 주위가 수혁이라는 것은 해수도, 종영도 잘 알았다. 그리고 그들의 생각이 틀리지 않았다는 듯 정숙은 수혁의 이야기를 늘어놓았다.

"고 사장은 네가 퀼트하는 것을 적극적으로 외조할 사람이야. 너도 고 사장에게 도움이 많이 될 거고. 한마디로 서로 발전적인 관계란 말이지. 그리고 둘째 아들에다가 누나들 출가해 잘살고 있고, 부모님은 대학교수인 형님 내외가 지방에서 잘 모시고 있고. 다정다감한 성격에 남자답게 생겨. 뭘 더 바라겠니? 아, 게다가 고 사장 부모님이 널 좀 예뻐하셔? 이제부터라도 고 사장과 진지하게 만나봐."

"마치 해수더러 먼저 프러포즈라도 하라는 말 같아요."

종영은 이제는 대놓고 수혁과 만나보라는 정숙이 못마땅했다.

"누가 그러래요? 내가 봤을 때는 고 사장은 예전부터 해수를 마음에 두고 있는데 애가 통 틈을 안 주니까 하는 말이죠."

"해수야, 급할 것 없다. 너 아직 한창때고 세상에 널린 게 남자야."

"나이는 금방이에요. 그리고 널린 게 남자라도 해수 짝으로 고 사장만 한 사람 없다니까요. 우리 해수 꿈이 뭔지 알죠? 누구보다 독창적이고 실력있는 퀼트 작가가 되는 거예요. 안 그래, 해수야?"

정숙의 말은 틀린 게 없었다. 그래도 결혼은 사랑하는 사람과 해야 하지 않겠느냐는 반문이 목까지 차올랐다. 하지만 하지 않았다. 돌아올 답은 그녀도 잘 알았기에.

보빈에 있다 보면 각각 다양한 결혼 생활을 간접적으로 접해 보는 건 어렵지 않았다. 시시콜콜한 가정사에서 심각한 부부 관계까지, 퀼트라는 공통된 취미가 마음의 빗장을 푸는 만능 키처럼 회원들을 허심탄회한 대화로 이끌었다. 하루에도 몇 편의 사랑과 전쟁을 청취하며 공감하는데 굳이 정숙과 집에서까지 그런 토론을 이을 필요는 없었다. 모든 건 개인의 선택이고 결과는 선택한 개인의 책임이라는 걸 인지하고 있었다.

"그냥 엄마 말 들어. 너, 고 사장을 싫어하는 것도 아니잖아. 만나다 보면 정도 들고 사랑하는 감정도 생기고 그러는 거야. 별 사람 있는 줄 아니?"

"밥 먹읍시다. 테니스 하러 갈 시간 다 되었어요."

해수는 식탁 분위기가 어색해지려는 걸 느꼈다.

"어디서 부부 금실 금 가는 소리가 들리는데요? 훗. 이번 주 금요일에 고 사장님과 저녁 먹기로 했어요."

"뭐? 아니, 왜 그런 얘기를 이제야 해?"

반색하며 목소리가 커진 정숙을 보며 해수는 얼른 덧붙였다.

"그냥 밥 먹는 거예요."

"고 사장이 데이트 신청을 한 거야? 그래?"

"네."

"어머, 세상에! 내가 뭐라고 했어? 고 사장이 너 좋아한다니까."

"좋아한다고 말한 건 아니에요."

"그걸 꼭 말로 해야 아니? 좋아하지도 않는데 데이트 신청을 해? 너는 감정이 무딘 거야, 남자에 대해 너무 모르는 거야?"

"엄마, 사람 만나는 문제는 저에게 맡겨주세요. 지켜봐 주시면 더 고맙겠어요."

해수는 데이트 신청 한 번에 결혼식까지 마음이 내닫는 정숙을 막고 싶었다. 그리고 뜻밖의 시우의 오케스트라 관람 제안은 수혁과의 데이트는 막지 못했어도, 수혁으로 인해 살랑였던 해수의 마음은 충분히 잠재웠다.

"알았어, 알았어."

기분이 좋은 정숙은 흔쾌히 답했다. 정숙과는 달리 진중해진 종영은 해수를 깊게 바라보았다.

해수야, 나는 왜 너를 볼 때면 이 군이 생각날까? 엄마가 고 사장 이야기를 할 때도 그렇고. 이 군이 고 사장보다 더 당긴다고 하면 황당무계하다고 네가 웃을까? 너만 좋다면 아빠는 괜찮은데, 대전으로 시집보내더라도 말이다.

11월로 접어들면서 겨울을 준비하는 늦가을 하늘은 금방이라도 눈이 내릴 것 같은 우중충한 납빛을 자주 띠었다.

해수는 영은과 함께 온라인으로 들어온 주문에 맞춰 준비한 상품들을 여러 개의 종이 상자에 차례차례 넣고 있었다. 그녀는 금요일이 다가올수록 나올 때까지 기다리겠다는 시우의 말이 빈번히 떠오르고 있었다.

순전히 자기 마음이야. 그렇게 툭 던지고 가면 내가 쪼르르 나갈 줄 아나?

"작은 쌤!"

하던 일을 멈추고 딴생각에 빠져 있는 해수를 영은이 대차게 불렀다.

"응?"

"벌써 몇 번째인지 아세요? 오늘 무슨 일 있어요? 택배 직원 올 시간 다 됐다고요."

"어, 미안."

해수는 다시 부지런히 손을 움직였다.

설마 아직도 내가 오빠를 좋아하는 걸로 착각하는 건 아니겠지?

"또, 또!"

아……! 정신을 차린 해수는 어설프게 웃었다.

"열심히 할게."

마지막 단계로 프린트한 주문서를 상자마다 넣는데 외출했던 정숙이 돌아왔다.

"아직도 덜했어? 지금 몇 시야? 안 되겠다. 나머지는 나와 영은이 할 테니 너는 어서 가. 고 사장 기다리겠다."

"다 했어요. 영은 씨, 여기 주문서 어디 갔지?"

영은이 옆에 있던 주문서를 찾아 해수에게 건넸다.

"아차, 내 정신 좀 봐. 해수야, 집에 얼른 갔다 올 테니 잠깐만 기다려."

잠시 후, 정숙은 커다란 종이 가방을 들고 돌아왔다. 포장을 끝낸 해수는 외출 준비를 마친 뒤였다. 정숙은 베이지 플레어 원피스 위에 어깨에 셔링이 잡힌 검은색 롱 재킷을 입은 해수를 만족스럽게 바라보았다.

"이거 고 사장에게 전해줘. 밑반찬이야. 남자 혼자 사니까 아빠가 밑반찬을 많이 한 게 생각나서 조금 쌌어."

내키지는 않았지만 해수는 거절할 만한 이유를 찾지 못했다. 정숙은 해수의 목에 매여져 있는 넥 스카프의 매무새를 다듬었다.

"고 사장이랑 수제비 그런 거 먹지 말고 맛있는 거 사달라고 해."

해수가 동대문 시장에 갈 때면 수혁과 지하에 있는 수제비 집을 자주 찾는다는 걸 알았다. 오늘은 데이트라고 했으니 설마 그곳에 가겠느냐마는 노파심은 어쩔 수 없었다.

"그 집 수제비가 얼마나 맛있는데요. 고 사장님이 나보다 더 좋아해요."

"엄마 말, 무슨 뜻인지 알면서 엉뚱한 소리는. 늦었어. 빨리 가."

"네, 다녀올게요."

해수를 기분 좋게 배웅한 정숙은 유리문을 닫았다.

"원장님, 오늘 작은 쌤 무슨 일 있어요?"

"무슨 일 있지."

"무슨 일인데요? 온종일 정신이 안드로메다에 계시더라고요."

다른 때 같았으면 표현이 왜 그러냐며 눈에 힘이라도 줬을 텐데 역시 들뜬 정숙은 웃기만 했다.

"그럴 만도 하지. 오늘 고 사장이랑 데이트하잖아."

"예에? 말도 안 돼!"

"뭐가 말이 안 돼?"

"여자가 있다니까요!"

"또, 또 그 소리! 여자가 있는데 우리 해수에게 데이트 신청을 했단 말이야? 내가 말했지? 거래처 사람일 거라고."

"그래도 돌다리도 두드려 보고 건너랬다고 한번 알아보기는 하셔야죠."

"걱정하는 네 마음은 알겠는데 고 사장은 절대 그런 사람이 아니야. 한 번만 더 그런 소리를 하면 나 진짜 화낸다."

정숙은 엄포 아닌 엄포를 놓았다. 불길함을 지울 수 없는 영은은 손톱을 물어뜯었다.

[사장님, 보빈 작은 선생님께서 오셨습니다.]

"알았어. 금방 갈게."

책상에 앉아 사무실 수화기를 내려놓은 수혁은 소파에 비스듬히 기대앉은 퀼트 숍 소잉(Sewing) 원장 소희를 쳐다보았다. 글래머러스한 그녀는 타이트한 투피스를 입고 있었다.

"나가자. 지금 숍에 가야 해."

"누가 왔는데?"

"보빈의 서 선생."

꼬치꼬치 캐묻는 여자는 질색이지만 수혁은 간단하게 답해줬다. 여자를 사귀어본 다년간의 경험으로 봤을 때 그게 편하다는 걸 잘 알았다.

책상에서 일어나 슈트 재킷을 걸친 그는 나름 우아하게 소파에서 일어서는 소희 곁으로 걸어갔다. 그녀는 수혁에게서 생일 선물로 받은 반지가 끼워진 손가락을 높게 들어 올렸다.

"보빈은 요즘 쇼핑몰도 잘되는가 보더라. 거기 우리랑 같은 택배 업체 이용하잖아. 담당 직원이 거래하는 퀼트 숍 중에서 보빈이 가장 배달 양이 많대. 서 선생이 사이트 운영도 잘하고 인터넷에서 꽤 유명한가 봐. 그것도 부지런해야 하는 건데 어쨌든 퀼트 업계에서는 알아주는 김정숙 선생님의 무남독녀에 가맹점도 제법 많고……."

소희는 수혁을 넌지시 보았다.

"그런 여자는 어때? 제법 미인이기도 하잖아."

자연스럽게 소희의 어깨에 팔을 두른 수혁은 그녀를 문으로 이끌었다. 이런 식의 시험은 쉽다 못해 식상할 지경이었다.

"관심없어. 너 외에는."

"정말이야?"

"두 번 말 안 한다."

수혁은 나를 못 믿는 너에게 불쾌하다는 뜻의 냉담한 표정을 지었다. 그러자 소희는 언제 그랬냐는 듯 몸을 밀착시키며 간드러진 목소리를 내었다.

"수혁 씨를 못 믿어서가 아니라 거래처가 죄다 여자들이니까, 그 여자들을 못 믿는 거지."

수혁을 향해 유혹적인 눈빛을 보내고 소희는 밖으로 나갔다. 수혁은 이제 슬슬 소희와의 만남도 정리할 때가 됐다는 생각을 하며 낮은 한숨을 내쉬었다.

"전화할게."

소희의 차가 완전히 시야에서 벗어나자 수혁은 곧바로 동대문 지역에 있는 네 군데 숍 중 해수가 주로 찾는 로드 숍으로 바삐 움직였다. 그곳은 창고형 매장으로 규모가 제일 크면서도 깔끔하게 정리되어 있어 도배업자들이 자주 찾는 곳이었다.

매장으로 들어서니 도서관 책장처럼 일렬로 나란히 세워진 4단짜리 원단장 앞을 천천히 걸으며 원단들을 둘러보는 해수가 보였다. 살며시 그녀 뒤로 다가갔다.

"왔어요?"

수혁에게 눈인사한 해수는 원단들을 보며 눈을 빛냈다.

"이번에 원단 많이 들어왔네요."

뿌듯한 미소를 지은 수혁은 지긋한 눈빛으로 해수를 바라보았다.

가을 들어 집에서 결혼을 독촉하면서 해수를 며느릿감으로 적극적으로 추천했다. 그렇잖아도 막 꽃봉오리를 피운 탐스러운 꽃처럼 사람을 끌어당기는 그녀를 눈여겨보고 있었다. 집안끼리 친분도 있고 소희가 말한 것처럼 조건도 나쁘지 않은데다 온실에서 자란 그녀야말로 그의 아내로 최적이라는 생각에 느긋하게 다가가던 속도에 조금씩 속력을 높이고 있었다.

"요즘 해수 씨의 인지도가 꽤 높아진 거 알아요? 강좌 많이 들어오죠?"

"아니에요."

"겸손할 필요 없어요. 다 아니까."

살짝 웃어넘긴 해수는 가느다란 손가락으로 맨 윗줄에 있는 원단을 가리켰다.

"저 베이직 원단과 이번에 들어온 호프만 염색 원단 시리즈 보내주세요."

수혁은 직원을 시키지 않고 직접 주문서를 작성했다. 이후로도 옆에 있던 긴 사다리로 가뿐하게 올라가 원단을 뽑는 등 물건 하는 동안 잠시도 해수의 곁을 떠나지 않았다. 부자재 코너까지 함께 둘러본 두 사람은 나란히 카운터로 갔다.

"이거 밑반찬이에요. 엄마가 챙겨주셨어요."

해수는 카운터 아래에 둔 종이 가방을 가리켰다. 정숙이 확실

한 자기편임을 느낀 수혁은 가방을 번쩍 들어 올리고는 펼치려 했다.

"여기 먼지 많아요."

해수가 얼른 저지했다. 직원들이 빠르고 능숙한 솜씨로 마대에서 시원하게 펼친 원단을 자르고 있었다.

"감사하다고 꼭 전해줘요. 아, 군침 돈다. 배 안 고파요? 어서 밥 먹으러 가요."

해수는 지금껏 보지 않으려 노력했던 벽시계를 보았다.

5시 50분……. 7시 30분까지 1시간 40분 남았다. 갑자기 마음이 불안했다. 수제비를 먹는다면 모를까, 수혁과 저녁을 먹는다는 건 곧 문화회관에 가지 않겠다는 뜻. 가고 싶다거나 가야겠다고 생각한 적도 없는데 꽉 막힌 도로처럼 가슴이 답답했다.

"해수 씨, 특별히 먹고 싶은 거 있어요?"

"네?"

수제비를 떠올리던 차라 괜스레 당황한 해수는 첫 데이트에 대한 기대로 부풀어 있는 듯한 수혁을 보며 일방적인 시우의 약속에 흔들리는 자신을 책망했다. 하지만, 다정한 수혁의 얼굴 위로 냉소적인 시우의 얼굴이 포개지자 이유야 어떻든, 과정이 어떻든 정말 그녀가 갈 때까지 기다리기라도 한다면 어떻게 하나 하는 걱정이 고개를 들었다.

"먹고 싶은 거 있느냐고요."

"수……."

이키, 한숨처럼 '수' 자를 내뱉고 말았다.

"수?"

미로에 놓인 것처럼 갈팡질팡하던 해수의 마음이 수제비 쪽으로 기울었다.

"제에, 비……."

"제에비…… 제비? 흠!"

수혁은 목이 잠겨 헛기침했다. 해수는 얼른 손을 저었다.

"아, 아니요. 수제비…… 요."

"네?"

해수가 무안할 정도로 수혁이 큰 소리로 웃었다.

"수제비 먹고 싶어요? 하하. 아, 미안해요. 그런데 그건 평소에도 자주 먹는 거잖아요. 너무한다. 아무리 그래도 오늘은 우리의 첫 데이트인데 서운해지려고 해요."

"아, 아니. 난 그냥 먹고 싶은 거 말하라기에……. 저는 정말 수제비 괜찮거든요."

해수는 수혁의 마음이 다치지 않게 신경 쓰면서 그녀의 생각을 말하려 애썼다.

"알아요. 그래도 오늘은 근사한 곳에서 먹어요."

애절함을 띤 수혁의 부드러운 눈길에 해수는 말문이 막히면서 미안함을 느꼈다. 그녀가 생각해도 수제비는 좀 엉뚱하긴 했다. 그리고 이렇게 자상한 수혁을 두고 시우를 향해 마음이 움직였다는 것에 우울했다. 시우가 좋아한다고 말한 것도 아닌데…….

"서해수, 정신 차려."

"네?"

혼잣말이 좀 컸나 보다. 해수는 웃는 것도, 우는 것도 아닌 어정쩡한 표정으로 미소를 지었다.

해수의 동요를 눈치 챈 듯 직원들에게 빠르게 퇴근 준비를 시킨 수혁은 살며시 해수의 허리에 팔을 감았다. 남자의 낯선 손길에 흠칫하는 그녀가 고스란히 느껴져 잠시 야릇한 기분에 휩싸였다.

"오늘을 위해서 해수 씨와 어울리는 멋진 곳에 미리 예약해 뒀어요. 전경도 좋고 음식 맛도 최고여서 아마 마음에 들 거예요. 가요."

지금껏 어떤 여자를 데려가도 좋아하지 않는 여자는 없었다. 수혁의 얼굴에 자신감이 밴 미소가 번졌다. 오랜만에 느끼는 가슴 떨림에 살짝 당황하면서…….

수혁의 벤츠를 타고 해수가 도착한 곳은 대학로에 있는 한 스카이라운지 레스토랑이었다.

하필이면 한국첨단대학병원 근처라니……. 해수는 불편한 마음으로 수혁을 따라 엘리베이터에 올랐다.

전면이 통유리로 된 레스토랑은 젊은 화가들의 작품이 걸려 있는 갤러리 느낌의 유로피안 식 고급 식당이었다. 단골인 듯 익숙하게 들어선 수혁을 종업원이 친근하게 맞았다.

창가 테이블에 앉았을 때 해수의 눈은 막 6시 40분을 지나는 맞은편 프로방스 시계에 꽂혔다. 퇴근 시간이라 차가 많이 막힌 데다 주차하는 데 오랜 시간을 지체했다. 시계를 보지 않아도 심장에 째깍째깍 시곗바늘이 돌아가는 것처럼 오는 내내 초조함을 떨칠 수 없었다.

"전경이 어때요?"

수혁의 물음에 해수는 그제야 유리창으로 시선을 돌렸다. 하얀 형광등이 칸칸이 켜져 있는 한국첨단대학병원이 바로 코앞에 있는 것처럼 가끼이 보였다.

"아름답죠?"

돌아오는 답이 없는 해수를 말끄러미 보던 수혁은 그녀의 시선을 따라 한국첨단대학병원을 멀뚱히 보았다.

지금쯤이면 오빠는 문화회관으로 갔을까? 아니면 아직도 병원에 있을까? 정말 내가 갈 때까지 기다릴까?

"후우……."

고운 미간이 찌푸려졌다. 왜 그런 말을 해선…….

주문을 받기 위해 종업원이 다가왔다.

"이 집은 와인소스 안심 스테이크와 시푸드 샐러드가 유명해요."

메뉴를 펼친 수혁은 해수의 눈치를 살폈다. 역시 그의 말이 그녀에게는 들리지 않는 듯했다. 불쾌했지만 얼굴에 드러내지는 않았다.

"해수 씨?"

하지만 만약, 정말 만에 하나 오빠가 나와 보려고 예매한 거라면……. 그런 거라면 거절했기에 서운해서 일방적으로 약속을 던지고 간 게 아닐까? 그렇다면……!

벌떡, 해수는 전기에 감전된 것처럼 자리를 박차고 일어났다. 깜짝 놀란 수혁은 그를 향해 흔들리는 말간 눈동자를 불안하게 올려다보았다. 종업원도 어리둥절한 눈으로 해수를 쳐다보았다.

"저, 저…… 고 사장님……."

"네, 해, 해수 씨……."

설마 그냥 간다는 말은 아니겠지? 그건 나, 고수혁의 자존심이 허락지 않아. 제발…….

"화, 화…… 장실 좀……."

"네?"

바짝 긴장된 분위기에서 전혀 예상하지 못한 말을 들어서인지 수혁은 레스토랑이 떠나갈 정도로 큰 소리로 웃었다.

"하하! 해수 씨도 참……."

"죄, 죄송합니다."

"괜찮아요. 어서 다녀오세요."

얼굴이 빨개진 해수는 어처구니없게 바라보는 종업원의 시선을 느끼며 백을 들고 얼른 테이블을 벗어났다.

안도의 짧은 한숨을 내쉰 수혁은 종업원에게 나중에 다시 와달라고 요구하고, 해수가 사라진 화장실을 의미심장하게 바라보았다.

화장실 내에 비치된 파우더 룸으로 들어간 해수는 거울을 마주 보았다.

차마 수혁의 얼굴에 대고 가겠다는 말을 할 수가 없었다. 간절한 그의 마음이 느껴져서 도저히 말할 수 없었다.

"하지만, 가야 해. 지금 가야 해."

마음을 다잡고 문을 향해 돌아섰다.

그때 백에서 휴대폰 벨소리가 들렸다. 발신자를 확인하는 해수의 눈이 반가움으로 커졌다. 신혼여행에서 돌아온 시은이었다.

[방금 대전에 도착했어. 친정이야.]

"서울에는 언제 와?"

[다음 주 주말쯤. 가게 되면 보빈으로 갈게. 퀼트할 것 들고.]

"응."

[집들이도 할 거야. 너와 오빠는 따로 할 거니까 오빠와 시간 맞춰봐.]

"으응."

[우리 오빠 휴대폰 번호 알아?]

그러고 보니 시우와 재회 후 휴대폰 통화를 한 적은 없었다. 예전과 달라지지 않았다면 휴대폰에 그대로 간직되어 있는데…….

[옛날 번호 그대로야. 아직…… 저장되어 있지?]

시은의 말투에 저장되어 있기를 바라는 마음이 담겼다.

해수는 저장되어 있다는 사실은 곧 그녀의 마음에 시우가 아직도 저장되어 있음을 뜻하는 것 같아 선뜻 답하지 못했다.

이런 미련 곰탱이, 진작 지웠어야 하는데…….

"응……."

굳이 거짓말을 하고 싶지는 않았기에 작은 목소리로 답했다. 그러자 한층 밝아지고 낭랑해진 시은의 목소리가 들려왔다.

[오빠가 오늘은 병원 사람들과 오케스트라 공연 보니까 내일쯤 연락해 봐.]

해수의 귀가 번쩍했다.

"병원 사람들과 공연을 본다고?"

[응. 병원 내 클래식 동호회가 있거든. 좋은 공연이 있으면 한두 달 전에 예매해서 함께 보러 가더라고. 나도 땜빵으로 두어 번 간 적이 있어.]

"땜…… 빵?"

[미리 예매하니까 막상 공연 당일에 응급이 걸리거나 일이 있어 못 가게 되는 사람들이 있을 수 있잖아. 취소해도 손해니까 대부분 되팔려고 하는데 그게 뜻대로만 되나? 우리 오빠처럼 처음부터 선물로 돌리는 사람도 있고 팔다, 팔다 못 팔아서 그냥 주는 사람도 있고 그렇더라고. 팔리지 않을 바에야 누가 가도

가는 게 나으니까. 그래서 땜빵이라고 한 거야. 흐흐.]

하! 그럼 그렇지. 해수는 너무 기막혔다. 시우에 대한 실망보다는 자신에 대한 실망이 먼저 밀려왔다.

난 왜 둘이 본다고 생각했을까? 그리고 한두 달 전에 예매했다면 나를 생각하며 예매한 티켓일 리도 없지 않은가! 나올 때까지 기다리겠다는 그 말에 그토록 많은 의미를 부여하다니……. 한심하다, 서해수!

[그런데 그런 땜빵은 대환영이지 않니?]

"그래……."

해수는 두 눈을 질끈 감았다. 생각할수록 자신과 시우에게 화가 났다.

잠시 후, 평온한 표정으로 자리로 돌아온 해수는 가볍게 의자에 앉으며 수혁을 향해 미소를 지었다.

"이 집에서 유명한 음식이 뭐라고요?"

"아직 안 왔어?"

공연장을 함께 찾은 동료의 물음에 시우는 손목시계를 보았다.

7시 25분…….

"우리 먼저 들어갈게."

시우는 말없이 고개를 끄덕였다.

동료들이 모두 공연장으로 들어가고 홀로 남자, 조금씩 이는 불안함을 더는 모른 척할 수 없어 문화회관 밖으로 빠르게 빠져나갔다.

먹구름으로 가득한 컴컴한 밤하늘 아래 제법 차가운 바람만이 쌩쌩 불고 있었다. 트렌치코트의 깃을 세우고 가로등 불빛이 아롱이는, 해수가 걸어올 길을 따라 마중 가듯 걸음을 내디뎠다.

올 거야, 올 거야…….

1분이 1초 같은 시간이 흐르고, 긴 바늘이 6이라는 숫자를 스쳤을 때 시우는 그녀의 흔적이라고는 찾을 수 없는 눈 아래 긴 계단을 공허하게 내려다보아야만 했다.

마지막 가을비가 내리려는 듯 반듯한 어깨에, 단정한 까만 머리에 톡톡 빗방울이 떨어졌다.

작은 물방울이 결빙된 얼음 조각처럼 아프게 닿았지만, 땅에 뿌리가 내린 나무처럼 시우는 움직이지 못했다. 스스로 최면을 걸 듯, 주문을 외우듯 여전히 그녀가 오기를 바라며 외부와는 단절된 사람처럼 그렇게 서 있었다.

보슬보슬 겨울맞이 비는 스산하게 내리고 쌓여가는 기다림의 시간은 그의 가슴을 아프게 짓눌렀다. 누군가를 이렇게 애타게 기다려 본 적이 있었던가. 젖어가는 코트의 무게를 느끼면서도 움직여지지 않는 다리는 이미 땅과 한 몸 같았다.

네가 나올 거라고, 너는 아직도 나를 생각할 거라고 오만을 부렸나 보다.

스스로 화가 나면서 해수에게 자신은 지나간 첫사랑일 뿐 아무런 존재도 아니라는 현실이 참을 수 없는 고통으로 그를 짓이겼다.

너에게 난 지울 수 없는 상처겠지. 하지만 난 너밖에 안 보이는데……. 내 사랑은 이제 시작인데…….

"맛이 없어요?"

전혀 크기가 줄지 않는 해수의 스테이크를 보며 수혁이 근심스럽게 물었다. 해수는 미안한 표정을 지었다.

"맛이 없어서가 아니라 입맛이 없어서요. 죄송합니다."

"아니에요. 죄송할 일은 아니죠. 그럼 뭐 다른 것 드실래요?"

"괜찮아요."

해수는 포크를 살며시 놓고 물컵을 들었다. 수혁은 스테이크를 썰며 부드러운 미소를 지었다.

"해수 씨……."

수혁은 잠시 호흡을 고르더니 조심스럽게 말을 이었다.

"해수 씨와 결혼을 전제로 만나고 싶어요."

"……!"

"부끄럽게 뭘 그렇게 놀라요. 내 마음 여태껏 몰랐어요?"

해수는 천진하리만큼 빨갛게 볼이 물든 수혁을 뚫어지게 쳐다보았다.

어린 나이가 아니니 좋은 만남을 이어가다 보면 자연스럽게 결혼 이야기가 나올 수 있겠지만, 첫 데이트에 이런 말을 한다는 것은 처음부터 명확한 관계를 요구한다는 뜻이었다.

수혁은 이럴 때 당당하게 말해야 함을 알고 웃음을 거두고 자세를 고쳐 앉았다.

"진심이에요. 해수 씨와 진지하게 사귀고 싶어요."

"고 사장님……."

해수는 수혁이 사귀자고 하면 못 사귈 것도 없다고 생각했는데 현실로 일어난 지금, 생각만큼 결정은 쉽지 않았다. 솔직히 부담스러웠다.

어느새 두 사람 사이에 커피가 놓였다.

수혁은 예정보다 빠른 고백에 해수가 흔쾌히 좋다는 답을 할 거라고는 기대하지 않았다. 하지만 막상 그녀의 망설임을 보니 자존심이 상했다. 그러나 감정을 드러낼 수는 없는 일, 마음을 다스렸다. 중요한 것은 결과니까. 여자를 한두 번 만난 것도 아닌데 이런 상황 하나 헤쳐 나가지 못한다면 고수혁이 아니지.

"오래전부터 해수 씨를 좋아했어요."

여자들은 이렇게 직접적인 고백을 듣고 싶어한다는 것을 잘 알았다. 수혁은 연민을 불러일으키는 상처 입은 눈길까지 보태어 해수의 마음에 재차 문을 두들겼다. 아니나 다를까, 해수의 눈동자가 흔들렸다.

해수는 유리창을 타고 흘러내리는 빗줄기로 시선을 돌렸다. 한국첨단대학병원이 비에 젖어 있었다. 좋아한다는 말, 오래전

시우에게서 간절히 듣고 싶었던 말이다.

나올 때까지 기다리겠다더니 여태 전화도 없는 걸 보면 한창 공연 관람을 하나 보다. 세계 4대 체임버 오케스트라이면서 유럽 최정상 실내악단의 공연을 땜빵 때문에 놓칠 수는 없었겠지. 몸을 에워싸는 차가운 공기만큼 해수의 눈빛도 싸늘해졌다. 하긴 내 번호도 모르겠구나…….

"부담 갖지 말고 천천히 시간을 두고 만나면서 생각해요. 결혼, 쉽게 결정할 일은 아니잖아요? 정 아니라면 어쩔 수 없구요. 내가 부족한 걸 누굴 탓하겠어요?"

"부족하다니요. 아니에요, 고 사장님."

입술이 타는 듯해 해수는 커피가 아닌 물을 마셨다.

"아무것도 바라지 않아요. 내 마음, 진심이라는 것만 알아줘요."

해수는 애절함이 담긴 수혁의 눈을 가만히 응시했다.

가슴 떨리게 좋아하는 감정은 아니지만 나쁘지 않고, 수혁과 사귄다면 엄마도 좋아할 텐데…….

정말 엄마의 말씀대로 만나다 보면 정도 들고 사랑하는 감정도 생기고 그럴까?

수혁은 이제 화제를 돌려야 할 때임을 알았다. 해수에게 부담을 주지 않기 위해서라기보다는, 이럴 때일수록 의연한 모습을 보여주어 더 멋있게 다가가야 했다.

"해수 씨, 우리 이제 일 이야기해요."

"무슨……."

"드라마 협찬 건이 하나 들어왔는데 할래요?"

"네?"

"학교 선배 중에 드라마 피디(PD)인 분이 계세요. 연락이 왔더라고요. 이번에 새로 들어가는 미니시리즈에 퀼트 카페를 운영하는 역할이 있는데, 꽤 비중이 커서 실제 퀼트 카페를 물색하다 그냥 세트를 만들기로 했대요. 그래서 그 안에 인테리어할 퀼트 작품을 협찬받고 싶다는데, 어때요?"

"고 사장님에게 협찬 섭외가 들어왔다는 말씀 아닌가요? 고 사장님 숍에도 작품 많잖아요."

"그렇기는 한데 해수 씨도 알다시피 우리 주 사업은 제조 무역이다 보니 작품 수준이 샘플 수준이잖아요. 일반인들에게 퀼트 이미지와 홍보를 생각해서라도 우리보다는 보빈이 훨씬 나을 것 같아서요."

해수는 내심 놀랐다. 이런 좋은 기회를 수혁이 퀼트를 위한다는 뜻에서 보빈에게 주려 하다니……. 드라마 협찬 경험이 있기에 그 파급 효과에 대해서는 누구보다 잘 알았다. 지금도 정숙이 교양 프로그램에 잠깐 출연만 해도 그날은 수강을 문의하는 전화가 쇄도하곤 했다. 물론 프로그램의 인기도와 역할에 따라 결과는 천차만별이지만 어쨌든 환영할 일이었다.

해수가 지금 무슨 생각을 하는지 알 것 같은 수혁은 거만한 미소가 자꾸 입가에 떠올라 커피 잔으로 숨겼다.

"고 사장님, 한 가지 궁금한 게 있어요. 거래하는 퀼트 숍 중에 왜 우리 숍을 선택했는지 물어봐도 될까요?"

수혁은 허를 찔린 기분이었다. 마냥 감사하다, 잘 보여야겠다고 생각하는 해수가 아니었다. 그녀의 질문은 프러포즈를 포함한 그 어떤 것과 연관되어 있거나 대가를 치러야 한다면 사양하겠다는 의사가 담긴 것이었다. 수혁은 의자에 깊숙이 몸을 묻었다.

"그거야 당연히 보빈의 작품이 가장 적합하다고 생각했기 때문이에요. 일단 다양한 작품에 창작성, 색감 등 다른 숍들보다 훌륭하다는 게 내 생각이니까."

해수의 얼굴이 붉어졌다.

"그런 칭찬을 들으려고 한 건 아닌데……."

수혁은 느리게 커피 잔을 내려놓았다.

"프러포즈와 상관없어요. 그러니 부담 갖지 마요."

"죄송해요."

해수는 시선을 떨어뜨렸다.

"이제 결정했어요? 더 묻고 싶은 게 있으면 물어보시구요."

"아니에요. 협찬할게요. 고마워요, 고 사장님."

기대에 미치지 않는 해수의 반응에 씁쓸하긴 했지만, 오히려 수혁은 쉽지 않은 그녀에게 더 끌리고 있었다.

"고맙긴요. 우리가 남인가요? 보빈이 잘되어야 우리도 잘되는, 그런 공생 관계잖아요. 안 그래요?"

수혁은 해수를 뚫어지게 보며 살며시 입가에 미소를 지었다.

집까지 바래다주겠다는 수혁의 제안을 거절하고 해수는 홀로 집을 향해 걸었다. 폐 속 깊이 스며들 차디찬 공기가 필요했다.

오늘 모습만 봐도 수혁은 나무랄 데 없는 훌륭한 남편감이었다. 하지만, 해수의 마음은 무겁고 편치 않았다.

시우에게 고백했던 집 근처 공원 앞을 지나갔다. 공원은 벌써 겨울 맞을 준비가 끝난 듯 낙엽은 보이지 않고 앙상한 나무만이 텅 빈 벤치를 지키고 있었다.

나, 오빠 좋아해요.

환청처럼 자신이 읊었던 그날의 고백이 들려왔다. 해수는 오도카니 걸음을 멈췄다. 이 불편한 마음의 바닥에 시우 오빠가 있기 때문은 아닌지…….

다시 걸음을 옮기며 롱 재킷의 호주머니에서 휴대폰을 꺼냈다. 그리고 시우의 번호를 찾았다. 그렇다면 지워야지. 아주 깨끗이 지워야지……. 그러나 화면을 채운 이시우라는 이름 앞에 가슴이 울렁거렸다.

"아직도 오빠를 짝사랑이라도 한다는 건가……."

어이없는 웃음이 피식 새어 나왔다.

"서해수, 지금까지 사랑한다는 게 말이 돼? 그동안 얼굴 한번 본 적 없는데 그게 말이 되냐고."

말이 안 된다는 걸 확인하려고 휴대폰에서 삭제 메뉴를 찾았다.

"지우면 될 거 아니야. 지울 수 있어. ……굿바이, 이시우."

마지막 확인 버튼을 누르려는데 휴대폰이 자체발광하며 요란하게 울었다. 이시우란 이름은 지우려고 띄운 건데 왜 그 이름이 반짝이는 건지…….

자석에 이끌리듯 눈길이 저만치 불이 꺼진 보빈 앞에 서 있는 키 큰 남자에게 닿았다. 그 남자도 어둠을 뚫고 들려오는 벨소리를 찾아 고개를 돌렸다. 한쪽 귀에 휴대폰을 댄 채…….

눈이 마주친 두 사람 사이에 존재하는 건 가로등이 뿜어내는 아슴푸레한 불빛과 여전히 울리는 그녀의 휴대폰 벨소리뿐…….

"오빠……."

시곗바늘이 멎은 것 같은 정적 속에 휴대폰을 닫은 해수는 천천히 시우에게 걸어갔다.

그와 가까워질수록 비에 젖어 짙어진 블랙 트렌치코트와 젖은 머리카락이 그녀의 시선을 붙잡았다. 해수를 바라보는 그의 눈은 밤하늘에서 사라진 별빛이 내려앉은 듯 촉촉하게 젖어 있었다.

"배고픈데 함께 먹을 사람이 없어. 같이 가줄래?"

멎었던 시곗바늘이 다시 움직이는 듯했다. 해수는 고개를 끄덕였다.

두 사람을 태운 크림색 차는 인근에 있는 한정식 집에 다다랐다. 맛으로 유명한 이곳은 한옥으로 지어진, 넓은 정원이 아름다운 전통식 한식당이었다. 시우와 해수는 차분하면서도 화사한 분위기의 아담한 한실로 들어갔다.

시우는 코트와 슈트 윗옷을 차례대로 벗어 옷걸이에 걸고 해수의 롱 재킷도 받아서 걸었다. 다행히 하얀 드레스 셔츠는 칼라만 젖었을 뿐 양호했다.

해수는 가지런히 원피스 자락을 모아 시우의 맞은편 좌식 의자에 앉았다. 세팅된 테이블에 기본 음식인 물김치와 흑임자죽이 놓이는 것을 보다, 젖은 머리칼을 옆으로 젖히는 시우를 쳐다보았다.

잠깐 내렸던 비는 오케스트라 공연 중에 왔을 텐데 어쩌다가 맞은 걸까? 그것도 저렇게 흠뻑. 설마 문화회관 밖에서 나를 기다리기라도……. 아니야, 아니야. 처마나 어닝에 고여 있는 빗물이라도 맞은 거겠지.

흐트러진 모습이 낯설어서 그런지 평소와는 다른 느낌의 그에게 자꾸 눈길이 갔다. 그러는 동안 한상 가득 음식이 차려졌다.

"먹자."

시우는 들깨 드레싱이 뿌려진 새콤하면서도 상큼한 야채샐러드를 입으로 가져갔다. 해수는 무채와 소고기 채가 어우러진 감칠맛 나는 탕평채를 먹으며 다시 그를 물끄러미 바라보았다.

나를 왜 찾아왔을까? 일방적인 약속일지언정 나오지 않은 땜빵에게 화라도 난 걸까? 어쩌면 그럴지도……. 만약 그렇다면 나도 가만히 있지는 않을 테야. 누가 기다리라고 했나?

해수는 그녀 앞에 예쁘게 담겨 있는 편육 냉채를 씩씩하게 먹었다. 그러다가 문득, 이번에는 그녀의 전화번호는 어떻게 알았는지가 궁금했다. 흐음, 시은에게 물었겠지. 설마 지금까지 보관했으려고.

이후에도 계속 그에게 묻고 싶은 게 머릿속을 헤엄칠 때마다 음식을 먹으며 냉정하게 자답했다.

해수는 깊은 맛이 느껴지는 신선로를 앞 접시에 가득 담아 맛있게 떠먹었다.

내가 할 일은 짝사랑이든 첫사랑이든 이 끈끈한 여운과 미련을 싹둑 자르는 거야. 그리고 나서 고 사장님의 프러포즈를 받아들이는 거야.

"저녁 안 먹었니?"

"……!"

해수는 목으로 넘어가던 신선로가 얹힌 듯했다. 여태 무의식적으로 맛있는 음식을 빈속에 차곡차곡 채우고 있었음을 깨달았다. 무안했다.

"머, 먹었어요. 이 집 음식이 워낙 맛있잖아요. 저녁에 먹은 건 다 소화되었나 봐요. 내가 원래 식탐이 많거든요. 오빠, 몰랐죠?"

말이 좀 늘어지긴 했지만, 생글생글 웃으며 만족스럽게 응대했다고 해수는 자체 평가했다. 그리고 보란 듯 빨간 양념이 발려진 장어 한 점을 덥석 입으로 가져갔다. 그런데 꼭꼭 씹는 입술을 왜 그렇게 빤히 쳐다보는 건지, 심장이 자존심도 없이 콩닥거렸다. 그러나 그건 잠시, 냅킨을 뽑은 그의 손이 핑크빛 입 가장자리에 닿았다.

이런! 해수는 입가에 묻은 빨간 양념만큼 귓불까지 얼굴이 빨개졌다.

두 사람은 후식으로 나온 과일과 식혜까지 깨끗하게 먹었다. 먼저 포크를 내려놓은 해수는 둘만 있는 이 공간을 서둘러 벗어나기 위해 그의 손에 쥐어진 포크만 보고 있었다.

딸각, 마지막 과일이 사라진 그의 포크가 접시에 닿았다.

"나가요."

발딱 일어난 해수는 옷걸이에 걸려 있는 롱 재킷을 손에 쥐고 빠르게 미닫이문을 향해 걸어갔다. 힘차게 문을 열어젖히고 발을 내딛는 순간, 너무 급했는지 그만 높은 문턱에 발이 걸리고 말았다.

헉!

중심을 잃은 몸이 앞으로 고꾸라지려는 찰나, 단단한 팔이 재빠르게 허리를 휘감아 끌어당겼다. 하얗게 변한 핏기 없는 얼굴은 넓은 어깨에 묻히고, 가는 몸은 그대로 그의 품으로 쓰러졌다. 순식간에 처음으로 시우에게 안겨 버렸다.

너무 놀란 데다 당황하고 부끄러운 나머지 해수는 동상처럼 딱딱하게 굳었다. 아니, 시우가 너무 꽉 끌어안아 움직이지 못하는지도 모르겠다. 어떤 이유에서든 잠시 동안 꼼짝하지 못했다.

차츰차츰 멈췄던 숨을 내쉬며 해수는 놀란 가슴을 진정시켰다. 조금씩 따스한 품이 뜨겁게 느껴지기 시작했다. 세차게 뛰는 심장 박동이 들킬까 봐 쭈뼛쭈뼛 그의 품에서 벗어나기를 시도했다. 하지만 좀체 그녀를 안은 팔에서 힘이 풀리지 않았다.

"저, 오빠……."

"우리 사귀자."

환청을 들은 것 같아 해수는 고개를 번쩍 들어 까만 눈동자를 올려다보았다. 흔들림없는 강한 눈빛에 심장이 거세게 뛰어 얼른 시선을 회피하며 그의 가슴팍을 힘껏 밀었다. 그러나 꿈쩍도 하지 않았다. 오히려 그녀가 벗어나려 할수록 더 강하게 옭아맬 뿐이었다.

"이것 놔요! 놓으란 말이에요!"

바동거려도 소용없자 그를 쏘아보았다.

"지금 뭐 하자는 거예요?"

"사귀자, 우리."

"장난해요?"

시우는 고개를 저었다.

"이 팔 좀 풀고 말해요!"

"너, 다른 사람 만나는 거 싫어!"

저항하던 해수가 움찔했다.

"다른 남자와 웃으면서 얘기하는 것도 싫고, 밥 먹는 건 더더욱 싫어."

하!

"오빠가 무슨 상관인데요?"

"그러니까 사귀자고."

시우는 한결같은 눈빛과 목소리로 그녀의 동의를 요구했다. 해수는 화가 치밀었다.

"내가 한때 오빠를 좋아했었다고 해서 쉽게, 흔쾌히 그러겠다고 답할 거라 생각한 건 아니겠죠?"

"그렇게 생각한 적 없어."

그의 눈빛은 진지했다. 해수는 혼란스러웠다. 과거 첫사랑인 시우를 지우고 현재 다가오는 수혁에게 가려던 참이다.

"너무 늦었다는 생각 안 해요?"

"아니. 지금부터 시작이야."

그의 여유로움에 해수는 알 수 없는 서러움과 울화가 치솟았다.

좋아한다는 것도 아닌, 대뜸 사귀자니! 내가 이런 일방적인 제안을 받아들일 거라고 생각한단 말이야? 오빠는 아니라고 하지만, 이건 분명히 아직도 내가 오빠를 좋아한다고 자만하기 때문이야!

“내 대답은 NO예요!”

해수는 단호하게 외쳤다. 순간 시우의 눈빛이 흔들리는가 싶더니 팔 힘이 느슨해졌다. 해수는 그 틈을 놓치지 않고 그를 밀쳐 냈다. 하지만 이내 손목이 붙잡혔다.

“왜? 이유가 뭐야?”

해수는 온몸이 떨리는 듯했다.

“내 마음속에 아직도 오빠가 있을 거라 생각한다면 큰 오산이에요. 나, 오빠 다 잊었어요.”

시우의 손을 힘껏 뿌리치고 밖으로 뛰쳐나갔다.

어쩌면, 어쩌면…… 지금 이 순간이 믿기지 않아서일지도 모르겠다. 정말 오빠가 나에게 사귀자고 한 걸까? 잘못 들은 게 아니라, 꿈이 아니라 현실이란 말인가.

곧장 한식당 앞 대로로 뛰어간 해수는 택시를 찾아 두리번거렸다. 하지만 꼭 필요할 때 찾기 어려운 것 중의 하나가 빈 택시라는 걸 실감해야 했다.

뚝 떨어진 밤 기온에 찬바람까지, 금세 얼굴이 빨갛게 얼고 온몸이 떨려왔다. 재킷을 걸쳤지만 초겨울 추위를 막기에는 역부족이었다. 해수는 추위에 발을 동동 굴렀다.

어느 틈에 저만치 갓길에 미등을 켜고 그녀를 기다리는 시우의 차가 보였다. 그 모습이 아무리 애써도 택시를 잡을 수 없을 거라는 거만으로 보여 해수도 오기가 났다. 큰길을 따라 걷기 시작했다.

해수를 주시하던 시우의 눈살이 찌푸려졌다. 거칠게 헤드라이트를 켜고 액셀을 꾹 밟았다. 정확하게 해수 앞에 급정차한 후 운전석에서 내려 성큼성큼 걸어갔다.

뒷걸음질치기도 전에 손목이 붙잡힌 해수는 외마디 비명 한 번 제대로 지르지 못한 채 조수석에 앉혀졌다. 시우는 해수의 안전벨트를 단단히 채웠다. 바짝 다가온 그를 피해 등을 등받이에 최대한 붙이고 고개 돌린 그녀 모습에 순간 욱했지만, 얼굴에 닿는 가쁜 숨소리와 붉은 혈관을 타고 뛰는 맥박이 너무 선명해 오히려 그가 당황했다. 시우가 조수석 문을 닫았을 때 해수는 얼마나 긴장했던지 온몸의 힘이 쑥 빠졌다.

해수의 집 앞에 차가 멈출 때까지 두 사람이 나눈 대화는 없었다. 해수는 오는 동안 내내 연습했던 끝 인사를 건넸다.

"오늘 일은 없었던 걸로 해요."

더는 서로에게 상처 주지 말고 여기서 끝냈으면 하는 마음으로 해수는 차갑게 말했다. 그리고 시우에게 눈길도 주지 않고 조수석에서 내렸다. 하지만, 이미 최악의 상황을 겪어서인지 시우는 상처받지도 두렵지도 않았다. 그는 재빨리 운전석에서 내렸다.

"네 마음속에 아직도 내가 있었다면 문화회관으로 나왔겠지."

"……!"

그런 자만 따윈 이곳에 오기 전에 다 버렸다, 서해수.

"다시 너의 마음에 나를 채울 거야."

그의 자신감에 해수는 화난 몸짓으로 휙 돌아섰다.

"싫다고 했잖아요! 내 대답은 분명히 NO였어요!"

"한 번 거절당했다고 해서 물러날 것 같았으면 애초에 꺼내지도 않았어. 누구처럼 쉽게 포기하지 않아."

뭐, 뭐라고요? 해수는 휘청했다.

입을 굳게 다문 시우는 운전석에 다시 몸을 싣고 차를 출발시켰다. 넋 나간 표정으로 멀어져 가는 크림색 차를 보던 해수는 발끝에서부터 뜨거운 기운이 치고 올라왔다.

"그래, 좋아요! 어디 해봐요! 나도 제대로 매정하게 차줄 테니 어디 해보라고요! 내가 오빠의 마음을 받아줄 것 같아요? 어림없어요. 어림없다고요!"

해수는 온몸을 부르르 떨었다.

자두 입맞춤

쉬는 토요일이라 느긋하게 오전에 자전거를 타고 집으로 돌아온 해수는 점심을 먹고 외출 준비를 했다. 인사동에 있는 한 갤러리에서 아트 퀼트 전이 열리고 있었다.

와이드 팬츠 위에 엉덩이를 살짝 덮는 빨간 코트를 입고 긴 머리는 자연스럽게 늘어뜨렸다. 빨간 코트는 주로 기분 전환이 필요할 때 꺼내 입는데 빨간 립스틱까지 매치해서 바르면 평소와는 다른 분위기에 정말 기분이 상승하는 것 같았다.

아즈미노 원단으로 만든 데이지 가방을 가볍게 손에 쥐고 방을 나갔다. 얌전하게 가방에 있던 휴대폰이 진동했다. 해수의 표정이 살짝 경직되었다. 그녀의 예상대로 시우였다. 오늘만 세 번째…….

사귀자고 말한 날 이후로 그는 매일 전화를 하고 있었다. 물론 받지 않았다. 주초에 교수님을 모시고 제주도 학회를 가게 되었다며 오늘 토요일에 돌아온다는 문자를 보내왔었다.

오든지 말든지. 해수는 그대로 폴더를 덮었다.

"저 나가요."

"그래. 전시회만 갔다 오지 말고 친구들 만나 영화도 보고 쇼핑도 하고 그래."

"고 사장 만나거든 안부 전하고!"

거실에 마주 앉아 있던 종영과 성숙이 돌아가며 말했다. 정숙은 인두 다리미로 퀼트 탑을, 종영은 일반 가정 다리미로 셔츠를 다리고 있었다.

"네, 다녀올게요."

해수는 차를 갖고 가려고 건물 뒤 주차장으로 향했다.

큰길 뒤쪽에서 클랙슨 소리가 크게 두 번 울렸다. 흠칫한 해수는 마음을 단단히 하고 뒤돌아보았다. 윤이 나는 크림색이 아닌 회색 벤츠가 서 있었다. 안도의 뜻인지 아쉬움인지 의미를 알 수 없는 낮은 한숨이 흘러나왔다.

"아트 퀼트 전 가는 거죠? 타요."

뭔가 께름칙한 해수는 4층을 올려다보았다. 역시 베란다 밖으로 빠끔 나왔다 사라지는 정숙이 보였다. 수혁에게 안부를 전해달라던 인사는 앞에 '우연히'라는 단어가 생략된 건 줄 알았다.

"고 사장님, 저랑 얘기 좀 해요."

해수는 수혁의 프러포즈에 대해 생각에 생각을 거듭했다. 비록 수혁이 천천히 시간을 두고 만나면서 생각하자고 했지만, 시우와의 감정까지 얽힌 이 시점에서 그건 아닌 것 같았다. 게다가 부쩍 적극적인 정숙과 거래처 사장이라는 관계는 확실히 부담이었다. 이런 문제는 빨리 매듭짓는 게 최선이었다.

"그래요. 일단 타요. 나도 해수 씨에게 할 말 있으니까."

해수를 태운 수혁의 차는 신호 운까지 따라주며 금세 인사동에 닿았다.

두 사람은 아트 퀼트 전이 열리는 갤러리에서 그리 멀지 않은 전통 찻집에 마주 앉았다. 두 사람 앞에 따뜻한 유자차가 차례대로 놓였다.

"저에게 하실 이야기 먼저 하세요."

"해수 씨가 먼저 해요."

해수는 유자차로 시선을 내렸다.

누군가를 좋아한다는 감정, 그리고 그것을 거절당했을 때의 상처와 아픔을 잘 알기에 쉽게 입이 열리지 않았다. 해수의 어두워진 낯빛에 수혁은 살짝 긴장했다.

"지난번 저에게 제안하셨던 것에 대해 말씀드리려고요."

이쯤 되자 해수가 무슨 말을 하려는 건지 수혁은 감이 왔다. 아직 본격적으로 시작도 하지 않았는데……. 당황함을 숨기며 여유를 찾기 위해 미소를 지었지만 뜻대로 되지 않았다.

"잠깐만요, 해수 씨."

퀼트 전을 관람하고 교외로 드라이브할 생각이었다. 여유는 커녕 울컥한 감정이 눈빛에 드러날까 봐 얼른 눈을 내리깔았다.

"천천히 생각하기로 했잖아요."

"그건 너무 잔인한 것 같아서요."

"이건 안 잔인하구요?"

"헛된 희망을 드리는 것보다는……."

"해수 씨는 자신의 감정에 자신할 수 있어요? 지금의 결정에 후회하지 않을 자신 있느냐고요."

"자신없어요. 후회할 수도 있어요."

"해수 씨……."

"그렇다 하더라도 제가 드릴 수 있는 답은 똑같아요. 죄송합니다, 고 사장님."

진심 어린 해수의 눈빛에 수혁은 잠시 할 말을 잃었다.

"혹시 사귀는 사람 있어요?"

목소리가 갈라져 나왔다.

"아뇨……."

"그럼 기다릴게요."

"고 사장님."

"기다릴 수 있어요!"

수혁은 이토록 절박한 자신에게 놀랐다. 해수를 이 정도로 마음 깊이 두고 있는 줄 몰랐다. 물론 한편에서는 어떻게 감히 자신을 거절할 수 있는지 자존심도 무척 상했다.

"고 사장님과 좋은 거래처 관계로 지내고 싶어요."

제발 수혁이 받아들이기를 바라며, 가슴이 아픈 해수는 고개를 떨어뜨렸다.

견디기 어려운 어색한 정적이 흘렀다.

"먼저 일어나겠습니다."

수혁은 무겁게 인사하는 해수를 멍하니 보았다. 찻잔에는 따스한 김이 올라오는데 자리에서 일어선 그녀는 문을 향해 걸음을 옮겼다. 마음만 먹으면 순진해 보이는 해수의 마음쯤은 쉽게 얻을 수 있을 거라 여겼다. 그런데 어떻게 이런 일이…….

수혁은 멀어져 가는 해수를 보며 주먹을 불끈 쥐었다.

✳

"엄마, 찬영 오빠 생일 이벤트 마치고 우리 집으로 가요. 네?"

대전에서 선자와 함께 서울에 도착한 시은은 시우의 빌라로 들어섰다.

"생일상도 여기서 차리는데 그냥 여기서 자련다. 내일 참석할 결혼식장도 그렇고, 대전 가기도 이곳에서 움직이는 게 더 편해."

선자는 내일이 사위 찬영의 생일인데다 친척의 결혼식이 있어 겸사겸사 시은과 동행했다. 부엌에서 도우미가 뛰어나와 선자의 손에 있는 바이올린을 받아 들었다.

"작은방에 잘 두세요."

"네."

그녀들을 뒤따라 윤 기사가 들어왔다.

"차에 아이스박스 하나 더 있는 거 알죠?"

"네, 사모님."

윤 기사는 손에 들고 온 아이스박스를 곧장 부엌으로 날랐다.

"아줌마, 해산물은 미리 손질해서 냉장고에 넣어요. 저녁에 먹을 거니까."

작은방에서 나오며 알았다고 답한 도우미는 빠르게 부엌으로 향했고, 윤 기사는 다시 주차장으로 내려갔다.

그제야 한숨 돌리는 듯 선자는 모던한 블랙 카우치에 앉았다. 그녀 곁으로 시은이 나란히 앉았다.

"엄마도 시집간 딸은 출가외인이다, 그런 거예요?"

선자는 시은을 보며 옅은 미소를 지었다.

"생각해 봐, 너도. 신혼여행 다녀와서 처음으로 신혼집에서 신혼부부가 함께 보내는 날인데 장모가 떡하니 있으면 좋겠니? 엄마를 그렇게 눈치없는 장모로 만들고 싶어?"

찬영은 며칠 전에 혼자 서울로 와서 벌써 직장을 나가고 있었다. 잠시 생각하던 시은은 금세 두 볼을 붉혔다.

"그럼 내일 와서 주무시고 가세요."

“결혼식 끝나면 바로 갈 거야. 그렇게 있지 말고 오빠 방에 가서 축의금 넣게 봉투나 찾아와 봐.”

시은은 섭섭한 기색을 감추지 않으며 시우의 서재로 향했다.

“우 서방에게 퇴근하고 분명히 여기로 오라고 했지?”

“네!”

서재로 들어간 시은은 깔끔하게 정리정돈된 방을 새삼스럽게 둘러보았다.

“피곤한 남자긴 해.”

그녀는 눈으로 책상을 훑어보고는 살며시 서랍을 열었다. 허락 없이는 손도 못 대는 시우의 영역 안의 것들이기에 서랍을 뒤적이는 시은의 행동에 몸에 밴 조심스러움이 묻어났다. 다행히 쉽게 봉투를 찾아 서랍을 닫으려는데 앙증맞은 부엉이 부부가 눈에 들어왔다.

“이건…….”

시우에게 퀼트 선물을 할 사람은 자신과 해수밖에 없었다. 하지만 그녀는 퀼트 선물을 한 적이 없었다. 그렇다면 해수인데……. 아!

해수가 시우에게 고백한 날, 부엉이 부부 열쇠고리를 찹쌀떡과 함께 선물했다는 것을 어렵지 않게 기억해 냈다. 결혼식 마치고 피로연장으로 가는 차에서 찬영이 말했었다. 해수에 대한 시우의 감정은 생각보다 오래된 것일 수도 있다고. 그때 설마라고 했었는데……. 이것을 여태 보관하고 있다는 것은 그때부터 해수를……!

“엄마!”

시우의 결혼을 고대하는 선자에게 기쁜 소식이 될 것 같아 시은은 뛰어갔다.

“천천히 걸어와.”

“오빠 말이에요. 좋아하는 여자가 있…….”

참, 해수의 마음을 모르지.

“있다고? 누구?”

그러나 선자는 벌써 시은의 잘려 나간 말꼬리를 읊으며 기대에 찬 눈으로 쳐다보았다.

“있…… 을 수 있으니까 괜히 석영이 가져다 붙이지 말라고요. 오빠가 알아서 하게.”

“봉투 갖고 나오다 별소리를 다 한다. 나도 석영이는 포기해야지 하고 있어. 오빠가 이름도 못 꺼내게 해. 어쩜 성격이 네 아버지하고 똑같은지.”

“외모는 엄마 닮았잖아요. 음악적인 소질도 그렇고. 아, 나 오늘 밤 잘할 수 있을까요? 연습 더 할까요?”

“괜찮아. 그만하면 충분해. 피아노 조율은 했지?”

“피아노 때문에 우리 신랑 생일 이벤트를 오빠 빌라에서 하는데 안 했으려고요? 아까 전화로 아줌마한테 확인도 했어요.”

문득 시은은 좋은 생각이 났다.

“엄마, 찬영 오빠 생일 파티에 초대할 사람이 한 명 있어요.

엄마 연주하는 모습을 보고 싶어했거든요. 괜찮죠?"

"누구?"

"나의 베프 해수. 내가 엄마 자랑 엄청나게 했어요. 우리 아빠 만나는 바람에 불행히도 유학도 포기하고 가정에만 충실해야 했던 불운의 바이올린리스트. 그 이루지 못한 꿈을 자식들을 통해서 이루고자 했으나 아들은 공부가 더 좋다고 하얀 가운을 선택했고, 딸은 비극적이게도 피아노에서 만족. 또 한 번 좌절하고야 말았다는 엄마의 슬픈 인생기를 들려주었죠."

선자는 낮게 웃었다.

"너, 확실히 우 서방 만나고 활달해졌어. 말도 늘고. 훗. 그래. 해수도 부르렴. 그런데 그건 시우와 우 서방에게 물어봐야 하지 않을까? 오빠 집이고 생일 당사자는 우 서방이니까."

"물어보나…… 물어볼게요. 내가."

깜짝 놀라게 해줘야지. 진작 나한테라도 말할 것이지, 그랬다면 일찍이 이렇게 팍팍 밀어줬을 거 아니야.

"해수에게 먼저 전화해 봐야겠다."

시은은 백에서 휴대폰을 꺼냈다. 신호음이 들리고 곧 기다렸던 해수의 목소리가 들려왔다.

"방금 서울 왔어. 어디야? ……인사동 아트 퀼트 전? ……오늘 저녁에 약속 있는가 해서, 없으면 저녁 같이 먹자고. ……응. 알았어. 그럼 나중에 전화 줘."

통화를 끝낸 시은은 선자를 돌아보았다.

“퀼트 전 관람하러 갔다가 오랜만에 만난 퀼트 강사들이랑 차 마시고 있대요. 마치는 대로 전화 준대요.”

선자는 고개를 끄덕였다.

“아! 이럴 게 아니라 우리도 퀼트 전 보러 갈까요? 엄마, 전시장 좋아하시잖아요. 나도 가보고 싶고.”

저녁 준비하려면 아직 이른데다 선자와 해수를 좀 더 일찍 자연스럽게 만나게 하는 것도 괜찮을 듯했다.

“그럴까? 그런데 시우와 우 서방을 기다려야 하지 않을까? 토요일이라 일찍 마칠 수 있는데…….”

“전시장 둘러보는 데 얼마나 걸린다고요. 그리고 엄마, 집을 떠나 있을 때만이라도 엄마를 먼저 생각하세요. 설령 오빠나 우 서방이 일찍 오면 어때요? 애들도 아닌데.”

시은과 선자는 윤 기사가 운전하는 아이보리 빛 중형차를 타고 해수가 있는 갤러리 앞에 이르렀다.

“시은아, 저기 해수 아니니?”

뒷좌석에 나란히 앉아 있던 터라 선자 앞을 질러 목을 쑥 뺀 시은은 길에서 어떤 남자와 마주 서 있는 해수를 빨간 코트 때문에 쉽게 발견할 수 있었다.

“곧 해수의 결혼 소식도 들리겠는데?”

어이쿠! 선자가 그렇게 말할 수 있을 만큼 남자의 시선이 끈끈하게 해수를 향하고 있었고 해수도 싫지 않은 눈빛이었다.

“아니에요!”

시은은 자신도 모르게 목청이 커졌다.

“절대 아니에요! 해수는 좋아하는 사람이 있다고요!”

시우를 좋아하든 말든 이렇게 말하는 것이 현명할 것 같았다. 선자는 시은의 오버를 얼떨떨하게 바라보았다.

해수는 퀼트 강사들과의 만남이 끝나고 시은에게 전화하려고 전시장 밖으로 나왔다가, 집에 태워다 주겠다며 데리러 온 수혁을 좀 전에 만났다. 먼저 돌아갔을 거라 생각했는데 마음을 정리한 듯 말쑥하게 나타난 그에게 따스한 눈길로 바라봐 줄 수밖에 없었다.

“해수 씨의 마음, 알았어요. 우리 앞으로도 계속 좋은 거래처 관계로 지내요.”

상처받은 눈빛을 여실히 드러내며 수혁은 애처롭게 말했다.

“이해해 줘서 고마워요.”

수혁은 가만히 해수를 보았다. 아무리 생각해도 받아들일 수 없었다. 상처받은 자존심 때문이든 해수를 좋아해서든 결론은 이대로 물러날 수 없다는 것. 다음을 기약하며 일보 후퇴를 결심한 거였다.

“이제 가요, 해수 씨.”

“해수야!”

별안간 들려온 카랑카랑한 목소리에 해수와 수혁은 도롯가로 고개를 돌렸다. 갓길에 세워진 중형차의 조수석 차창에 붉으락

푸르락하는 시은의 얼굴이 보였다.

곧 차에서 내린 그녀는 씩씩거리며 빠르게 다가왔다. 해수는 윤 기사가 열어주는 문에서 내리는 선자에게 시선이 고정되었다.

"여기서 뭐 해?"

시은은 해수에게 다짜고짜 묻더니 수혁을 흘겨보았다.

"어. 시은아, 이쪽은 고 사장님. 고 사장님, 제 친구예요. 오늘 저녁 이 친구와 약속이 있어요."

"아, 네……."

"빨리 가자. 엄마 기다리시잖아."

시은은 수혁에게 대충 눈인사를 하고 해수의 팔을 잡아끌었다.

"고 사장님, 다음에 뵐게요."

"네, 해수 씨. 또 만나요."

수혁에게서 시선을 뗀 해수는 시은에게 낮은 목소리로 다급하게 말했다.

"왜 전화도 안 하고 왔어."

"지금 전화가 문제야? 너 때문에 내 간이 다 떨어지는 줄 알았는데."

"그게 무슨 소리야?"

"모르는 게 약이야."

선자 앞에 도착하는 바람에 해수는 궁금해도 더 캐물을 수 없었다. 간단한 인사말이 오가고 해수는 선자, 시은과 함께 다시 전시장으로 들어갔다.

"해수 너, 오늘따라 입술이 왜 그렇게 빨개?"

시은은 해수의 화장뿐 아니라 차림 하나하나가 예사로 보이지 않았다. 그저 선자가 해수를 예쁘게 봐줬으면 했다.

"많이 빨개?"

시은은 고개를 끄덕였다.

"괜찮은데 괜히 그러는구나. 난 아까 멀리서 봤을 때부터 참 곱다고 생각했는데. 해수는 피부가 하얗고 깨끗해서 빨간색도 참 잘 어울리는 것 같아."

"하하. 엄마 말씀도 맞는데요, 해수가 원래 민낯이 더 예쁘거든요."

"이시은, 평소 안 하던 소리를 다 하고 이상하다? 나한테 뭐 부탁할 거 있어?"

선자가 웃음을 지었으니 넘겼지, 시은은 해수가 자신의 마음을 모르니 속이 터질 것 같았다.

해수는 작품 설명을 하며 선자와 시은의 관람을 도왔다. 퀼트 전시장을 처음 찾은 선자는 궁금한 점들을 질문했고, 해수는 뜻밖에 퀼트에 대해 많은 관심을 표하는 선자에게 성심성의껏 답했다. 그러는 사이 두 사람은 서로 스스럼없이 편하게 대했다.

"아, 배고프다. 이제 저녁 먹으러 가요."

시은의 말에 시계를 보는 선자의 눈이 커졌다.

“벌써 시간이 이렇게 흘렀다니! 빨리 가자.”

시은은 해수의 팔짱을 꼈다.

“가자, 해수야.”

“어디서 먹을 건지는 정했어?”

“응. 너도 가면 알아.”

아이보리 빛 차에 시은과 선자는 뒷좌석, 해수는 조수석에 앉았다. 윤 기사는 부드럽게 차를 출발시켰다.

한남로를 지나 한남대교를 달리면서 해수는 예전에 자주 다녔던 길을 오랜만에 달렸을 때의 교차하는 감정에 또 다른 불길한 예감이 더해져 묘한 감정에 휩싸였다.

설마 아니겠지…….

올림픽대로를 달리던 윤 기사가 오른쪽 방향 지시등을 켰다. 해수의 미간이 살짝 찌푸려졌다.

“시우, 빌라에 왔는지 모르겠구나. 시은아, 오빠랑 우 서방에게 전화해 봐. 그리고 곧 우리 도착한다는 말도 잊지 말고.”

해수는 순간 머리가 어질어질했다. 시은은 앞에 앉은 해수를 슬쩍 살피며 아무렇지 않게 찬영에게 전화를 걸었다. 찬영과 통화하는 동안 선자의 시선을 피해 해수의 눈총이 빗발쳤다. 시은은 짐짓 모른 체하며 짧은 통화를 끝냈다.

“찬영 오빠는 방금 빌라에 도착했대요. 오빠는 아직 전이고요. 우 서방이 전화해 본대요.”

이시은! 가족 모임이라고, 그것도 오빠의 빌라에서 모인다고 말했어야지!

시우와의 만남, 그것도 그의 빌라에서 만난다는 것이 가장 큰 문제였지만, 그것을 떠나서라도 가족 모임에 그녀가 낀다는 건 결례일 수 있었다.

해수는 고개 돌려 선자를 보았다. 불쑥 시은의 얼굴이 해수의 시선을 가로챘다.

"내일이 찬영 오빠 생일이야. 그래서 오늘 저녁에 작은 이벤트를 준비했어. 네가 부담가질까 봐 생일이라는 얘기는 일부러 안 했어. 그리고 너, 우리 엄마 바이올린 연주하는 거 보고 싶다고 했지? 엄마와 내가 준비한 이벤트가 바로 함께 연주하는 거야. 찬영 오빠 몰래 대전에서부터 준비했어. 일종의 비밀 선물이지. 쿡."

선자가 맞는 말이라며 고개를 끄덕였다.

"우리 오빠 빌라에서 하는 건 피아노가 우리 신혼집에 없어서. 미리 말 못한 건 미안해."

살짝 윙크하는 시은에게 해수는 아무 말도 하지 못했다. 선자까지 있는데 무슨 말을 하겠는가. 오랜만에 찾은 낯익은 압구정로를 보면서도 아무 느낌도 없이 금세 청담동에 도착하고 말았다.

시은과 나란히 계단을 밟아 올라가는 해수는 8년 전 대학 1학년, 처음 이곳을 찾아왔을 때로 돌아간 것 같았다. 여기서 시우의 바이올린 소리를 들었는데…….

"전시회는 잘 보고 오셨어요?"

현관에서 찬영이 반갑게 맞았다.

"해수야, 어서 와. 잘 왔어."

"해수, 오빠 생일인 거 모르고 왔어. 그래서 쟤 지금 빈손이라 못 들어온다고 저렇게 뒤에 버티고 서 있는 거야."

시은의 말재간에 찬영도 해수도 웃고 말았다. 하지만 해수의 웃음은 잠시뿐이었다.

윤이 나게 반들거리는 낯익은 현관에서 구두를 벗은 해수는 은은한 석양빛으로 아늑한 거실로 들어갔다. 익숙한 향기가 묻어나는 거실 한복판에서 찬찬히 주위를 둘러보았다.

블랙 카우치와 테이블, 멀리 보이는 부엌의 대리석 식탁까지 시우의 공간은 변한 게 없이 추억을 그대로 간직하고 있었다. 팽팽하게 곤두선 마음이 하나둘씩 떠오르는 아련한 기억들에 조금씩 누그러지면서 가슴이 몽글몽글해졌다.

"오늘 본 퀼트 작품들은 기존에 봐온 것과는 아주 다른 느낌이었어."

전시장을 둘러본 소감을 늘어놓는 시은의 목소리와 맞장구치는 찬영의 목소리, 부엌에서 들려오는 음식 차릴 때 나는 식기 부딪치는 소리와 선자와 도우미 아주머니의 대화하는 소리가 거실에 있는 해수를 그나마 어색하지 않게 했다.

"해수야, 오빠 지금 오는 중이래. 찬영 오빠가 너 온다는 얘기도 했대. 아마 빨리 오고 있을 거야. 소파에 편히 앉아 있어. 참, 우리 오빠 제주도 갔었던 건 알지?"

이시은!

부드러운 미소를 지어 보인 시은은 부엌으로 들어갔다. 해수는 시은이 모든 것을 알고 있다는 것에 낭패를 느꼈다. 아무도 모르게 넘어가고 싶었는데…….

해수는 시우가 들어올 현관문을 바라보았다. 1주일 넘게 그의 전화를 한 통도 받지 않았는데, 학회 갔다 오는 그를 그의 빌라에서 기다리는 모양새가 되었다.

혹시, 이거 시은의 계략 아니야?

부릅뜬 눈으로 부엌을 쳐다보았다. 하지만 잔뜩 들어간 눈의 힘은 금방 풀렸다. 어이없게도 마음 한편에서 시은의 말처럼 시우가 집으로 빨리 오는지, 오는 동안 줄곧 그녀 생각에 설레하는지가 궁금했다.

"그게 왜 궁금한 건데? 바보. 바보, 바보…….""

스스로 머리를 콕콕 쥐어박으며 혼잣말을 중얼거리는데 현관문 비밀번호 누르는 소리가 들렸다. 지체없이 잠금장치가 풀리고 문이 힘차게 열리면서 세련된 블랙 롱코트를 입은 시우가 뛰어들어 왔다.

허둥대는 해수의 눈은 곧바로 시우에게 사로잡혔다. 계단을 뛰어 올라온 듯 흘러내린 앞머리와 가쁘게 숨을 내쉬는 모습에 심장이 빠르게 내달렸다.

시우는 공항에서 해수의 집으로 향하던 길에 찬영의 전화를 받았다. 사귀자는 말을 한 이후로 그의 전화를 모두 거부했기에 그녀가 빌라로 온다는 말을 처음에는 믿기 어려웠다. 하지만 선자, 시은과 함께 오는 중이라는 말을 듣고 곧바로 유턴했다. 어떻게 여기까지 왔는지 모를 정도로 달렸다. 그녀가 예기치 못한 일로 그를 만나기 전에 그녀의 집으로 돌아가는 불상사가 생기는 건 아닌지 초조하기까지 했다. 현관문을 열 때는 심장의 떨림이 손끝까지 전달됐다.

그리고 지금, 거실에 있는 눈앞의 그녀가 정말 그의 해수인지 손을 뻗어 확인하고 싶었다. 곧장 해수에게로 걸어갔다.

오, 오, 오빠!

"시우 왔니?"

"……!"

선자 목소리에 해수는 모든 것이 멈춘 듯했다. 시간도, 위협적으로 다가오던 시우의 걸음도…….

눈을 내리뜬 시우가 선자에게 인사하는 걸 보면서 해수는 놀란 가슴을 쓸어내렸다. 선자가 아니었다면 무슨 일이 벌어졌을지, 그에게 대책없이 안겼을 거라는 추측을 하자 심장이 벌렁거리며 다시 눈에 힘이 들어갔다.

반기는 찬영, 시은과도 눈인사한 시우가 방으로 가려다 말고 돌아봤을 때 해수는 기다렸다는 듯 차가운 표정으로 그를 외면했다.

“해수야, 코트 벗고 와. 거의 다 차렸어. 코트는 안쪽 방 붙박이장에 걸어두는 거 알지?”

“응.”

침실로 돌아서는 시우를 보며 해수도 손님방으로 쓰는 안쪽 방으로 향했다.

해수는 붙박이장 옷걸이에 코트를 걸다 문득 모든 것이 익숙한 자신의 행동에 묘한 감정이 일어 잠시 유리창 앞에 섰다. 역시 낯설지 않은 바깥 풍경이 내려다보였다.

내가 얼마나 좋아했었는지, 얼마나 좋아했기에 지금도 오빠의 한마디 한마디에 이렇게 중심을 잃고 휘청거리는지 오빠는 알까? 안다면 그렇게 일방적으로 사귀자는 말을 하지는 않았을 거야. 적어도, 적어도 좋아한다는 고백 정도는 해야 하는 거 아니야?

해수는 눈을 휙 치켜뜨며 시우가 있을 바깥을 향해 문을 쏘아보았다.

깜짝이야!

언제 왔는지 편안해 보이는 하얀색 니트 티셔츠로 갈아입은 시우가 열린 문에 기대서 있었다.

“보고 싶었다, 서해수.”

좁은 방 안에 돌연 긴장감이 서렸다. 불안하게 심장이 뛰는 해수는 빨리 이곳을 벗어나야겠다는 생각에 곧장 문으로 걸어갔다.

"오빠 보러 온 거 아니에요."

냉정하게 말하고는 어깨를 펴고 당당하게 그의 앞을 지나갔다. 하지만 문틈을 넘기 전, 그에게 팔이 붙잡혀 그 자리에 멈춰 섰다.

"그래도 인사 정도는 해야 하지 않아?"

해수는 시우를 마주 보았다. 그와 가까이 있는 것만으로도 심장이 가쁘게 뛰었다.

"친구의 오빠라면 얼마든지요."

시우의 눈매가 날카로워졌다.

"절대 그런 일은 없어."

"그럼 나도 냉정할 수밖에요."

해수는 가는 팔뚝이 아프게 죄여왔지만 이런 식으로는 어림없다는 듯 꼿꼿했다. 숨결이 느껴질 정도로 그의 얼굴이 바싹 다가왔다.

"이 정도에 내가 물러날 것 같아?"

속삭이듯 말하는 그의 목소리와 숨결에 해수의 심장이 고장난 것처럼 요동을 쳤다. 침착하자, 침착하자, 마음을 다잡았다.

"그럼, 이 정도에 내가 받아줄 것 같아요?"

절대 지지 않겠다는 듯 눈을 빛내는 해수를 보며 시우는 미소를 머금었다.

"어차피 넌 나를 받아들이게 되어 있어. 그러니 시간 낭비 그만 하자. 뭐, 이런 소모전이 재미없는 건 아니지만."

“하! 자만이 지나쳐도 너무 지나친 거 아니에요!”

팔을 잡은 그의 손이 뜨거워졌다.

“지금 네 심장이 얼마나 빨리 뛰는지 다 느껴져.”

“그, 그건…….”

“나를 보는 네 눈빛도 거짓말을 못해.”

해수는 뭔가가 울컥하고 치밀어 올랐다.

“더 할까?”

“한때는 좋아했던 사람이니까요!”

결국 욱하고 말았다. 물론 바깥을 의식해 숨죽인 목소리였지만.

“행복했던 일은 행복한 대로, 아팠던 일은 아픈 대로 첫사랑이었던 오빠와의 소중한 추억은 내 마음속에 있으니까요. 하지만 그건 잊지 못한 게 아니라 기억된 것일 뿐, 언젠가는 지워지겠죠. 그리고…….”

시우의 눈빛이 어두우리만치 진지해졌다.

“계속해.”

“이루지 못한 사랑에 대한 이유없는 미련은 있으니까, 나 혼자 가슴앓이한 세월이 절대 짧지는 않으니까요. 그래서 오빠를 보면 마음이…… 아릴 때도 있어요. 오빠처럼 분명한 사람은 이런 나를 이해 못하겠죠?”

목소리는 떨렸지만 조곤조곤 말했다.

“심장이 뛰고 눈빛이 흔들려도 좋아하는 걸로 착각하지 마라?”

“그래요.”

“글쎄······.”

“왜요? 유능한 이시우 선생님 소견으로는 아닌 것 같아요?”

해수는 비꼬듯 말했다. 하지만 시우는 태연하게 고개를 끄덕였다.

“정확한 진단을 위해서는 촉진과 청진, 심장 초음파 등 몇 가지 진찰과 검사를 더 해봐야겠지만 그건 원하지 않을 테고······.”

초, 촉진? 해수는 얼굴이 빨개지면서 흥분했다.

“지금 병원놀이해요? 장난하냐고요!”

“안면홍조증과 성대 떨림 증상이 심한 걸로 봐선 러브 시크, 상사병이야.”

“하, 오진이에요.”

“오진인지 아닌지 진찰해 볼까?”

“뭐라고요?”

어떻게 할 사이도 없이 허리가 당겨지고 이마에 그의 입술이 꾸욱 눌러졌다. 너무 놀란 해수는 얼굴이 빨갛다 못해 울긋불긋했다. 특히 아직도 그의 입술이 붙어 있는 이마 정중앙은 타들어갔다.

심장은 미친 듯이 뛰고 정신은 어질어질한데 시커멓게 불탄 이마에 어루만지듯 달콤한 숨결이 닿았다.

“내가 볼 때마다 여기에 간지럼증이 나타난다면 그건 네가 부정해도 나를 좋아한다는 뜻이야."

하아…….

"가자. 가족들 기다리겠다."

그의 품에서 벗어나자 해수는 다리에 힘이 풀리면서 온몸에 한기가 이는 듯했다.

시우가 먼저 방을 나가고 한참을 멍하니 서 있었다.

"해수야, 뭐 해?"

"어?"

문밖에 시은이 나타났다.

"저기, 시은아. 내 이마에…….'

"네 이마에 뭐?"

"아, 아니야."

도대체 시은에게 무슨 말을 하려던 걸까? 해수는 머리를 짤 짤 흔들었다. 불쑥 호기심 어린 시은의 얼굴이 다가왔다.

"좀 전에 우리 오빠랑 무슨 일 있었어?"

"응?"

"이 방에서 나오는 거 봤어."

"일은 무슨!"

정신이 번쩍 든 해수는 펄쩍 뛰었다.

"그냥 뭐 했는지 궁금했을 뿐이야. 의심스럽게 자두 같은 얼 굴로 오버는…….'

뭐? 자, 자두?

어쩌면 이마에 빨간 자두가 새겨졌는지도 모르겠다. 오빠와 나만 아는, 내 몸에 새겨진 오빠의 자두……. 갑자기 빨간 자두가 화끈거렸다.

시은과 함께 해수가 식당 방으로 들어가자, 모든 음식이 차려진 대리석 식탁에 모두 앉기 시작했다. 시은이 쪼르르 찬영의 맞은편에 앉았다. 어쩔 수 없이 해수는 시우의 맞은편에 앉았다.

선자가 특별히 신경을 쓴 생일상은 다양한 재료로 풍성했다. 생일을 맞은 찬영을 위해 케이크와 와인이 따로 준비되고 선물과 축하 인사말이 오갔다.

그런 와중에 시우는 노골적으로 해수를 쳐다보았다. 다분히 의도적인 그의 시선에 해수는 빨간 자두가 간지럽다 못해 그의 입술 촉감까지 생생히 되살아나 또다시 타들어가는 듯했다.

그런 두 사람의 묘한 분위기를 알아차린 시은은 속으로 구시렁거렸다. 완전히 우리 오빠 짝사랑 모드구먼. 오빠, 해수 얼굴에 구멍나겠어. 쩝.

"퀼트 전시장은 처음이었는데 참 좋더구나. 해수야, 오늘 고마웠다."

해수는 들던 와인 잔을 내려놓으며 선자를 보았다.

"별말씀을요. 저도 즐거웠어요. 다음에 좋은 전시회 있으면 초대권 보내 드릴게요."

"엄마, 다음에 해수 전시회 할 때 올라오세요."

"그래? 언제 하는데?"

선자의 온화한 눈이 다시 해수를 찾았다.

"가장 이른 시일에 있는 행사는 전시회가 아니라 연말에 코엑스에서 열리는 수공예 박람회예요. 그때는 일반 전시회 때와는 달리 이벤트도 하고 직접 퀼트를 배우실 수도 있으니까 새로운 재미가 있으실 거예요. 정기 전시회는 매년 봄에 하고요. 그때는 큰 도시는 순회하니 서울까지 안 오셔도 되세요. 대전에서도 하거든요."

선자는 고개를 끄덕이며 해수의 말을 경청했다.

"권위있는 국제 전시회도 있어요."

"국제 전시회라면 외국에서 하는?"

"네. 대표적인 게 미국 휴스턴과 일본 도쿄에서 열리는 국제 퀼트 페스티벌인데 저도 해마다 참여하고 있어요."

"출품한 적도 있고?"

"작년 일본 도쿄 전시회 때 했어요. 우리나라 십장생을 도안으로 아플리케를 한 작품인데 저희 숍 회원 분들이 함께 작업한 거라 더 큰 의미가 있었어요. 그곳 반응도 좋았고요."

해수는 차근차근하게 말했다.

"독창적이었겠구나."

"한국적인 퀼트였죠. 그런 작품은 세계대회에 나가면 더 눈에 띄고 인정받는 것 같아요. 기회가 된다면 보여 드릴게요. 저희 숍에 보관되어 있거든요."

시우는 그렇게 그의 시선을 의식하더니 퀼트와 관련된 이야기를 할 때만큼은 그의 존재를 망각한 듯 눈을 빛내며 몰두하는 해수를 느꼈다. 약효가 벌써 떨어졌단 말인가? 그럼 안 되는데……. 불안했다. 퀼트에까지 질투가 나면서 몹시 불안했다.

"어머니께서 유명한 퀼트 선생님이라고 들었는데, 특별히 하시게 된 계기가 있으셨을까?"

"저를 낳고 육아 때문에 집에서 꼼짝 못했던 시절에, 아빠 직장으로 인해 이사까지 가게 되어 많이 외로우셨대요. 우연히 집 근처 퀼트 숍을 지나가다 예쁜 여자 아이 옷이 눈에 띄어 들어가 배우시게 되었는데, 제가 잠들고 난 이후의 퀼트하는 그 시간이 너무 행복하셨대요. 그러다가 아빠께서 미국에 주재원으로 나가게 되셨고, 엄마는 그 기간 동안 정통 아메리칸 퀼트를 공부하셨죠. 혼자 하는 취미는 사람 사이의 외로움을 극복하기 위해 시작하는 경우가 많은 것 같아요."

"사람 사이의 외로움이라……. 이해할 것 같아. 나도 결혼하고 그런 시간이 있었지. 그때 음악이 없었다면 아마 우울증이 왔을 거야. 사랑을 선택한 대가가 컸단다. 물론 그만큼 우리 아이들이 수혜를 입었지. 특히 시우. 음악에 담지 못한 열정이 고스란히 큰 아이에게 가더구나. 다행히 기대 이상으로 잘해줘서 늘 고마웠지."

살갑지도 않은 장성한 아들이건만 시우를 바라보는 선자의 눈은 더없이 그윽했다.

두 모자를 차례대로 보다 강렬한 시우의 눈빛과 부딪친 해수는 이마에 박힌 자두가 뜨끈뜨끈해 얼른 선자에게로 눈을 고정했다.

"음악에 대한 미련은 없으세요?"

해수는 조심스럽게 물었다.

"왜 없겠니? 대학에 있는 친구나 아직도 왕성하게 활동하는 친구들 보면 늘 부럽단다."

선자의 미소 끝에 씁쓸함이 배어 나왔다.

"엄마 친구분 중에 현역에서 활동하시는 유명한 음악가분들 많으셔. 아버지 청혼을 거절하고 유학을 가셨어야 했는데."

"그랬다면 시우나 시은이 너는 태어나지도 않았어."

찬영과 시은의 대화를 들으며 밥을 뜨려던 해수는 또다시 강하게 날아온 시우의 시선에 숟가락 대신 와인 잔을 들었다. 이마가 간지러워 미칠 것 같았다. 그 부드럽고 뜨거웠던 입술의 촉감을 어떻게 지운담.

"해수는 결혼해도 계속 어머니와 퀼트 숍을 운영하겠구나."

해수는 와인이 벌컥 넘어갔다. 시우도 그 답이 궁금한 듯 눈을 빛냈다. 해수는 처음으로 시우를 올곧게 마주 보았다. 퀼트를 별로 좋아하지 않는, 어쩌면 모친 같은 아내를 원하는 그라는 생각이 들어서였다.

"네."

"만약 서울에서 살지 않는다면?"

시우가 물었다. 취기가 오른 덕분인지 해수는 그 어느 때보다 당당했다.

"숍의 운영 여부보다는 나의 퀼트와 관련된 활동을 이해해 주고 인정해 주는 남편의 가치관이 더 중요하겠죠."

"그런 가치관의 남편이 아니라면?"

'어떻게 할 건데?'라는 잘려 나간 말이 있는 듯해 그 뉘앙스가 해수의 신경을 거슬렸다.

"나에게 퀼트는 취미가 아니라 엄연한 일이고 나의 전부인데 그게 싫다면 그런 남편은 애초에 만나지 말아야겠죠."

해수는 똑 부러지게 말했다. 주위에서 어떤 눈으로 보는지 의식하지 못한 채 해수와 시우는 두 사람만 존재하는 듯 그들만의 심각한 대화를 이어갔다.

"그럼 일 때문에 사랑도 포기할 수 있다?"

시우의 입술이 살짝 비틀어지며 비소가 흘러나왔다. 해수의 잘 다듬어진 눈썹 끝이 뾰족 올라갔다.

"그럼 오빠는 아내가 의사 하지 말고 셔터맨 하라면, 사랑하는 마음으로 하겠어요?"

시우의 눈빛이 싸늘해짐과 동시에 한순간에 식탁 분위기도 싸해졌음을 해수는 느꼈다. 아차 했지만 이미 늦어버렸다. 시우 때문이 아니었다. 한평생 착한 아내로, 어진 어머니로 살아온 선자 앞에서, 음악의 열정을 퍼부으며 키운 아들에게 셔터맨이라는 비유를 쓰며 또박또박 대드는 것처럼 보였을 테니 이 일을 어찌한단 말인가! 시은의 표정이 그랬다. 너, 제대로 사고 쳤어!

그때 선자의 웃음소리가 들렸다. 아주 재미있다는 듯 그녀의 웃음은 고소하기까지 했다.

"그래, 그건 해수 말이 옳다고 본다. 시우 네가 해수 화나게 말했어. 해수야, 네가 이해해라. 우리 집이 아직도 옛날 사고방식이라 그래. 오늘 보니 해수, 퀼트에 대한 자부심과 열정이 대단하구나."

선자는 흐뭇하게 웃었다. 그런 선자의 반응에 시은은 의아해 했지만, 시우는 달랐다. 가지 못한 길에 대한 아쉬움을 평생토록 가슴에 묻고 사셨던 분인지라, 좋아하는 일을 열심히 하는 사람들을 선자는 무척 좋아했다. 석영을 아내로 생각해 보라고 권했을 때 알아차렸다. 그런 맥락에서 지금 며느릿감으로 해수를 보는 건 아니겠지만 해수는 후한 점수를 받은 것이다.

문제는 정작 시우 본인이었다. 해수가 이토록 강하게 일을 원하는지 몰랐다. 시우의 표정이 자못 심각해졌다.

선자는 식사 중에도 끊임없이 시선을 주고받는 시우와 해수를 의미심장하게 바라보았다. 이 테이블에 앉아 있는 사람이라면 좀 전 두 사람의 대화가 아니더라도, 지금 이 순간에도 그들만의 묘한 기류가 흐르고 있다는 것을 모르는 사람은 없을 것이다.

낮에 시은이 해수가 좋아하는 사람이 있다고 했는데 그럼 그 사람이 시우인가? 그렇다면…….

시우의 마음을 좀 더 확실하게 알고 싶어 감정 표현에 인색한 아들을 향해 모든 안테나를 세우고 해수를 쳐다보았다.

"해수는 사귀는 사람 없니?"

순간 밥을 먹던 아이들이 동시에 멈칫했다. 이거 은근히 재미있다.

"어, 없는데요."

당황하며 말을 더듬는 해수, 해수의 답에 귀를 기울이다 눈을 내리까는 시우.

"없어? 난 또, 오늘 갤러리에 너와 함께 있던 남자가 어찌나 너를 다정하게 쳐다보는지 사귀는 사람인 줄 알았지 뭐냐."

"네?"

"엄마는! 내가 아니라고 말씀드렸잖아요!"

팔딱 뛰는 시은이 때문에 시선이 분산되었지만, 선자는 당혹해하는 해수와 그녀를 향해 꽤 심각하게 진실을 묻는 시우의 차가운 눈빛을 보았다.

"남녀 관계란 두 사람만이 아는 거야."

선자는 일부러 덧붙였다.

"거래처 사장님이세요."

해수가 오해의 소지가 없게 분명하게 말했는데 순식간에 충혈된 눈으로 시우가 해수를 쏘아보았다. 조금은 원망스러운 듯, 야속하다는 듯 화가 나면서도 안타까움을 띤 눈빛이었다.

우리 시우가 질투를?

선자는 스멀스멀 미소가 묻어 나왔다. 아들의 속이 무너져 내리는 것도 모르고, 조용히 담백하면서도 뽀얗게 잘 끓여진 대합

미역국을 떠먹었다. 내년 봄에 열릴 시우의 결혼식을 기대하며.

식사가 끝나고 모두 거실로 나갔다. 이벤트가 있다는 걸 모르는 시우와 찬영은 도우미 아주머니가 피아노 쪽에 있는 테이블에 다과를 세팅해 놓은 걸 보고 약간은 어리둥절했다.

해수가 제일 먼저 그쪽 테이블에 있는 1인용 의자에 앉고 그 뒤에 시우가 섰다. 두 사람은 선자를 통해 밝혀진 수혁의 존재로 인해 팽팽한 긴장감으로 서로를 의식하고 있었다. 여전히 이마가 간지러운 해수는 바늘방석이 따로 없었다.

"두 모녀는 대체 어디 간 거야?"

찬영이 의자에 앉으며 묻자마자 작은방에서 드레스를 입은 시은과 선자가 나왔다. 벌떡 일어나며 경악에 가까운 반응을 보이는 찬영 때문에 해수도 잠시 시우를 의식하지 않고 작은 음악회에 대한 기대에 젖었다.

시은은 긴장하며 피아노 앞에 앉았지만, 연주도 하기 전에 행복에 겨워하는 찬영을 보고는 그녀도 무척 행복해했다.

"자, 잠깐만요. 방음 시공은 확실히 된 집이죠?"

찬영의 질문에 모두 웃음이 터졌다.

"우 서방, 걱정하지 말게."

"장모님, 저 정말 떨립니다. 너무 영광이에요. 잊지 못할 생일 파티가 될 거예요. 우리 장모님, 짱! 그런데 장인어른께서 이 자리에 함께하지 못하신 게 너무 가슴 아프네요. 아, 정말 가슴 벅차요! 시우야, 피아노 앞에 앉은 우리 시은이 매우 예쁘지 않니?

아, 장모님은 매우 아름다우시고요! 그런데 무슨 곡 하실 거예요? 난 클래식은 베토벤의 운명 교향곡밖에 모르는데.”

“연주도 하기 전에 지치겠어.”

좀 전까지 홍조를 띠며 긴장했던 시은이, 누가 우리 찬영 오빠의 입 좀 막아달라는 표정을 지어 사람들을 다시 웃게 했다.

시은의 무작정 시작된 반주에 어쨌든 2중주는 시작되었다. 모녀가 연주하는 곡은 귀에 익숙한, 오페라 ‘보헤미아의 소녀’ 中 ‘마블 홀’, 선자가 우아하면서도 힘있게 강약을 조절해 가며 활을 움직였다.

금방이라도 사랑이 샘솟을 것 같은 아름나운 곡인데 피가 빌 끝으로 몰린 듯 해수의 얼굴이 창백해졌다. 그녀는 뒤돌아보고 싶었다. 지금 시우의 표정이 어떠한지를…….

첼로까지 3중주였다면 더 멋진 곡이었을 마블 홀, 오래전 해수는 시은과 함께 시우의 대학 동아리에서 하는 공연을 보러 간 적이 있었다. 그때 시우가 바이올린을 켜고 여진이 첼로를 연주했었다. 시은과 선자처럼, 가끔 눈을 맞추고 눈웃음을 주고받으며 다정하게 연주하던 모습을 가슴 아프게 바라봤어야 했다. 지금 시우는 이 곡을 들으며 첼로의 빈자리를 추억하고 있지는 않을는지…….

시우는 감상에 젖은 듯한 해수를 지켜보고 있었다. 문득 그는 조용히 자리를 떴다.

모녀의 연주는 다음 곡으로 이어졌지만, 해수는 아린 기억에서 벗어나지 못했다. 빨간 자두가 간지러워도, 아니, 간지럽기에 시우에게 냉정하지 않으려야 않을 수 없는 상황이었다. 찬영의 앙코르 요청에 하필이면 마블 홀을 끔찍하게도 다시 들어야 했다.

참다못한 해수는 결국 시우를 찾았다. 그러나 그는 자리에 없었다. 괴로워서 아예 자리를 뜬 건가……. 참담한 기분에 휩싸여 의자 손잡이를 불끈 움켜쥐었다.

작은 연주회가 모두 끝났을 때 해수는 서둘러 자리에서 일어났다. 하지만 시은과 선자의 놀란 눈에 영문을 몰라 그들의 눈길을 따라 뒤돌아보았다.

"……!"

시우가 걸어오고 있었다. 손에 바이올린을 든 채. 웬만해선 가족 앞에서도 연주하지 않는 사람이었다.

"이시우, 너까지……. 이거 완전 감동인데!"

찬영은 개구쟁이같이 울먹였고, 시은과 선자는 흥분된 표정으로 빠르게 착석했다. 얼떨떨하게 시우를 바라보는 해수를 시은이 돌아보았다. 시은은 해수에게 단단히 빠진 시우의 모습이 믿기 어려워 미소를 지으면서도 고개를 저었다.

모두 잔뜩 기대한 얼굴로 피아노 앞에 선 시우가 연주하기를 기다렸다. 시우는 조용한 가운데 편하게 바이올린을 어깨에 올리고 해수와 눈을 맞췄다.

서해수, 기억해?

천천히 활을 움직이며 그는 눈을 감았다.

8년 전, 이곳으로 처음 왔던 짧은 커트 머리의 귀여운 여자 아이가 눈앞에 나타났다. 여름인데도 그녀를 본 순간 소담스런 눈이 연상되었다. 촘촘한 긴 속눈썹에 가려진 깊이있는 맑은 눈동자와 하얀 얼굴이 때 묻지 않은 눈송이 같았다.

아베마리아 선율이 진작 그의 사랑을 알아보지 못한 후회로 애절하게 울려 퍼졌다.

처음 빌라의 계단을 밟던 날 들려왔던 카치니의 아베마리아가 해수의 심장을 꿰뚫었다. 그때처럼 숨을 멈춘 채 하얗고 긴 손가락에서 눈을 떼지 못했다.

오빠…….

깊게 스며드는 선율에 딱딱하기만 하던 해수의 마음이 누그러지기 시작했다. 단단히 빗장을 채워도 따스한 기운은 깊게 파고들어 그를 사랑했던 4년, 아니, 8년이라는 시간과 짝사랑의 상처를 어루만졌다. 그에게 거절당했던 아픈 화이트 크리스마스도 몽글몽글 녹아내릴 지경이었다. 이대로 달려가 그에게 덥석 안기고 싶은 충동도 일었다. 여진만 떠오르지 않았다면, 그랬다면 말이다…….

집으로 돌아갈 준비를 마치고 해수가 거실로 나왔을 때는 벌써 시은과 찬영은 현관에서 신을 신고 있었다.

"해수는 어떻게 가니? 윤 기사가 자지 않으면 태워 보내면 좋겠는데 깊이 잠든 것 같아."

1층 주차장까지 배웅하려고 숄을 걸친 선자가 걱정스레 물었다. 찬영이 얼른 대답했다.

“걱정하지 마세요. 저희가 태워다 줄게요.”

“많이 둘러 가는데 그럴 필요 없어요. 택시 타면 돼요.”

해수는 마음만 받겠다는 뜻을 전했다.

모두 빌라를 나서는데 겨울 점퍼를 걸친 시우가 방에서 나왔다. 해수는 모른 척하며 현관을 나갔다.

주차장에 도착하자 시은이 찬영의 차 뒷문을 열었다.

“해수야, 타.”

“해수는 내가 데려다 줘.”

막 계단을 내려오며 말한 시우는 모두의 시선을 받으며 그의 차로 걸어갔다. 화색을 띤 시은이 해수를 향해 빨리 시우의 차를 탈 것을 재촉했다. 선자도 어물거리는 해수를 보며 인자한 미소를 지었다.

“그래, 시우 차 타고 가렴. 우리, 또 보자꾸나.”

선자까지 거드니 해수는 거절할 수 없었다. 아니, 그건 핑계였다.

시우의 진단은 옳았다. 미련하게도 자신은 시우를 좋아하고 있었다. 지금껏 한 번도 잊은 적이 없었던 것처럼 예나 지금이나 한결같이 그만 보고 있었다. 잊지는 못했어도 흐려지고 무뎌졌다고 여겼는데 절대 그렇지 않았다.

해수는 말없이 시우가 문을 열고 기다리는 조수석에 앉았다.

그가 운전하는 동안 창밖만 주시했다. 유리창에 시우의 옆모습이 비쳤다. 바보 같은 질문이 떠올랐다.

여진 언니와 왜 헤어졌어요? 많이 사랑했어요?

차량이 많지 않아 금세 집에 도착했다. 해수가 안전벨트를 풀고 내리는 동안 시우도 운전석에서 내렸다.

"서두르지 않을게."

꿀 먹은 벙어리처럼 해수는 다가선 그의 눈을 응시했다.

가끔 여진 언니가 그립다든가, 생각나지는 않아요? 문득문득 떠오를 때면 가슴이 쓰라리다든지 하지는 않느냐고요. 아니, 그보다는…… 내가 여진 언니를 잊을 수 있을까요? 여진 언니를 향한 오빠의 눈웃음을 지울 수 있겠느냐고요.

해수는 차가운 바람처럼 시우에게서 돌아섰다.

바로 눈앞에서 외면하는 그녀를 더는 볼 수 없어 시우는 작은 어깨를 돌려 품으로 끌어당겼다. 밀어내려는 저항도 하지 못하게 어깨와 허리에 단단하게 팔을 감고 으스러지도록 꽉 안았다. 틈이라도 준다면 날아가 버릴 것 같았다. 사라져 버릴 것 같았다.

"기다려 줘. 이 자리에서 움직이지 말고 내가 다가갈 때까지만 기다려 줘."

해수는 저항하지 않았다.

"나만 바라봐, 해수야. 나만……."

오빠도 나만 바라본다고 말해줘요. 아주 작은 목소리라도 좋으니 제발 말해줘요. 나 서해수만을 좋아한다고.

화이트 모카

아직 침대에서 눈을 뜨지 못한 해수는 손을 더듬어 울리는 휴대폰을 찾았다.

[나야.]

그녀의 아침을 깨운 건 나지막하게 들려온 시우의 목소리였다.

해수는 천천히 눈을 떴다. 며칠째 그에게서 오는 전화를 한 통도 거르지 않고 받고 있었다.

그녀의 시선이 8시 30분을 가리키는 침대맡 자명종 시계를 향했다.

"부자재 살 게 있어서 동대문 종합시장에 가야 해요. ……오전에 갈 거예요.”

일과를 묻는 그의 물음에 정답거나 살가운 말투는 아니지만, 꼬박꼬박 답하는 자신이 느껴졌다. 그를 받아들이기로 한 것인가?

통화를 끝내고 출근 준비를 하기 위해 침대에서 내려섰다. 화장대 거울에 부스스한 자신의 모습이 보였다.

“아니, 아니야. 소심한 복수라고 해도 좋아. 아직은 아니야.”

해수는 스키니 진 위에 바이올렛 니트 코트를 입고 역시 니트로 된 비니를 쓰고는 방을 나섰다.

안방에서 파운데이션만 허옇게 바른 정숙이 콤팩트를 손에 든 채 거실로 뛰어나왔다.

“해수야, 방금 고 사장에게서 연락이 왔는데 이번 주 내로 방송국에서 연락이 올 거라는구나. 고 사장, 자기 일처럼 신경 써 주는 게 여간 고맙지 않아. 오늘 동대문 가거든 고맙다고 꼭 따로 인사해. 알았지? 이게 다 너를 좋아하기 때문 아니겠니?”

한껏 들뜬 정숙을 보며 해수는 이제 그녀와 제대로 이야기를 할 때임을 알았다.

해수와 정숙은 핑크빛 수가 놓인 호비라 테이블보가 덮인 탁자에 마주 앉았다.

“엄마, 고 사장님이 우리 숍을 추천한 건 어디까지나 공적인 거예요.”

실망할 정숙을 생각하니 역시 말하기가 쉽지 않았다.

"실은 고 사장님이 사귀자고 한 제안을 거절했어요."

"뭐?"

"아무리 생각해도 고 사장님은 아니에요."

"해수야."

속상한 나머지 정숙은 거의 울상을 지었다. 해수는 제발 자신을 이해해 주기를 바라며 시선을 아래로 내렸다.

그러나 그녀의 바람은 보기 좋게 어긋났다. 도저히 이해할 수 없는 정숙은 다짜고짜 따지듯 물었다.

"사귀는 사람 있어?"

"아직요."

아직?

"그럼 좋아하는 사람은?"

"있어요……."

정숙은 깜짝 놀랐다.

"누, 누구? 언제부터? 뭐 하는 사람인데? 어떻게 만났어?"

정신없는 사람처럼 질문이 우수수 입 밖으로 흘러나왔다.

"죄송해요, 엄마. 지금은 아무것도 말씀드릴 수 없어요."

"왜?"

정숙의 목소리에 날이 섰다.

"사귀게 되면 말씀드릴게요."

변변치 않은 놈인가 보다. 아니면…….

"짝사랑이냐?"

수혁에 대한 미련을 쉽게 떨치지 못하는 정숙은 후자이길 바라며 조심스럽게 물었다.

"그건 아니에요."

"그런데 왜 사귀는 건 아니라 하고, 아무것도 말해줄 수 없다는 거야?"

정숙 앞에 얼음물이 가득 담긴 투명한 유리컵이 놓였다. 해수 앞에도 얼음물을 놓은 종영은 두 여자 사이에 앉았다.

"박 원장, 자식을 그렇게 몰라요? 그렇게 못 믿느냐고요. 쯧쯧."

정숙은 종영의 말은 귓등으로 들으며 단번에 유리깁을 비웠다.

지금껏 기억할 만한, 해수가 그녀의 뜻을 거역한 적이 있었던가? 없었다. 정말 착하고 예쁘게, 성실하게 잘 커주었다. 가슴이 답답해 주먹으로 탁탁 쳤다.

"고 사장은 뭐라고 하든?"

"좋은 분이잖아요. 이해하셨어요. 지금까지 지내왔던 것처럼 좋은 거래처 관계로 남기로 했구요."

"그렇게 좋은 사람을……."

정숙은 속이 부글부글 끓어올라 빈 유리컵을 들었다.

잽싸게 종영이 찬물이 담긴 물통을 들고 와 따랐다. 그는 물을 들이켜는 정숙 몰래 해수에게 그만 빨리 나가보라는 눈짓을 보냈다.

“그, 그럼 전 이만 나가볼게요.”

정숙은 얼굴을 외면한 채 대꾸하지 않았다. 우물쭈물 해수가 나가고 현관문 닫히는 소리가 났다.

정숙은 참았던 앓는 소리를 내며 벌러덩 드러누웠다. 종영이 부드러운 목소리로 달랬다.

“이거 한 잔 더 마시고 진정해요.”

정숙이 벌떡 일어나 앉았다.

“냉수 먹고 속 차리라는 거예요?”

“아니, 왜 나한테 화풀이를⋯⋯.”

종영은 말꼬리를 흐렸다. 돌연 종영을 보는 정숙의 눈빛이 게슴츠레해졌다.

“해수가 좋아한다는 사람 누구예요?”

“그, 그걸 내가 어떻게 알아요?”

“당신이 왜 몰라요? 두 부녀, 비밀이 없는 사이잖아요. 어서 말해봐요. 나 속 터져 죽는 거 보고 싶어요?”

“진정해요.”

“지금 진정하게 생겼어요? 고 사장만 한 신랑감을 어디서 찾을 거라고.”

“그건 박 원장 생각이죠!”

“뭐라고요?”

“난 해수를 믿어요. 박 원장도 고집 그만 피우고 엉뚱한 욕심도 부리지 말고 해수를 믿어요.”

“내가 언제 그랬어요? 그리고 누가 안 믿는대요?”

정숙이 톡 쏘아붙이자 종영도 발끈했다.

“화장이나 마저 해요. 꼭 달걀귀신 같아요!”

그제야 정숙은 파운데이션만 바른 게 생각나 손에 든 콤팩트로 자신의 얼굴을 보았다. 허옇게 동동 뜬 것이 정말 달걀귀신 같아 순간 피식 웃음이 새어 나왔다. 그 틈을 놓치지 않고 종영이 장난스럽게 옆구리를 간질이듯 콕 찔렀다.

“왜 이래요. 징그럽게…….”

“해수도 우리처럼 사랑하는 사람과 결혼해야 하지 않겠어요? 지켜봅시다. 응?”

정숙은 지금껏 수혁만을 사위로 생각하며 공을 들였는데 허탈했다.

“우리 해수, 좋은 짝 만날 거예요. 그러니 고 사장은 그만 잊어요.”

종영은 정숙의 고집을 알기에 수혁을 포기하기가 쉽지 않을 거라는 생각이 들었다. 그렇지만 자식 이기는 부모는 없다 했으니, 속상하고 시간은 걸릴지 모르나 결국 마음을 접을 수밖에 없을 것이다. 연거푸 한숨을 내쉬는 정숙을 안타깝게 쳐다보았다.

“인력으로 안 되는 일이에요. 인연이 아니라고 생각하세요.”

“알았어요. 그만 하세요.”

“정말이에요?”

"당신 말은 알아들었다고요. 나, 화장하러 들어가요."

어째 순순히 알았다 한다 싶었다. 종영은 방으로 들어가는 정숙을 근심스럽게 바라보았다. 정숙의 수혁에 대한 집착 때문이 아니었다. 만약 해수가 좋아하는 사람이 시우라면, 정숙이 어떻게 받아들일지 걱정되었다.

평생토록 해수와 함께 보빈에서 퀼트할 거라고 생각하는 사람이, 종갓집에다 당장은 아니더라도 해수가 대전에서 살아야 한다는 것을 어떻게 받아들일지……. 이미 시우와 그의 집안에 대해 어렵고 힘들다고 했었다. 기우일 수도 있지만, 예고된 폭풍이 남은 것처럼 종영은 불안했다.

보빈으로 들어서는 해수를 향해 청소하던 영은이 아침 인사를 건넸다.

"작은 쌤, 좋은 아침! 방금 라디오에서 들었는데 오늘 서울에 첫눈 올 확률이 높대요!"

해수는 닫은 유리문을 다시 열어 푸르스름한 잿빛 하늘을 올려다보았다. 제법 차갑게 느껴지는 기온까지 더해 정말 금방이라도 눈이 내릴 것 같았다.

"영은 씨, 나 동대문부터 다녀올게."

마음도 무거운 차에 부자재를 사며 기분 전환을 해야겠다는 생각이 들어서였다.

"차는 갖고 가지 마세요. 첫눈 오면 교통 대란이에요. 눈 때문

만이 아니라 기념한답시고 짝 있는 것들이 염장 지르러 나오잖
아요.”

낮게 웃은 해수는 영은의 말대로 차는 포기하고 지하철역으
로 향했다.

동대문 종합시장에 도착한 해수는 습관처럼 수혁의 숍에 제
일 먼저 갔다. 한참 필요한 물품들을 고르는데 늘 그렇듯 수혁
이 다가왔다.

수혁은 요즘 소희를 비롯해 해수를 제외한 모든 여자가 귀찮
아졌다. 해수가 왔다는 소식에 뛰는 심장을 부여잡고 달려왔다.

“이렇게 일찍 어쩐 일이에요?”

비니를 써서인지 오늘따라 해수가 무척 사랑스러우면서도 귀
여웠다. 어서 자기 여자로 만들어 저 가냘픈 몸에 예쁜 원피스
를 입혀주고 싶은 충동이 일었다.

“부자재 살 게 좀 있어서요.”

여느 때처럼 해수의 물건 고르는 것을 함께한 수혁은 그녀에
게 따스한 녹차가 담긴 종이컵을 건넸다. 해수는 변함없이 대하
는 수혁에게 감사했다.

“이만 가봐야겠어요. 다른 기타 부자재 살 게 좀 있어서요.”

수혁의 숍에는 없는 것들이었다. 수혁은 이대로 해수를 보낼
수 없었다.

“점심 같이 먹어요. 수제비요.”

그녀가 부담을 느낄까 봐 평소처럼 수제비를 먹자고 했다. 해

수는 수혁의 청을 거절할 이유가 없는데 좀 전 정숙과의 일 때문인지 내키지 않았다.

"죄송해요, 고 사장님. 물건 할 게 많아서 언제 끝날지 모르겠어요. 다음에 먹어요. 그럼."

해수는 출입구를 향해 걸어갔다.

허! 이전처럼 거래처 관계로 지내자면서 함께 수제비 먹는 것도 안 된다는 건가? 그건 모순이다!

수혁은 금세 벌게진 얼굴로 해수가 사라진 문을 노려보았다.

어디선가 휴대폰 벨소리가 들렸다. 해수가 녹차를 마셨던 자리에서 낯선 휴대폰이 반짝이고 있었다. 아마도 그녀가 흘린 듯했다. 수혁은 얼른 뛰어가 전해줘야겠다는 생각에 휴대폰을 쥐었지만, 막상 발은 움직이지 않았다.

해수에게서 연락이 오겠지?

이내 휴대폰이 다시 울었다. 벌써 연락이 왔나 하고 봤더니 남자의 이름이 떴다.

이시우?

사무실로 온 수혁은 또다시 불이 반짝이는 해수의 휴대폰을 못마땅한 시선으로 내려다보았다. 연이어 같은 이름이 액정 화면에 나타난 것이다. 연달아 두 번은 흔한 일이나, 어느 정도 간격을 두고 계속해서 울리는 것은 해수를 애타게 찾는다는 뜻 같아 불쾌했다.

내 여자에게 나 외에 다른 남자는 있을 수 없는 일. 간단하게 종료 버튼을 꾹 눌렀다. 그런데 이어서 드는 생각에 두 눈이 번쩍 뜨였다. 남자라니? 설마 만나는 남자가 있어서 나를 거절한 건가? 말도 안 돼! 다시 휴대폰을 켰다.

내 여자만큼은 순결해야 했다. 다른 남자가 이미 거쳐 간 여자는 내 아내로 무조건 자격 미달이었다. 분명히 해수는 순결한 여자일 거라고 믿었는데. 하긴 얌전한 고양이, 부뚜막에 먼저 오른다는 말도 있지 않은가!

수혁은 순식간에 극도로 예민해졌다. 제발 한 번만 더 울어달라고 속으로 빌며 해수의 휴대폰을 뚫어지게 보았다. 수혁의 바람은 금방 이루어졌다.

"여보…… 세요?"

[서해수 씨, 휴대폰 아닙니까?]

단정하게 들려오는 남자의 목소리가 상당히 거슬렸다.

"아, 해수 휴대폰 맞는……!"

뭐야? 수혁은 냉정하게 끊긴 휴대폰을 향해 눈을 부라렸다.

해수는 종합시장 건물 5층으로 올라갔다. 패키지 포장을 위한 비닐 백을 크기별로 사고, 비즈와 단추 숍들을 둘러보며 퀼트에 응용할 액세서리들을 골랐다.

리본 숍에서 인형 만들 때 쓰이는 레이스를 고르는데 옆 사람이 휴대폰으로 통화하는 게 보였다. 문득 한 번은 울렸어야 할 시우의 전화가 없는 것 같아 크레이지 패턴으로 만든 숄더백을 열어 휴대폰을 찾았다.

"어?"

가방 구석구석을 뒤지고 호주머니도 모두 확인했지만 휴대폰이 보이지 않았다. 가만히 생각해 보니 헐렁한 니트 코트의 호주머니에서 빠진 듯했다. 아마도 수혁의 숍에서 그런 것 같아 리본 숍 사장님께 부탁해 자신의 휴대폰으로 전화를 걸었다. 다행히 반대편에서 수혁의 목소리가 들려왔다.

"지금 가지러 갈게요."

[점심 먹었어요?]

"아니요……."

[그럼 할머니 수제비 집에서 만나요. 이번에도 거절하는 건 아니겠죠?]

"……그래요. 제가 살게요."

[오케이! 지금 갈게요.]

해수의 휴대폰을 꼭 쥔 수혁은 회심의 미소를 지었다. 서둘러 외투를 챙기고 할머니 수제비 집을 향해 갔다. 가는 도중에 증거 인멸은 필수! 통화 기록을 삭제하려고 해수의 휴대폰을 열었다.

"이 자식, 뭐야?"

이시우라는 이름이 적지 않게 있었다. 마음 같아선 그 이름을 다 지우고 싶었지만, 오늘 자신이 받은 것만 삭제했다.

지하 1층으로 내려간 수혁은 의자에 앉아 그를 기다리는 해수를 보았다. 심장이 두근두근 뛰었다.

할머니 수제비 집은 모양새를 갖춘 일반 식당이 아닌 포장마차 같은, 한 줄로 앉아 먹는 오픈된 식당이었다. 배달 전문 식당이다 보니 손님이 앉을 수 있는 공간도 다섯 개의 의자가 전부였고, 그것도 통일된 게 아닌 어디서 재활용 의자를 모아온 듯 색과 모양이 제각각이었다.

"여기 휴대폰이요."

수혁은 해수에게 휴대폰을 건네며 옆자리에 앉았다. 그가 다가오는지 몰랐던 해수는 엉겁결에 받았다.

"고마워요."

해수는 부재중 전화가 있는지를 먼저 확인하고 휴대폰을 숄더백에 넣었다. 수혁은 그런 해수의 행동을 주의 깊게 보다 큰 소리로 주문했다.

"할머니, 우리 수제비요!"

할머니는 얼굴의 나이테를 한껏 드러내며 고개를 끄덕였다.

"뭘 많이 샀나 봐요?"

수혁은 해수의 앵글 부츠 옆에 가지런히 놓여 있는 여러 종류의 쇼핑백들을 힐끔거렸다.

"여기만 오면 과소비를 하게 돼요. 예산 초과예요."

해수는 살며시 웃었다.

"급한 거 아니면 나 줘요. 다음에 물건 하면 함께 보낼게요."

"급한 거예요. 게다가 별로 무겁지도 않고요."

순순히 알았다고 하는 법이 없는 해수를 보며 수혁은 그저 곱디곱기만 했다면 이토록 집착하듯 끌리지는 않을 거라 생각했다. 그러면서 동그란 이마와 곱게 말려 올라간 속눈썹, 오뚝한 콧날, 가는 턱 선까지 해수의 옆얼굴을 찬찬히 훑었다. 그리고 마지막에 촉촉하면서도 반짝반짝 윤이 나는 붉은 입술을 바라보았다. 저 입술은 과연 어떤 맛일까? 빛깔로 봐선 젤리 맛 같은데……. 그도 모르게 마른침이 꿀꺽 넘어갔다.

수제비는 금방 나왔다. 수혁은 정말 수제비를 잘 먹었다. 해수가 반도 먹지 않았는데 거의 한 그릇을 비웠다.

해수는 문득 시우가 사귀자고 한 날, 다른 남자와 웃으면서 얘기하는 거 싫고 같이 밥 먹는 건 더욱 싫다고 했던 게 떠올랐다.

만약 지금 수혁과 점심 먹는 걸 보면 어떤 반응을 보일까, 괜스레 짓궂은 생각이 떠올라 영상 통화를 하려고 휴대폰을 꺼내 들었다.

아니야, 아니야…….

먼저 전화한 적이 없는 전례를 아직은 깨고 싶지 않아, 다시 휴대폰을 내려놓고 물컵을 들었다. 그때였다. 바깥의 차가운 공기를 몰고 온 한 훤칠한 남자의 갑작스러운 등장에 하마터면 마시던 물을 쏟을 뻔했다.

해수는 벌떡 플라스틱 의자에서 일어섰다.

"오빠!"

은은한 광택이 도는 겨울 트렌치코트를 입은 시우는 이마에 송골송골 땀이 맺혀 있었다.

오전에 해수가 동대문에 간다고 했을 때부터 또 고 사장인가 하는 거래처 사장을 만나겠구나 하는 생각에 언짢았었다. 그런데 계속 전화를 받지 않아 언짢은 마음은 불안함으로 바뀌었고, 나중에는 난데없이 '해수 휴대폰'이라며 고 사장일 것 같은 남자의 유들유들한 목소리가 들려왔다.

순간 이성을 놔버렸다. 바람둥이일지도 모르는 남자였다. 해수가 이상적인 남편이라고 했던 남자이다. 계속 해수 곁에 머무는 것을 용납할 수 없었다.

"어떻게 왔어요? 내가 여기에 있는 건 어떻게 알았고요?"

시우는 동대문 종합시장 한 동을 5층에서부터 샅샅이 뒤졌다. 다행히 수제비 집이 첫 번째 동에 있었길 망정이지 C동까지 있는 온 시장을 다 뒤질 뻔했다.

시우의 눈이 해수가 아닌 수혁에게 꽂혔다. 수혁도 차가운 눈빛을 쏴대는 눈앞의 냉 미남이 그냥 스쳐 가는 행인이 아니란 걸 알아채고 경계 태세를 갖췄다.

해수는 예상치 못한 긴장된 분위기에 당황했다.

"저기, 오빠, 이쪽은 거래처 사장님이에요. 고 사장님, 이쪽은……."

해수는 시우를 뭐라고 소개해야 할지 잠깐 망설였다. 역시 친구의 오빠가 가장 적합했다.

"친구 오빠예요."

시우는 어금니를 꽉 물었다. 피가 거꾸로 돌고 머리끝까지 열이 뻗쳐 사막에도 눈을 뿌릴 것 같았다.

반면 수혁은 여유를 찾아가며 입가에 비웃음을 머금었다. 그도 모르는 사이에 사귀게 된 남자라도 되는 줄 알고 순간 얼마나 긴장했던지. 그런데 친구의 오빠라니! 그게 대체 무슨 관계란 말인가? 하지만, 단순한 친구의 오빠가 이렇게 눈썹을 휘날리며 날아오지는 않았겠지. 댁이 이시우군. 수혁은 기꺼이 친구의 오빠 시우를 향해 손을 내밀었다.

"고수혁입니다."

느물거리는 수혁의 미소를 시우의 냉소가 되받았다.

"이시우라고 합니다."

섬세하면서 차가운 시우의 손과 굵직하면서도 뜨거운 수혁의 손이 맞붙었다.

"아직 점심 전이시면 저희와 같이하시죠. 저희야 거의 다 먹긴 했습니다만."

뭐, 저희? 어처구니가 없는 수혁의 말과 태도에 시우는 냉담한 표정을 지었다.

"오빠, 아직 점심 전이에요?"

해수는 주위를 둘러보는 시우의 시선이 곱지 않다는 것을 알았다. 맞은편 숍에 시선이 닿았을 때는 결국 그의 미간에 주름이 잡혔다. 그곳에선 한창 공업용 재봉틀로 커튼의 바이어스 작업을 하고 있었다. 먼지는 말할 것도 없고 소음도 굉장했다.

"병원으로 바로 들어가야 해. 먹었으면 나가자."

"잠깐만요."

굳은 표정의 수혁이 해수와 시우 사이로 끼어들었다.

"해수 씨는 내가 보빈까지 데려다 줄 겁니다. 급하신 것 같은데 먼저 가시죠."

마주친 시우와 수혁의 눈에서 불꽃이 튀었다. 조금씩 시우의 얼굴이 물결이 없는 잔잔한 겨울 바다처럼 가라앉았다.

"잘됐네요. 어차피 나는 보빈까지 데려다 줄 시간도 없는데. 해수를 고 사장님께 특별히 부탁해야겠습니다."

뭐? 부탁? 저 자식이 완전히 거래처 사장 대하듯 하잖아!

"해수야, 고 사장님이 태워주신다니 나는 걱정 안 하고 갈게."

"네?"

고 사장님의 차를 타라고? 해수는 시우의 반응이 이해 가지 않아, 그의 표정을 읽으려 했지만 도저히 읽을 수 없었다.

"나가자."

"난 그냥 지하철 타고 갈 거예요. 두 분 다 신경 쓰지 마세요."

"아니. 고 사장님 차 타."

"오빠."

왜 꼭 타라는 건지, 언제는 오빠만 바라보라더니! 직접 데려다 주지는 못할망정 다른 남자의 차를 타라고? 하! 좋아. 그럼 누가 못 탈 줄 아나?

"알았어요. 타고 갈게요."

수혁이 싱긋 웃으며 해수의 쇼핑백들을 잽싸게 들었다.

시우는 해수에게만큼은 다정다감함을 잊지 않으려는 수혁의 모습과 자신을 대하는 그의 태도에서 해수에게 관심 이상의 감정이 있다는 것을 의심치 않았다. 그러하기에 분명히 문제있는 사람이었다. 해수에 대한 감정은 진실일지 모르나 타고난 바람둥이 과라고나 할까.

종합시장을 나온 세 사람은 큰길에 섰다. 동대문 길은 항상 그렇듯 도로를 가득 메운 차들과 지나가는 많은 사람으로 번잡했다.

"해수 씨, 차 키 갖고 올게요. 여기서 기다려요. 금방 올게요."

"그럼 저는 인사를 해야겠군요."

이번에는 시우가 수혁에게 먼저 손을 내밀었다. 수혁이 시우의 손을 맞잡았다.

"앞으로도 보빈 잘 부탁하겠습니다."

건방진 의사 자식 같으니라고!

수혁은 꽉 쥔 손아귀의 힘으로 답을 대신했다. 그러나 맞쥐는 시우의 힘도 만만치 않았다. 수혁은 손을 뿌리치듯 놓고는 큰길 건널목을 건너 그의 숍을 향해 갔다.

둘만 남게 되자 해수는 지금이라도 왜 수혁의 차를 꼭 태워 보내려는지 따지고 싶었다. 하지만 완전히 투정 부리는 여친의 모습 같아 관두었다.

"휴대폰 줘봐."

"왜요?"

해수는 퉁명스럽게 되물으며 손을 내민 그에게 백에서 휴대폰을 찾아 건넸다.

시우의 눈썹이 꿈틀거렸다. 그의 예상대로 수신 기록이 삭제되어 있었다.

"휴대폰 잃어버렸었어?"

"오전에요. 전화했었어요? 부재중 전화 없었는데…….''

해수는 고개를 갸우뚱하며 시우를 쳐다보았다. 그는 수혁이 사라진 큰길 맞은편을 주시하고 있었다. 수혁을 의식하고 있음이 느껴졌다.

그녀는 수혁과의 관계에 대해서 명확하게 말해주고 싶었다. 건물 뒤에서 나온 수혁이 건널목 건너편에 다가와 서는 게 보였다.

"오빠, 저분은 거래처 사장님일 뿐이에요."

"알아. 그런데 나는…….''

돌연 시우의 손이 빠르게 비니 아래 머리카락을 헤집고 들어오더니 뒷목을 감싸 당겼다. 순식간에 코가 닿을 정도로 그의 얼굴이 다가왔다. 흠칫 놀란 해수는 숨을 멈췄다.

"친구의 오빠가 아니라, 네 남자야."

"……!"

곧바로 선홍빛 입술로 뜨거운 입술이 내려앉았다. 다시는 친구의 오빠로는 생각하지 못하게 강하게 입술을 밀착시키며 도톰한 입술을 빨아 당겼다.

눈앞이 하얘진 해수는 단호한 기습 키스에 완전히 압도되어버렸다. 처음 느끼는 입술의 보드라운 감촉에 화들짝 놀란 세포들만이 깨어 있는 듯했다.

시우는 손가락 사이로 따스하게 감겨오는 머리카락으로 좀 더 깊게 한 손을 묻고, 다른 한 손으로 허리를 감아 당겨 그녀의 고개를 자연스럽게 젖혔다.

오빠…….

조금의 망설임도 없이 살짝 열린 입술을 가르고 촉촉한 혀가 파고들었다. 길게 드리워진 긴 속눈썹이 파르르 떨렸다.

해수야…….

시우는 화이트 시럽 같은 달콤함에 이끌려 더욱 깊게 해수에게 빠져들었다.

키스하는 두 남녀를 향한 행인들의 각양각색의 시선이 하나둘 하늘로 옮겨갔다.

사락사락 첫눈이 오고 있었다.

수혁은 점점 굵기를 더해가는 눈송이들을 사이에 두고 너무나 분명하게 이 여자는 내 사람임을 천명하는 남자를, 신호등이 초록불로 바뀐 줄도 모르고 망연자실하게 바라보았다.

해수는 현실이 아닌 꿈속을 헤매는 듯했다. 차가운 눈송이가 볼에 닿는 느낌도, 도로를 꽉 메운 자동차에서 빵빵 울려대는 클랙슨 소리도, 갓길을 지나가는 찌르르 찌르르 울려대는 자전거 소리도 존재하지 않았다. 그녀가 느끼는 건 오직 시우뿐이었다.

✳

"작은 쌤……."

"으응?"

해수는 작업대 맞은편에 앉아 물끄러미 바라보는 영은을 마주 보았다.

"요즘 무슨 일 있으세요?"

"아니. 왜?"

"며칠째 산타 할아버지 엉덩이에 주사만 놓고 계시잖아요. 꿰매셔야 하는데……."

해수는 선물 보따리를 든 산타가 굴뚝을 향해 지붕을 올라가는 디자인의 벽걸이를 만드는 중이었다. 산타 엉덩이를 본뜬 빨간 원단을 아플리케해야 하는데 정말 바늘만 꽂은 채 멍하니 앉아 있었다.

짝사랑 후유증에 이은 첫 키스 후유증이었다. 며칠이 지났건만 불쑥불쑥 떠오르는 그때 일은 아직도 가슴을 두방망이질했고 얼굴을 화끈거리게 했다. 열일곱도 아니고 스물일곱인데 스스로 생각해도 자신의 모습이 기막혔지만, 사실이 그랬다.

이게 다 누구 때문인데, 누구 때문에 남들 몇 번 연애했을 스물일곱에야 첫 키스를 하게 되었는데!

잔뜩 힘이 들어간 해수의 바늘이 제대로 산타의 엉덩이에 주사를 놓았다.

작업대에 올려둔 휴대폰이 반짝거렸다. 눈으로 확인하지 않아도 심장이 먼저 알고 콩닥거렸다. 발신자를 보니 역시 시우였다.

해수는 귀를 막았다. 휴대폰 벨소리는 옅어졌지만 '네 남자야' 라고 말한 그의 목소리는 귓가에 크게 울렸고, 보드라운 입술의 촉감은 또렷하게 되살아났다.

한숨을 연거푸 내쉬며 거의 작업대에 엎드리다시피 한 그녀는 팔을 쭉 뻗어 반짝임을 멈춘 휴대폰을 열었다. 그리고 시우에게 며칠째 보낸 같은 문자를 또 보냈다.

「지금 무지 바쁨.」

"오늘따라 왜 이렇게 아무도 안 오는 거야?"

지금 해수의 모습은 영락없는 연애하는 사람인지라, 정숙은 다스렸던 마음이 또다시 팔팔 끓어올랐다. 어떤 놈인지 고 사장보다 못하기만 해봐. 가만히 안 둘 거야!

찰그랑찰그랑 은방울 종들이 울리며 시은이 들어왔다.

"해수야! 원장님! 저 왔어요!"

“어머, 시은아!”

반가운 나머지 발딱 일어난 해수는 결혼하고 처음 보빈을 찾은 시은을 대환영했다. 좀 전까지 험악하던 정숙의 얼굴에도 시은을 향한 급 방긋 미소가 드리워졌다.

“신혼 재미가 쏠쏠한가 보다. 시은이 얼굴 예뻐졌네.”

“그래요? 원장님도 잘 지내셨죠?”

“그럼.”

“시댁 식구들 집들이는 잘했어?”

“응. 연달아 직장 동료까지 다 해버렸어. 요리사에 일 도와주는 아주머니까지 불렀는네도 집에서 상 차린다는 게 보통 일이 아니더라고. 왜 밖에서 식사하고 집에서는 술상이나 다과만 하는지 알겠어. 겁없이 한다고 했다가 그날 밤부터 몸살 앓았잖아.”

“그랬어? 지금은 괜찮아?”

해수가 걱정스레 시은의 안색을 살피며 물었다.

“응. 그런데 속이 좀 안 좋아서 너랑 병원 가려고 왔어.”

“뭐?”

“지금 안 바쁘면 병원에 좀 같이 가줘. 원장님, 오자마자 이런 부탁 해서 죄송한데, 해수 저랑 잠깐 외출해도 될까요?”

“집에서 상을 다 차렸으면 아플 만도 하지. 해수야, 어서 다녀와.”

“얘는, 그럼 여기까지 왜 와? 병원에서 바로 만나자든지 아니면 데리러 오라든지 하지.”

"그 정도는 아니야. 예약해 둔 병원도 이 근처야."

입고 있던 빈티지 풍의 원피스 위에 모자에 털이 달린 사파리 코트를 걸친 해수는 퀼트 장지갑을 챙기면서 옆에 있는 차 키도 챙겼다. 시은은 운전면허증도 없기에 차를 갖고 다니지 않았다.

보빈에서 나온 해수와 시은은 건물 뒤쪽 주차장을 향해 걸어갔다.

"해수야, 오빠랑 맞춰봤어?"

순간 해수의 얼굴이 빨갛게 달아올랐다.

"무, 뭘 맞춰?"

"뭘 그렇게 놀라? 시간 맞춰봤느냐고. 집들이."

"아…… 아니."

내가 왜 이러는 거야. 해수는 손부채질을 해댔다.

두 사람은 나란히 차에 올랐다.

"몸도 안 좋은데 오빠랑 나는 생략해. 다음에 놀러 가면 되지."

"안 그래도 그렇게 생각하고 부르는 거야. 그리고 나, 낫고 말고 하는 병은 아닌 것 같아."

"응?"

시동을 거는 해수를 보며 시은이 수줍게 웃었다.

"한국첨단대학병원으로 가. 산부인과."

해수는 눈이 휘둥그레졌다.

"몸살 약을 먹으려다 혹시나 해서 테스트를 해봤거든. 생리 예정일도 지났고 해서……. 임신인 것 같아.”

“야아, 이시은, 축하해! 내게도 조카가 생기는 거야?”

시은은 부끄러운 듯 얼굴을 붉히며 고개를 끄덕였다.

“허니문 베이비 같아.”

대로로 차를 진입시킨 해수는 소리 내어 웃으며 기뻐했다.

“찬영 오빠도 알아?”

“아직 말 안 했어. 병원 가서 정확하게 검사해 보고 알려주려고. 깜짝 놀라게 해주고 싶어.”

시은의 행복해하는 모습에 해수도 덩달아 행복했다. 하지만 그건 잠시, 한국첨단대학병원? 이런, 아직 시우 오빠를 만날 마음의 준비가 되어 있지 않다고!

“저, 시은아, 왜 이 병원이야? 대학병원이잖아. 오빠 때문에?”

“그렇기도 하지만 여기 한진영 교수님이 산과 쪽으로 유명하신 분이야.”

“그렇구나. 음…… 시은아.”

“응?”

“오빠…… 만날 거야?”

“우리 오빠?”

해수가 고개를 끄덕거렸다.

“일부러 만날 필요는 없지. 부끄럽게…….”

“그렇지? 사실 그렇긴 해. 산부인과니까.”

휴우, 해수는 속으로 안도했다.

"왜, 우리 오빠 보고 싶어?"

"무, 무슨! 내가 시우 오빠를 왜 보고 싶어해?"

아직도 해수는 아닌가? 시은은 이참에 허심탄회하게 이야기를 해볼까도 싶었지만, 곧 도착하기에 다음 기회로 미뤘다.

해수의 차는 금방 병원 주차장의 한자리를 차지했다.

많은 사람이 북적이는 병원 본관으로 해수와 시은은 사이좋게 이야기를 나누며 들어갔다.

해수는 혹시나 시우를 우연히 만나면 어쩌나 걱정도 했지만, 그건 이 병원의 규모를 무시하는 일이라 생각하고 떨쳐 냈다. 좀 더 용기있게 설령 또 만나면 어때 하는 생각도 했다. 상상을 해보니 그건 역시 쉬울 것 같지 않았다.

오빠는 나를 만나면 어떤 표정을 지을까? 무슨 말을 먼저 할까?

키스 후 전화하겠다는 한마디만 남기고 주차장으로 사라졌던 시우를 생각하며 해수는 산부인과 외래 환자 대기자 의자에 앉았다.

치프방에서 시우는 이번에 개봉하는 양조위 영화를 인터넷으로 두 장 예매했다. 양조위는 해수가 좋아하는 배우였다. 그녀를 떠올리니 저절로 입가에 나긋한 미소가 그려지면서, 블루마운틴이 아닌 부드러운 생크림과 달콤한 화이트 초콜릿 시럽이 듬뿍 담긴 화이트 모카가 생각났다. 키스의 여운은 그에게도 오래 남았기에…….

치프방에서 나온 시우는 63병동으로 갔다. 스테이션에 은지가 있었다.

"강말순 환자 수술 준비는 다 됐지? 곧 외과에서 트랜스퍼(Transfer) 받으러 올 거야."

"예. 준비됐습니다."

복도 끝에서 일반외과 레지던트 석영이 걸어오는 게 보였다. 시우를 발견한 석영은 매우 반가운 얼굴로 빠르게 다가왔다.

"잘 지내셨어요?"

고개를 까닥인 시우는 그녀를 향해 차트를 내밀었다.

석영은 언제나 공적으로만 대하는 그에게 서운했다. 오가던 혼담이 소강상태에 빠진 것 같아 직접 대시할 생각으로 트랜스퍼 환자의 주치의도 자청해 왔건만……. 자존심이 상했지만, 아무렇지 않은 듯 차트를 펼쳐 훑었다.

"간수치가 조금 높으시네요. 환자분, 술 많이 드세요?"

"술 때문이 아니라 집에서 먹은 약 때문이야. 마취하는 데 큰 문제는 없을 거야. 원한다면 소화기 전임의 선생님께 컨설트 페이퍼(Consult paper) 써달라고 할게."

"네, 부탁하겠습니다."

볼일이 끝난 것 같아 시우는 돌아서려 했다.

"선생님, 환자분한테 같이 가주실 시간은 있으시죠? 인사는 시켜주셔야죠. 일반외과 새 주치의라고."

석영의 미소에는 자신감이 넘쳐흘렀다. 그런 석영을 무표정한 얼굴로 보던 시우는 은지를 돌아보았다.

"이은지 선생, 강말순 환자 주치의니까 인사시켜 줘."

"선생님!"

석영은 더는 못 참겠다는 듯 시우를 힘있게 불렀다.

"제가 왜 싫으신 건데요?"

환자와 보호자도 지나가는 복도에서 이 무슨 해괴망측한 일인지, 시우보다 막 스테이션에 다다른 준하가 더 놀라 주위를 휙휙 둘러보았다. 다행히 석영의 말을 들은 건 자신과 시우, 은지 세 사람뿐인 듯했다.

도대체 저 당돌한 자신감은 어디서 나오는 걸까. 석영을 바라보는 은지의 눈빛이 못마땅했다. 석영은 똑똑하나, 본인이 그걸 너무 잘 알아서 문제인 사람으로 정평이 나 있었다. 은지는 혀를 차며 고개를 돌렸다. 그러나 준하는 흥미로운 눈빛으로 지켜보았다.

"병동에서 사적인 얘기 하는 거 좋아하지 않아. 하지만 따로 만날 일 없으니까 말하지. 난 오석영 선생이 마지막 자존심은 지켰으면 해."

시우는 냉정하게 말하고 뒤돌아 걸어갔다. 싱긋 미소를 지은 준하는 이를 악물고 멀어져 가는 시우를 노려보는 석영에게 다가갔다.

"이시우 선배님은 포기하시는 게 좋을 겁니다."

오지랖 넓게 끼어들기까지 했다.

"지금 무슨 말씀 하시는 거예요?"

"제가 눈치가 좀 빨라서요. 선배님은 사귀시는 고운 여자분이 계시거든요."

석영의 날카로운 목소리에도 굴하지 않고 준하는 능글맞게 할 말을 했다.

"사, 사귀는 여자가 있다고요?"

"제가 소문을 많이 냈는데 아직 일반외과까지는 안 간 모양이죠? 보면 항상 느려. 쯧쯧. 그럼 이만 실례. 선배님! 같이 가요! 제가 화이트 모카 쏠게요! 몇 잔 남았더라? 그러니까 지난번 두 잔 빼고…… 아, 팔십한 잔 남았어요!"

은지는 뻘겋게 달아오른 얼굴로 두 주먹을 불끈 쥔 석영을 쳐다보았다.

"가죠. 환자분께 인사시켜 드릴 테니까."

"됐어요!"

엘리베이터를 타고 커피전문점이 있는 1층에서 내린 시우와 준하는 여러 과의 외래 진료실이 있는 복도를 지나갔다.

"제가 연속해서 세 번이나 산 거 아시죠? 저에게 선배님께 커피를 줄기차게 사는 이런 날이 올 줄은 꿈에도 몰랐습니다. 또 화이트 모카 말고 블루마운틴 드실 거죠?"

"화이트 모카 마실 거야. 시럽 듬뿍 넣어서."

아무래도 퇴근하면서 해수에게 들러야겠다. 보고 싶다.

"어! 저기 저, 저, 저, 저분! 화이트 모카 100잔!"

시우는 걸음을 멈췄다. 두 근 반 세 근 반 하는 마음으로 준하가 가리키는 곳을 쳐다봤다. 그런데 어디에도 해수는 없었다. 이게 날 놀려?

"어? 사라졌어요! 분명히 봤는데……."

시우의 매서운 눈초리 때문에 준하는 더 당황했다.

"진짜 커피 인형님이었어요!"

시은이 진료실로 들어가고, 화장실에 가려고 의자에서 일어서던 해수는 저만치 복도를 지나가는 시우와 준하를 발견했다. 쿵 하는 심장 소리와 함께 준하와 눈이 마주친 순간 반사적으로 의자에 도로 앉았다.

어떡해! 본 거 아니야?

왠지 이쪽으로 걸어올 것 같아 완전히 허리를 접고 퀼트 지갑을 가슴에 안은 채 도망쳤다.

벽을 따라 코너를 돌아가려는데 꺾인 코너 쪽에서 전화 통화하는 여자의 목소리가 들려왔다.

"이번에 중절하면 세 번째야. 늘 가는 산부인과 의사가 위험하댔어. 오죽하면 진료의뢰서까지 써주며 이 분야에서 유명한 교수님에게 가라고 했을까. 여기 한국첨단대학병원이야."

이 목소리는? 해수는 멈칫했다.

"마지막이 될지도 모르는데 이 아이는 꼭 낳을 거야. 안 그래
도 요즘 딴 여자가 생겼는지 연락도 피하고 불안했는데 잘됐어.
……아기 때문만은 아니야. 이번 아이의 아빠는 정말 내가 사랑
하는 사람이야. 그래서 꼭 결혼하고 싶어. 아이도 낳고."

소잉, 윤소희 원장님?

"서해수?"

헉! 벌떡 허리를 펴고 뒤돌아선 해수는 바로 뒤에 있는 시우
를 보았다. 곧바로 그의 입을 막고 돌려세워 자신의 몸을 숨겼
다. 영문을 모르는 시우에게 검지를 입술에 대며 '쉿!' 사인을
보내고 의사 가운 깃을 세워 얼굴을 가렸다.

해수가 왜 이러는지 시우는 그녀가 향해 있던 코너로 눈길을
보냈다. 고개를 갸웃거리며 코너 쪽에서 한 여자가 나오더니 주
위를 두리번거리고는 다시 코너 쪽으로 사라졌다.

시우의 느낌에 해수의 지금 행동은 그 여자와 관계있는 듯했
다. 그런데 그 여자, 어딘지 낯이 익다.

"갔어."

시우가 낮게 속삭였다. 해수는 고개를 옆으로 빼고 코너 쪽을 확
인했다. 아무도 없자 시우의 가운 깃을 놓고 살금살금 걸어가 눈만
코너 너머로 내밀었다. 역시 소희였다. 저런 면이 있었다니…….

"누군데?"

해수는 마음이 착잡했다.

"아는 퀼트 숍 원장님이에요."

"그런데 왜 숨어?"

"아……."

그제야 해수는 자신의 문제로 돌아왔다.

"숨기는 누가 숨었다고……."

능청을 떨었지만 자연스럽지 않다는 걸 해수 자신도 느꼈다. 피식 웃은 시우는 어쨌든 보고 싶던 해수를 뜻밖에 만나 기분이 좋았다.

"왔으면 전화를 하지."

시우의 부드러운 목소리와 표정에 마음이 설레었지만 해수는 시큰둥한 표정을 유지했다.

"바쁠 것 같아서요."

"바쁜 건 너 아니었니?"

"네?"

그에게 보냈던 문자 메시지가 떠올랐다.

"그, 그렇죠. 나, 매우 바빠요."

당황해 얼굴이 빨개지는 해수를 보니 시우는 가슴 한편이 앙골라 털실이 닿은 것처럼 간질거렸다.

"산부인과 외래에는 무슨 일?"

"아, 시은이요. 시은이 지금 검사받는 중이에요."

"무슨 검사?"

"음, 조만간 오빠가 외삼촌이 될 것 같은데요?"

눈썹이 꿈틀하는 시우를 보며 살짝 웃은 해수는 준하와 눈이 마주쳤다.

"어머, 안녕하세요! 잘 지내셨어요?"

"이제야 저를 보시는군요. 가시죠. 커피는 제가 사도록 하겠습니다."

때맞춰 임신 6주 진단을 받고 진료실에서 나온 시은까지 네 사람은 커피전문점으로 갔다.

작은 동그란 테이블에 시은과 마주 앉은 해수는 커피를 사겠다는 준하가 아닌, 시우가 계산하는 걸 의아하게 보고 있었다.

"해수야, 나 찬영 오빠랑 엄마에게 전화하고 올게."

"응."

계산을 마친 시우가 먼저 와 해수 옆자리에 앉았다.

"휘핑크림 빼달라고 해야겠다."

둘만 있는 자리가 어색할 것 같아 지레 자리에서 일어선 해수는 시우의 시선을 느끼며 한창 커피를 만드는 직원에게 다가갔다. 커피가 나오기를 기다리던 준하가 해수를 보았다.

"뭐 필요한 거 있으세요?"

"아니요. 저기 한 잔은 휘핑크림 빼주세요."

"네, 알겠습니다."

해수의 요구에 직원이 흔쾌히 답했다. 해수를 지켜보던 준하가 은근슬쩍 한 걸음 다가왔다.

"저, 그래도 감사하다는 인사는 해야겠기에. 박봉에 이런 비싼 커피를 매일 마실 기회를 주셔서 감사드립니다."

“그게 무슨 말씀이신지…….”

시우 성격상 말했을 리가 없지. 준하는 킥킥 웃음부터 터뜨렸다.

“슈투트인가 슈르트인가 그 오케스트라 공연은 재미있으셨어요?”

“아…… 저는 안 봤는데요.”

“예에?”

해수가 깜짝 놀랄 정도로 준하의 눈이 커졌다.

“아, 아니, 왜요? 왜 안 보셨어요? 그게 얼마짜리 티켓인데……. 아니, 그보다는 선배님이 기대 많이 하셨을 텐데……. 그럼 선배님이 바람 맞으신 거예요? 아! 그래서 공연 얘기를 물었을 때 답을 안 하셨구나. 안 보셨으니 알 수가 없지.”

해수는 무슨 말인지 알아들을 수 없어 어떤 답을 해야 할지 몰랐다.

“난 그런 줄도 모르고 공연 좋았느냐고 계속 물었는데. 아아! 그럼 이 커피는 어떻게 해! 나 진짜 나쁜 놈 됐잖아. 끄윽!”

머릿속이 얽혀 버린 해수가 계속 어리둥절해하자, 준하는 테이블에 앉아 있는 시우를 힐끗 보며 해수에게 낮게 말했다.

“실은 공짜 표가 저에게 하나 생긴 걸 선배님이 사셨어요. 화이트 모카 100잔에요.”

“네?”

“물론 저도 양심이 좀 찔리긴 했어요. 그래서 흥정을 해서 선배님이 깎아달라면 깎을 용의가 있었는데, 아마도 좋아하시는 분과 볼 거라 기분 좋게 100잔에 사신 듯해요. 선배님이 표 사고 무척 좋아하셨거든요. 제가 100잔에 팔고도 귀여움을 받았다니까요.”

해수는 뇌리에 번개가 번쩍이는 듯했다.

“공짜 표를 나랑 보려고 화이트 모카 100잔에 샀다는 거예요?”

해수가 살짝 흥분하자 준하는 왠지 목소리가 기어들어 갔다.

“네에.”

해수의 시선이 벽에 붙여진 가격표로 향했다.

하, 무려 50만 원이 넘잖아! 그래서 아까 계산을 오빠가 한 거였구나!

자신도 모르게 준하를 쏘아보았다.

“아, 그, 그래서 이렇게 제가 사기도 하고 그래요.”

“주문하신 커피 나왔습니다.”

해수의 눈빛이 예사롭지 않은 걸 느낀 준하는 직원이 내어놓은 커피 중 하나를 냉큼 집어 들었다.

“저는 먼저 올라가 봐야겠습니다.”

“잠깐만요. 그럼 오빠가 공연도 안 봤다는 거예요?”

“그건 확실치 않지만, 그런 기분에 보셨겠어요? 그럼 이만. 선배님께는 먼저 간다고 말씀 좀……."

준하는 뒤도 돌아보지 않고 쌩하니 커피전문점을 나갔다.

그럼 티켓도 없으면서 나에게 보러 가자고 했다는 거야? 왜? 그리고 그날 밤…… 비에 흠뻑 젖은 모습으로 우리 집 앞에 왔던 건 밖에서 계속 나를 기다렸다는 뜻?

해수는 시우를 돌아보았다. 그는 따사로운 햇볕이 드리워진 바깥을 보고 있었다. 아직도 그날을 선명하게 기억하고 있었다. 어떻게 잊을 수 있겠는가. 그의 흐트러진 모습을 처음 보았고, 그에게서 사귀자는 말을 들은 날인데…….

커피 두 컵과 키위 주스가 올려진 쟁반을 들고 테이블로 온 해수는 시우의 눈을 마주 보지 못하고 쟁반을 내려놓았다.

"김준하 선생님은 먼저 간다고 갔어요."

시우는 고개를 끄덕이며 화이트 모카 하나를 집어 들었다. 해수는 가만히 커피를 머금는 시우를 쳐다보았다.

내가 고 사장님과 약속하는 거 듣고 싫어서 그랬어요? 그렇게 구한 티켓인 줄도 모르고 나는……. 좋아하는 공연도 보지 않고 비도 피하지 않고 기다렸다는 건…….

시우를 바라보는 해수의 눈이 아린 마음을 담아 촉촉이 젖어 들었다.

"여기서 그런 눈빛으로 보면 내가 곤란하잖아."

시우는 커피에 시선을 두고 말했다.

"예?"

"이렇게 바라봤잖아."

시우는 더없이 깊고 그윽한 눈으로 해수를 바라보았다. 해수의 얼굴이 금세 붉게 물들었다.

"내가 언제 그렇게 봤다고……. 오, 오빠가 블루마운틴이 아닌 화이트 모카를 마시니까 시, 신기해서 쳐다본 거죠. 그리고 오빠, 여기 병원이에요."

내 마음도 모르면서, 내가 지금 오빠의 그런 다정한 눈길이 편하겠어요?

"내가 뭐 키스라도 했나?"

"하, 어떻게 그런 말을!"

시우의 시선이 은은하게 해수의 입술에 머물렀다. 당황한 해수의 눈동자가 흔들렸다.

"당장 그 시선 치우지 못해요?"

"나중에 마치고 전화할게."

"이, 이것 보세요, 이시우 선생님. 키스 한 번 했다고 사귀는 거 아니거든요."

해수는 귓불까지 빨개진 얼굴로 커피를 들었다. 짓궂게도 시우는 좀 더 가까이 다가와 눈을 맞췄다.

"그럼 몇 번 해야 사귀는 건데?"

캑! 그만 사레들린 해수는 연달아 캑캑거렸다. 그러면서도 심장은 뜀박질하고 얼굴은 이미 잘 익은 고구마 빛깔이었다.

"지금 두 사람 뭐 하는 거야?"

언제부터였을까, 시은이 야릇한 미소를 지으며 해수와 시우를 번갈아 보고 있었다.

설마 키, 키스 이야기를 들은 건 아니겠지!

콜을 받은 시우는 더는 함께 있지 못하고 커피전문점 앞에서 해수와 시은을 배웅했다.

"토요일에 데리러 갈게."

시은의 신혼집 집들이 갈 때 시우가 해수를 데리러 간다는 거였다. 해수는 정숙이 의식되었다.

"내가 병원으로 올게요."

"데리러 간다니까."

"온다니까요."

"정말 옆에서 못 보겠네. 그냥 따로따로 각자 알아서 우리 집으로 와."

시은의 제안은 둘 다 싫어 잠깐 동안 말이 없었다.

"알았어. 병원으로 와."

해수의 고집을 꺾느니 결국 시우가 양보했다.

"갈게요."

끝 인사를 하고 돌아선 해수는 도무지 마음이 편하지 않아 다시 돌아섰다. 바삐 병동으로 들어가는 시우의 뒷모습이 보였다.

그날 오케스트라 공연했던 날이요. 그렇게 구한 티켓인 줄도 모르고, 그렇게 기다리는 줄도 모르고 가지 않았던 거 미안해요. 그리고 화나고 상처받았을 텐데 그냥 가버리지 않고 찾아와 줘서 고마워요…….

해수의 두 눈에 가랑가랑 눈물이 맺혔다.

그날 밤, 해수는 밤늦도록 퀼트를 하며 시우의 전화를 기다렸다. 퉁퉁 눈두덩이 붓도록, 눈의 흰자위가 빨개지도록 잠을 쫓아가며 휴대폰만 뚫어지게 쳐다보았다. 하지만 전화벨은 도통 울리지 않았다.

응급환자가 있나 보다, 이해에 이해를 거듭하며 혼자 화냈다가 용서하기를 수십 번, 그러다 결국 꾸벅꾸벅 졸았다.

퍼뜩 정신을 차려보니 벌써 새벽, 야속하게도 부재중 전화는 한 통도 와 있지 않았다. 미안해서 이쯤에서 마음을 받아주려고 했는데…….

해수는 도끼눈을 치켜떴다.

"내가 그렇게 호락호락해 보여요? 이건 아니잖아요! 멀었어. 다시 원점이야!"

이불을 뒤집어쓰며 벌렁 뒤로 눕고는 바동바동 몸부림쳤다.

시우는 오랜만에 동트는 하늘을 보며 퇴근했다. 해수에게 전화할 틈도 없이 한 응급환자에게 지금까지 매달려 있었다. 다행히 환자는 고비를 넘겼고 이제라도 전화하고 싶은 마음에 휴대폰을 꺼내 들었지만, 고이 자고 있을 그녀를 생각하니 걸 수가 없었다.

액정 화면에 뜬 그녀의 이름을 가만히 내려다보았다.

해수는 내 전화를 기다렸을까?

머리카락이 흘러내리지 않게 헤어밴드로 단단히 고정하고 화장대에 앉은 해수는 정성스럽게 파우더를 바르며 시은과 휴대폰 통화를 이어갔다.

"더 말해줄 거 없어. 그게 다야."

[그럼 우리 오빠랑 데이트도 한 번 안 해봤다는 거야?]

"데이트? 네가 뭔가 착각하는 모양인데, 우리 그런 관계 아니야. 너무 앞서 가지 마."

[어이구, 착각은 그대가 하시는 것 같은데요? 내 눈에는 사귀어도 한참 사귄 것 같네요.]

역시 피는 물보다 진하고 팔은 안으로 굽는가 보다. 4년 전

시우에게 차이고 울었던 그날을 생각하면 친구로서 한 번쯤은 스치는 말이라도 '절대 쉽게 받아주지 마!' 그랬을 것 같은데……. 해수는 피식 웃었다.

[너만 오랜 시간 우리 오빠 좋아한 것 같지? 우리 오빠도…….]

시은은 뭔가 말을 하려다 말았다.

우리 오빠도? 그다음은 뭔데?

[네가 우리 오빠 책상 서랍에 뭐가 있는지 알면 아마 기절초풍할 것이다.]

"뭐가 있는데?"

[그것까지는 말해줄 수 없어. 나도 몰래 본 거라, 음! 어쨌든 알면 놀랄 거야. 기대해도 좋아.]

도대체 뭔데 이러는 거야?

얼핏 화장대 거울에 오후 2시가 다 되어가는 벽시계가 보였다.

"어머, 늦겠다. 시은아, 나중에 만나서 얘기하자."

통화를 끝낸 해수는 궁극적인 목적은 시은의 집들이지만 시우를 의식해 화장을 신경 써서 마저 하고, 나뭇결이 살아 있는 원목으로 된 옷장을 열었다.

뭘 입을까?

집들이니 아무래도 편한 차림이 나을 듯해 몸에 붙는 검정 니트 티셔츠에 부츠 컷 청바지를 꺼내고, 체크무늬 모직 코트가

걸려 있는 옷걸이를 집어 들었다. 가장 기본 스타일이지만 다리
가 길어 보이고 날씬한 몸매를 돋보이게 하는 차림새였다. 마지
막으로 포인트로 청바지에 어울릴 만한 패셔너블한 벨트를 골
랐다.

"다녀오겠습니다."

계획한 대로 옷을 입고 방에서 나온 해수는 부엌 식탁에서 정
답게 콩나물을 다듬는 정숙과 종영에게 인사했다.

"데이트 가니?"

"시은이 집들이 간대요."

종영의 물음에 정숙이 답했다.

"따뜻하게 입고 가. 12월이라고 확실히 바람이 매서워. 게다
가 밤에는 눈 소식도 있어."

"네. 시은의 집에 있을 거니까 너무 걱정하지 마세요."

"그래, 잘 놀다 오너라."

해수가 나간 뒤 정숙은 번뜩 뭔가가 떠올랐다.

"설마 이 선생 같은 조건은 아니겠죠?"

"으응?"

종영은 당황했다.

"종손에 지방에서 살아야 하는 조건은 정말 안 돼요. 아무리
의사에, 부자에, 비주얼까지 된다 해도 그건 절대 안 되는 거라
고요."

"비주얼? 박 원장, 그런 말도 알아요?"

큰일이다 싶어 괜히 말을 돌려보는 종영이었다.

"간지도 알아요."

간지?

"당신 정말 해수 사귀는 남자 누군지 몰라요?"

"음! 나는 비주얼도 모르고 간지도 몰라요. 아.무.것.도. 몰라요!"

정숙의 눈이 게슴츠레해졌다. 강하게 부정하는 걸 보니 종영은 아는 게 틀림없었다.

집 건물 밖으로 나온 해수는 시우의 문자 메시지를 받았나.

「늦을 것 같아.」

약속 시간을 맞추려고 택시를 타려 했는데 바쁜 그가 느껴져 병원까지 걸어가기로 마음을 고쳐먹었다.

또각또각 인도로 발걸음을 옮겼다. 바람은 차가웠지만 시우를 만난다는 생각에 춥게 느껴지지 않았다. 그를 만나기 위해 이 길을 걷는 건 그에게 고백했던 4년 전 화이트 크리스마스 이후로 처음. 코트의 깃을 세우고 추억을 밟듯 한 걸음 한 걸음 내디뎠다.

하지만, 사뿐한 걸음걸이는 얼마 가지 않았다. 그녀 옆으로 각종 포스터가 즐비하게 붙어 있는 광고판에 해수의 눈이 얼어붙었다.

여진 언니……!

여진의 귀국 독주회 포스터가 붙어 있었다. 숨이 멎는 것 같았다. 등줄기를 타고 식은땀이 흘렀다. 공연일은 12월 24일 크리스마스이브였다.

해수는 다시 천천히 걸음을 떼었다. 포스터 속 사진이기에 실물보다 훨씬 예쁘게 나왔을 수는 있지만 예전보다 훨씬 우아하고 아름다워진 모습이었다.

오빠는 알고 있을까? 클래식 동호회 활동도 하는데 당연히 알겠지…….

병원에 도착한 해수는 의대 캠퍼스 쪽으로 갔다. 그리고 부엉이 부부 인형을 들고 기다렸던 도서관 앞 은행나무를 찾았다.

학교의 역사만큼 오래되었을 아름드리 고목은 4년 전이나 지금이나 한결같았다. 그녀의 마음만큼 추워 보이는 나무의 기둥을 살며시 손으로 만져 보았다. 시우에게서 또다시 문자 메시지가 들어왔다.

「도착했니?」

오늘따라 왜 이렇게 일이 많은지, 일이 밀려 시우는 해수와 거의 만날 시간이 되어서야 치프 회진을 돌기 시작했다.

준하, 인턴 한 명과 6호실에서 마지막 환자를 보고 나오는데 해수에게서 문자 메시지 답장이 왔다.

「도서관 앞」

시우는 똑같은 문자를 받았던 4년 전 크리스마스가 떠올라 그도 모르게 걸음을 멈췄다. 기분이 묘했다. 그때 방금 나온 6호실에서 보호자 한 명이 나왔다.

"선생님, 저희 집사람, 앞으로의 계획이 어떻게 됩니까?"

근심스런 표정으로 묻는 보호자를 보며 시우는 얼른 정신을 추슬렀다.

"일단 응급 상황은 넘겼습니다. 2주 후면 어느 정도 판가름이 날 겁니다. 그 안에 변경 사항이 있으면 말씀드리겠습니다."

차분한 어조로 보호자에게 설명한 시우는 빨리 해수에게 가야겠다는 생각에 사로잡혔다. 시우의 빠른 걸음에 맞춰 회진 일행의 걸음도 같이 빨라졌다. 다른 복도에서 승제가 황급히 디기 왔다.

"선생님, 강은석 환자 Lab 결과 나왔습니다."

걸음을 멈추지 않는 시우의 보폭에 맞춰 걸으며 승제가 결과를 말하기 시작했다.

"카디악 마커(Cardiac marker)는 정상입니다."

"전해질은?"

"포타시움(전해질 중의 하나)이 조금 높은 것 빼고는 괜찮습니다. 통증은 니트로글리세린과 산소 투여 후 좋아졌습니다."

"카디악 마크를 Follow up(추적 검사)하고 심에코(심장 초음파) 검사하도록 해."

"알겠습니다."

63병동 스테이션에 이르렀을 때 그곳에 있던 은지가 심각한 표정으로 다가왔다.

"선생님, 한동진 환자 보호자께서 환자를 집으로 모시겠다고 합니다."

시우의 눈빛이 날카롭게 왜냐고 물었다.

"말로는 더는 환자에게 고통을 주고 싶지 않다고 하는데 아마도 경제적인 문제 같습니다. 아무래도 선생님께서 만나보시는 게 좋을 듯해서요. 제 얘기는 듣지도 않으시려고 합니다."

은지의 어깨가 힘없이 축 늘어졌다. 시우는 손을 들어 시계를 보았다. 안타까웠지만 빨리 일을 마치는 수밖에 방법이 없었다.

"알았어. 내가 만나볼게."

검정 모직 코트 위에 크로스백을 가로질러 메고 머플러를 손에 쥔 시우가 도서관 앞으로 달려갔을 때는 해수가 그곳에서 기다린 지 한 시간은 훌쩍 지난 뒤였다.

중간에 문자를 재차 넣었지만 바람 앞의 등잔불처럼 그는 마음이 불안했다. 그로서는 어쩔 수 없었다 하더라도 지금껏 기다린 그녀를 또 기다리게 하는 것 같아 그녀의 기다림 자체가 그에게는 고역이었다. 그리고 4년 전 그곳에서 주었던 부엉이 부부를 떠올리며 그날의 상처를 되새기고 있는 건 아닌지 두려웠다. 겨우 여기까지 왔는데, 모든 게 원래의 자리로 돌아갈까 봐 조마조마했다.

멀리 매서운 겨울바람에 풍성한 긴 머리가 어지럽게 흩날리는 해수가 은행나무 아래 발을 구르며 서 있는 게 보였다. 무작정 속상한 시우는 바람을 맞서며 전속력으로 달려갔다.

볼이 빨갛게 언 해수 앞에서 거친 숨을 토해내고는 그냥 안아버렸다. 온몸이 꽁꽁 언 그녀를 품에 두고서도 졸였던 마음이 못다 쉰 숨으로 몰아서 나왔다. 쌩쌩 거세진 겨울바람이 두 사람에게로 몰아쳤다.

4년 전 화이트 크리스마스 때 알아봤어야 했는데, 그랬다면 이렇게 애태우는 일은 없었을 텐데……. 고백하고 떠나는 너를 보고도 그 가슴 아픔이 너 때문인지를 몰랐던 나는 얼마나 어리석은 놈인지…….

"늦어서, 너무 늦어서 미안해."

해수는 그가 올 거라는 걸 알았기에 지루하지 않았다. 일 때문에 오지 못하는 걸 알았기에 화나지도 않았다. 하지만 따스하게 감싸오는 온기에 눈을 감았다.

여진이라는 벽을 넘기에는 아직은 역부족인 자신과 현실이 속상했다. 서울로 오든 시우를 만나든 태연해야 하지 않을까? 그런 초연함은 그 옛날, 시우가 여진을 잊기를 기다리던 그때처럼 아직도 먼 이야기 같았다.

추억은 항상 아름답다며 좋은 기억만 남겨두려는 무드셀라 증후군이라도 있으면 모를까. 시우가 좋아한다고, 아니, 사랑한다고, 너밖에 없다고 고백하면 모를까…….

시우는 손에 있던 머플러로 따스하게 해수의 목을 감싸주고

정수리에 입을 맞췄다.

"가자."

가느다란 손을 꼭 잡고 추위에서 벗어나기 위해 주차장으로 빠르게 움직였다.

해수를 조수석에 앉히고 히터를 켠 시우는 트렁크에서 무릎 담요를 꺼내와 섬세한 손길로 그녀의 몸을 담요로 꼭꼭 감쌌다.

"집에 잠깐 들렀다 가자. 찬영이 부탁한 와인이 있어."

해수는 말없이 고개를 끄덕였다.

시우의 차는 금세 도로를 달렸다.

'우리 오빠 책상 서랍에 뭐가 있는지 알면 내 말이 틀리지 않다는 걸 알 거야. ……놀랄 거야. 기대해도 좋아.'

좀 전까지 비련의 여인처럼 몽환적인 눈빛으로 차창을 주시하던 해수의 눈이 말똥거렸다.

그를 따라 빌라로 들어갈 것인가, 차에 남을 것인가…….

크림색 차는 어느덧 빌라에 도착했다.

"나는 여기서 기다릴게요. 다녀와요."

그의 서랍에 뭐가 있는지 몹시 궁금했지만 기분도 그렇고, 남자 혼자 사는 집에 덥빡 따라가기도 멋쩍어 차에 남기로 했다. 말끄러미 쳐다보는 시우의 시선이 느껴졌다.

"마음대로."

지금까지 그녀의 체온 유지를 위해 세심하게 신경 썼던 그가 냉소적인 표정으로 시동을 끄더니 주저없이 열쇠를 챙겨서 내렸다.

그, 그럼, 히터가 꺼지지 않는가!

해수는 어처구니가 없어 히터가 없어도 몸에서 열이 났다. 운전석 문이 닫히기 전, 시우가 돌아보았다.

"추우면 아주머니 계시니까 같이 올라가든가."

아주머니? 아, 도우미 아주머니가 계시는 시간인가 보다. 그렇다면 진작 그렇게 말했어야죠! 그럼, 책상 서랍에 뭐가 있는지 살짝 봐?

못 이기는 척 차에서 내린 해수는 시우를 내리뜬 눈으로 힐끗 보고는 앞서 걸었다.

시우도 어이없었다. 사람을 뭐로 보고. 그리고 아무리 집 주차장이라 해도 떨어진 공간이었다. 만나는 동안만이라도 항상 옆에 두고 싶은 게 당연한 거 아닌가? 아무렇지 않게 떨어져 있겠다는 해수가 매정한 거였다.

"비밀번호는 1231이야."

시우가 현관 비밀번호를 누르며 말했다. 그와 나란히 빌라로 들어가는 것만으로도 어색한데 해수는 어떤 표정을 지어야 할지 대략 난감했다. 시우는 피식 웃었다.

해수는 알고 있을까? 가족을 제외하고 비밀번호를 가르쳐 준 사람은 그녀가 처음이라는 것을. 이건 가족에게도 허용한 적 없는 그의 모든 영역에 대한 허락을 의미한다는 것을……

도우미 아주머니에게 인사하며 거실로 들어선 해수는 따스한 기운으로 가득한 거실 한가운데에 우두커니 섰다.

"앉아 있어. 옷 갈아입고 나올게."

시우가 침실로 들어간 뒤 도우미 아주머니가 빠른 동작으로 현관으로 나갔다.

아니, 어디 가세요? 현관문을 나가는 모양새가 마치 자리를 피해주려는 것 같았다. 아주머니로서는 당연히 그럴 수 있을 것 같았다. 왜 그 생각을 못했는지……. 아니지, 아니지. 내가 지금 이러고 있을 때가 아니지.

해수는 침실 쪽 동정을 살피며 살금살금 서재로 향했다. 도대체 뭐가 있기에 시은이 그러는 건지, 기대와 긴장으로 심장이 빠르게 뛰었다. 시우 몰래 보려니 더욱 그러했다.

정갈하게 정리된 그의 책상 앞에 숨을 죽이고 섰다. 다시 한 번 반쯤 열린 서재 문밖 동정을 살핀 후 천천히 서랍을 열었다.

하얀 얼굴이 일순간에 굳어졌다. 그렇게 보고 싶었던, 그토록 궁금했던 부엉이 부부가 그녀를 향해 웃고 있지 않은가!

"하!"

멈췄던 숨이 터지면서 말로 표현할 수 없는 감동이 밀려왔다. 시우가 이 인형들을 지금까지 간직하고 있을 거라고는 꿈에도 상상하지 못했다.

해수는 순식간에 그렁그렁 눈물이 차올랐다. 부엉이 부부는 그를 향한 사랑과 상처를 모두 담고 있는 그녀의 마음과 같았다.

인형을 향하는 손끝이 미세하게 떨렸다. 살그머니 한 마리씩 손바닥에 올려놓고 다친 곳은 없는지 꼼꼼히 살펴보았다. 어쩜, 먼지도 한 톨 묻어 있지 않은 채 4년 전 모습을 그대로 간직하고 있었다.

"잘…… 지냈니?"

목소리마저 가늘게 떨렸다.

"얘들도 반가워하는 것 같은데?"

오빠……!

면바지에 몸에 감기는 인디고블루 티셔츠로 갈아입은 시우가 서재로 들어서고 있었다. 순간 감성이 복받친 해수는 고인 눈물을 쏟아내며 그에게 폴짝 뛰어가 안겼다.

시우는 갑작스레 품으로 날아든 해수를 얼떨결에 안았다. 예상하지 못한 뽀송뽀송하면서도 은은한 향기의 급습에 현기증이 일 것 같았다.

"미, 미안해요. 말도 없이 들어와서…… 서랍도 마음대로 열고, 흑! 인형도 내 마음대로 봐버리고…….'"

시우는 울먹이는 해수에게 장난스럽게 이걸로는 용서할 수 없다고 말하고 싶었지만 그럴 수 없었다. 그녀가 이 인형으로 말미암아 행복해할수록 그의 마음은 무거웠다.

"왜 말하지 않았어요?"

"미안해서……."

"뭐가요?"

괴로운 듯 반듯한 이마에 깊은 주름이 패었다.

"너를 일찍 알아보지 못했던 거……. 네 마음을 아프게 한 거……. 떠나는 널 보고도 내 마음을 알지 못했던 거……."

시우는 그 외에도 말하라면 수백 가지는 더 할 수 있을 것 같았다. 그녀의 목덜미에 얼굴을 묻고 아픈 마음만큼 더욱 세게 안았다.

오빠…….

단단한 팔 힘이 풀리는가 싶더니 이마에 뜨거운 입김이 닿았다. 해수는 스르르 눈을 감았다.

이제는 그의 마음을 온전히 다 받아들일 수 있을 것 같았다. 부엉이 부부를 보았을 때 이미 마음의 빗장은 풀어졌고 심술궂은 생각 따윈 모두 사라져 버렸다. 적어도 이 부엉이 부부를 간직한 만큼 그의 마음도 깊다는 뜻일 테니까.

그의 부드러운 입술이 심장을 쉴 새 없이 두드리며 젖어 있는 속눈썹에 흔적을 남기고 적당하게 오만한 코끝을 지나 탐스럽게 영근 입술을 찾아 천천히 내려왔다. 그의 입술이 닿는 곳마다 오소소 솜털이 돋으며 잔잔한 전율이 일었다.

그런데…….

"궁금한 게 있어요."

해수의 나른한 숨결이 시우의 입술 앞에서 흩어졌다.

"부엉이 부부를 간직했다면 왜 나를 찾아오지 않았어요?"

길게 내쉬는 시우의 숨이 해수의 입가를 간질였다. 그는 눈물이 마른 홍조 띤 얼굴을 감싸고 그대로 입술을 막고도 싶었지만 그녀의 눈이 간절히 답을 원하고 있었다.

그래, 사실대로 말하고 고백하자. 사랑한다고…….

"이 인형을 간직했으면서도 네가 내 사랑인지를 몰랐다. 미안해, 해수야. 내가 너무 늦어서……. 늦게 깨달은 만큼……."

"자, 잠깐만요, 오빠."

"……?"

좀 전까지도 뿌얀 안개가 드리워졌던 해수의 눈빛이 초롱초롱했다.

"오빠가 그렇게…….”

시우는 바짝 귀를 기울였다.

"둔하다고요?"

"뭐? 두, 두, 둔해?"

난생처음 듣는 말에 시우는 뒷목이 뻐근했다.

아무리 늦게 깨달았기로서니! 난 지금 그 어느 때보다 진지하고 진심으로 사랑한다고 고백하려던 참이라고!

"오빠처럼 이지적이고 똑똑한 사람이 자신의 마음을 그토록 몰랐다는 게 말이 돼요? 그냥 솔직하게 말해줘요!"

뭘 솔직하게 말하라는 건지……! 서, 설마 찬영이 너를 좋아했었다는 걸 말하라는 건 아니겠지? 넌 모르는 걸로 아는데…….

좀 전까지 두 사람을 에워쌌던 열기는 더할 수 없는 냉기로 바뀌어 있었다.

"분명히 오빠의 감정을 깨닫지 못한 데는 그만한 이유가 있을 거예요."

해수는 여진을 떠올리고 있었다. 그때까지도 시우가 여진을 잊지 못했다고 생각하니 불끈 화가 났다.

다 알고 있다는 듯한 해수의 괴로워하는 눈빛에 시우는 가슴이 답답하면서 망연했다.

찬영이 너를 좋아했기에 내 감정을 깨닫는 데 오랜 시간이 걸렸을 수는 있어도, 그건 어디까지나 부차적인 문제야. 굳이 이제 와 찬영의 감정까지 들출 필요는 없다고 생각해. 이건 우리 모두를 위해서야. 그럴 바에는 차라리 둔한 사람이라고 인정하는 게 깨끗하겠어!

"그만한 이유 없어. 네 말대로 내가 두……."

정말 인정하기 싫다. 둔한 인간이라니. 끙!

시우는 주먹을 불끈 쥐었다.

"내가 둔탱이라서 그래!"

하! 해수는 둔탱이라 말하면서까지 숨기는 시우를 원망스럽게 쏘아보았다. 역시 사랑하는 사람의 과거는 모르는 게 약인가 보다.

"가까운 사이는 얽히면 피곤하다는 게 맞는가 봐요."

"맞긴 뭐가 맞아!"

얼마 전까지 그도 그렇게 생각하는 사람이었는데 해수가 말하니 듣기 싫어 강력하게 부인했다.

"먼저 나갈게요."

"같이 가."

거의 명령조로 말한 시우는 먼저 서재를 나갔다. 해수는 성마른 그의 뒷모습을 야속하게 바라보았다.

시은과 찬영은 아파트 현관으로 들어서는 시우와 해수를 반갑게 맞이하다 냉랭한 분위기를 급 파악했다. 시우의 손에 있는 독일산 블루넌 아이스 와인과 해수의 손에 있는, 아파트 근처에서 산 집들이 선물세트를 슬그머니 받아 들고 부엌으로 갔다.

"둘이 왜 저래?"

"해수가 너무 튕기는 것 같지 않아?"

찬영의 물음에 시은이 코트를 벗는 시우와 해수를 힐끔 돌아보며 새치름하게 되물었다.

"응?"

"우리 오빠는 맹목적인데 해수는 아직 사귀는 사이도 아니라고 하잖아. 마음이 안 맞으니 토닥거릴 수밖에."

조리대에서 시은과 찬영은 초밥 만들 준비를 했다.

"이시은, 해수가 시우에게 차였던 거 잊었어? 이 정도는 튕겨도 돼. 그리고 그런 토닥거림은 사랑하니까 하는 거야. 부럽기만 하는구먼, 한창 좋을 때 같아서."

시은은 찬영을 살짝 흘겨보았다.

“그렇게 좋아했으니까 오히려 기뻐해야지.”

“어휴, 내 눈에는 벌써 시누 노릇 하는 것으로 보인다, 이시은.”

“뭐!”

갑자기 속이 거북한 듯 시은의 얼굴이 일그러졌다.

“왜, 왜 그래?”

“오빠, 나…… 욱!”

순식간에 구토 증상이 인 시은은 입을 막고 화장실로 뛰어갔다. 놀란 찬영이 뒤따라갔고, 그 모습을 본 해수도 화장실로 향했다.

닫힌 화장실 문 앞에 걱정스러운 얼굴로 서 있는 해수 곁으로 시우가 다가왔다.

“입덧인가 봐요.”

잠시 후 얼굴색이 노랗게 변한 시은을 찬영이 부축해 나왔다.

“시은이 좀 누워야겠어.”

찬영은 해수가 선물한 아이리스체인 베드 스프레드가 깔린 침대에 시은을 눕혔다. 해수는 찬영을 도왔다.

“해수야, 미안. 나 조금만 누워 있다 나갈게.”

“괜찮아. 쉬어.”

시은에게 괜스레 미안한 찬영은 시은이 덮은 이불을 한 번 더 매만져 주고 해수를 데리고 침실에서 나왔다.

빠르게 욕실로 간 해수는 호주머니에 있던 핀으로 굽슬굽슬하게 내려온 머리를 하나로 틀어 올리고 부엌으로 갔다. 그녀는 재빠르게 시은의 앞치마를 둘렀다.

"내가 도울게요."

"손님을 부려먹어도 괜찮을까?"

"내가 손님이에요?"

CD장 앞에서 음악을 고르던 시우는 해수의 나지막한 웃음소리를 들었다. 그녀는 언제 머리를 올렸는지 하얗고 가느다란 목덜미를 고스란히 드러낸 채 마치 자기가 새댁인 양 찬영의 것과 세트인 하트 무늬가 남발된 유치찬란한 앞치마를 두르고 조리대에 서 있었다. 그것도 찬영과 다정하게.

아일랜드 보조 조리대에는 광어, 연어, 참치, 훈제 장어 등 각종 생선초밥용 횟감이 올려져 있었다. 찬영이 조리 도구와 나머지 음식 재료를 늘어놓았다.

"입덧이 심하지 않아야 할 텐데……."

"그러게. 장모님은 심하지 않으셨다고 해서 크게 걱정 안 했는데 꼭 엄마를 닮는 건 아닌가 봐."

"입덧하는 게 엄마를 닮는대요? 오빠는 그걸 어떻게 알았어요?"

"시은이 임신하고 인터넷에서 임신과 관련된 글도 찾고 책도 여러 권 사서 봤지."

"와, 예상은 했지만 역시 오빠는 다정다감하고 가정적이세요."

찬영은 겸연쩍게 웃었다.

"이거 섞을까요?"

해수가 다 된 밥과 배합초를 보며 묻자 찬영이 고개를 끄덕였다.

"시우랑 싸웠어?"

한창 배합초를 뿌려가며 해수가 나무 주걱으로 밥을 섞는데 찬영이 작은 목소리로 물었다.

"자기 마음을 표현하는 게 익숙지 않아 그렇지 속은 깊어. 알지?"

"자기더러 둔탱이래요."

"뭐?"

해수는 하던 손놀림을 멈추고 찬영을 쳐다보았다.

"예전에 시우 오빠에게 선물했던 퀼트 인형이 있었거든요. 그걸 지금껏 간직하고 있기에 무척 감동했는데, 가만히 생각해 보니 그럼 왜 날 찾아오지 않았는지 의문이 생기더라고요. 오빠 말로는 그 인형을 간직했으면서도 자신의 감정을 깨닫지 못했다는데 그게 말이 돼요? 누가 그 말을 믿겠어요?"

"……."

"분명히 깨닫지 못한 다른 이유가 있는데 끝까지 말하지 않더라고요. 남자는 애라더니 속상한 내 마음은 몰라주고 둔하다는 말에 삐쳐서는 자신을 스스로 둔탱이라며 자폭을 선택하더라고요."

"다 내 탓이야……."

찬영이 혼잣말하듯 내뱉었다.

"오빠가 왜요?"

"아, 아니. 그냥 도움 안 되는 베스트 프렌드를 둔 탓……."

해수는 말도 안 된다는 듯 웃으며 다시 열심히 나무 주걱을 움직였다.

시우는 조화롭지 못한 부엌의 풍경을 불편한 시선으로 예의 주시하고 있었다. 눈까지 맞춰가면서 정답게 담소를 즐기며 요리하는 두 사람의 모습을 어떻게 편하게 볼 수 있겠는가. 그의 빌라 부엌도 아니고……. 그런데 왜 해수는 저 자식에게 걸핏하면 눈웃음을 날리고 저 자식은 해수를 보며 멍 때리는데!

"찬영 오빠, 남자는 첫사랑을 가슴에 묻는다던데 정말 그래요?"

"응?"

찬영이 위생 장갑을 건네며 해수를 보니 그녀의 까만 눈이 슬퍼 보였다. 만약 이 커플이 잘못된다면 그건 자신의 잘못으로 단단히 죄책감을 느낄 것 같았다. 그가 해수를 좋아하지만 않았어도 시우는 좀 더 일찍 해수에 대한 감정도 깨닫고 그녀의 마음도 받아들였을 거라는 걸 요즘 이들을 보면서 더욱 확실히 느끼고 있었다.

양손에 위생 장갑을 낀 해수는 찬영이 만드는 초밥을 눈으로 훔쳐보며 따라 만들기 시작했다.

“오빠도 첫사랑을 가슴 한편에 두고 있어요? 아니죠?”

내 첫사랑은 바로 너인데……

찬영이 답을 찾지 못하고 방황하는데 난데없이 거실에서 베토벤의 운명 교향곡이 지축을 흔들며 빰빰빰빠아 하고 울려 퍼졌다.

“야, 이시우! 시은이 쉬고 있거든! 그리고 우리 아파트는 층간 소음이 심하다구!”

소파에 길게 다리를 꼬고 앉아 있던 시우는 부엌 쪽은 쳐다보지도 않고 볼륨을 확 줄이더니 리모컨을 던져 버렸다.

“심사가 많이 뒤틀리긴 한 모양이네. 유일한 나의 클래식 명반을 트는 걸 보니.”

해수의 시선도 시우에게 닿아 있었다. 속상한데도 그를 보기만 해도 심장이 두근거렸다.

“여자의 마음에는 방이 하나밖에 없어서 새롭게 사랑할 때마다 그 방의 주인이 바뀐다고 하고, 남자의 마음에는 방이 여러 개가 있어서 사랑할 때마다 그 방에 하나씩 그 사랑을 넣어둔대요. 그래서 가끔 추억하고 싶을 때 가슴에서 꺼내 그 사람을 그리워한다고 하네요. 내가 여자여서 그런지 난 그 말이 너무 기분 나빠요.”

찬영은 해수를 빤히 쳐다보았다. 해수의 입장이라면 충분히 여진을 떠올릴 것 같았다.

“난 그 말에 공감하지 않아. 백인백색이듯 마음도 마찬가지라고 봐. 남자 중에도 방이 하나밖에 없는 사람이 있고, 여자 중에도 칸칸이 방이 있는 사람이 있을 거야."

"그럴까요?"

"시우가 예잖아. 단언하건대 저 녀석은 절대적으로 하나야. 워낙 맺고 끊는 것이 분명한데다 복잡한 건 딱 질색이고 뭐든 하나에 집중하면 그것밖에 모르는 인간이니까."

"시우 오빠가 그렇다는 건 알지만……."

"여진이 때문이라면 더욱 마음 쓸 거 없어."

"위로해 주지 않아도 돼요."

"사실을 말하려는 거야. 여진은 천재 첼리스트야. 미국에서 훌륭하게 성공했다더군. 조만간 한국 공연도 한다고 해."

알고 있는 사실인데도 한국 공연이라는 말에 해수는 등골이 서늘했다.

"시우는 여진을 동기이자 멋진 음악가로 좋아하고 동경했어. 그런 거 있잖아. 우리가 좋아하는 분야에서 뛰어난 사람을 애정 어리게 생각하는 그런 마음. 그런 와중에 여진이 먼저 시우에게 대시했고 사귀게 된 거지. 유감스럽게도 너도 알겠지만 둘은 옆에서 보면 환상적인 커플이었어."

찬영의 마지막 말에 해수의 내려앉은 심장이 빨려들 듯 조여왔다. 그래서 더 힘든 거였다. 두 사람은 음악적으로 교감하는 그들만의 신경이 있는 듯했고, 둘 다 지적이고 고상했다. 그래서인지 싸움은커녕 말다툼도 하지 않는 것 같았다. 그렇게 잘 어울리는 커플이었기에 여진이 마냥 부러웠었다.

"시우가 여진을 떠나보냈던 건 옆에 두기보다는 그녀를 훌륭한 음악가로 성장하도록 놔주는 것이 올바르다고 판단했기 때문이야. 여진이 잡지 않는다고 오히려 야속해했었지. 시우는 그걸 그녀에 대한 사랑이라 하더군."

해수는 시우를 이해할 것 같았다. 선자의 모습이 여진에게 투영되었을 수 있었다.

"하지만 난 아니라고 봐. 시우가 만약 진정 가슴으로 사랑했다면 저놈 성격에 첼로를 부러뜨려서라도 못 떠나게 했던지, 아니면 아예 함께 미국행 비행기를 탔을 거야."

해수는 갑자기 실내 공기가 답답하게 느껴졌다. 그 말도 일리가 있었다. 태호가 선자에게 했던 것처럼.

"하나밖에 모르는 녀석이야. 학창 시절 내내 무조건 1등을 해야 직성이 풀렸기에 죽어라 공부만 했고, 운동도 승부욕에 불타 죽기 아니면 살기로 했었지. 그나마 바이올린이라도 켰으니까 저 정도 감수성이라도 있지, 아마 인간 터미네이터가 됐을 거야. 완벽한 사람은 없잖아. 사랑에 있어서만큼은 무뎌. 그래서 여진에 대한 감정을 사랑이라 여겼고 너에 대한 감정은 그렇게 둔했던 거야."

확실히 찬영의 말은 해수에게 위로가 되었다. 그리고 해수 스스로 속이 좁았던 것으로 느껴지게 했다.

"하나밖에 모르는 건 너도 마찬가지잖아. 시우 애 그만 태우고 마음 받아줘. 시우, 그 누구보다 너랑 가장 잘 어울려. 시은이도 그렇게 생각해.”

내가 왜 너를 욕심냈을까, 인연은 다 따로 있는데……. 나는 확실히 너희 둘의 걸림돌이었어. 찬영의 눈이 시리게 해수를 응시했다.

“우찬영.”

바로 옆에서 들린 무겁게 가라앉은 시우 목소리에 찬영은 흠칫 놀라 손에 있던 초밥을 떨어뜨렸다. 시우의 눈이 시은의 오빠로서가 아닌 해수의 남자로서 노려보고 있었다. 찬영은 무슨 죄라도 짓다 들킨 것처럼 이내 신남을 삐실 흘렸다.

“와이프가 아프다는데 가봐야 하지 않아?”

“그, 그렇지. 가봐야지. 그, 그런데 그러면 해수 혼자서 해야 하는데…….”

“걱정하지 말고 가보세요. 별로 어렵지도 않네요. 오빠보다 예쁘게 만들지는 못하지만 최선을 다할게요.”

“무슨 소리야, 해수 네가 만든 게 훨씬 예뻐.”

다시 강렬한 시우의 시선이 찬영에게 내리꽂혔다.

“어어. 그래, 알았어. 그럼 부탁해.”

찬영은 날쌔게 앞치마를 풀더니 쏜살같이 침실로 뛰어갔다.

해수는 애초에 시우가 요리할 거라는 기대는 없기에 그에게 눈길도 주지 않고 혼자서 계속 초밥을 만들었다.

“미소국도 끓여야 할 것 같은데, 인터넷 검색을 할까, 아빠에게 물어볼까?"

해수는 혼잣말을 중얼거렸다.

"별로 예쁘지도 않구먼."

이게 무슨 소리인가, 해수가 목소리를 따라 시우를 보니 그의 시선이 찬영이 오동통하게 만든 초밥에 머물러 있었다. 해수는 웃음이 나는 걸 참았다. 질투인지 승부욕인지 초밥을 보는 그의 눈빛이 예사롭지 않았다.

"더 잘 만들 자신 있으면 어디 만들어서 보여줘 봐요."

해수는 넌지시 던져 보았다.

"됐어."

"여기 앞치마 있는데……."

시우의 눈썹이 휙 치켜 올라갔지만 해수는 못 본 척했다.

"하얀 셔츠에 묻잖아요. 자, 둘러요."

하트 앞치마를 쑥 내밀었다.

"됐다니까."

한창 실랑이를 하는데 침실에서 찬영과 시은이 슬그머니 나왔다.

"시은이가 바깥바람이 쐬고 싶대. 잠깐 나갔다 올게."

시은의 눈이 오빠 거기서 뭐 하느냐고 물었다. 찬영이 부리나케 시은을 껴안다시피 끌고 나갔다.

"조심해서 다녀오세요! 눈 오면 바로 들어오고요!"

"걱정하지 마. 다 만들면 연락해! 그때 올게!"

시우의 치켜 올라간 눈이 찬영의 목소리가 들려온 현관 쪽으로 향했다.

"뭐? 다 만들면 연락해?"

"왜 그래요? 우리는 손님보다는 친구잖아요."

그래도 시우의 부릅뜬 눈은 현관 쪽에서 떠나질 않았다. 뭔지는 몰라도 찬영에게 단단히 불만이 있는 듯했다. 해수는 아무래도 시우의 저조한 기분은 애당초 둔하다는 발언에서부터 시작된 것이니 자신이 풀어줘야 할 듯했다.

좋아. 이쯤에서 풀어주지 뭐. 이게 다 찬영 오빠 덕인 줄 아세요.

심호흡한 해수는 앞치마 어깨 부분을 양손으로 잡았다. 아직 시작도 하지 않았는데 볼 부위가 발그레해졌다.

"오빠는 찬영 오빠에게 감사해야 해요."

이 무슨 뚱딴지같은 소리인지, 시우는 해수를 쳐다보았다.

"팔 내밀어봐요. 내가 해줄게요."

수줍은 눈길로 살짝 입술 끝을 올린 해수의 얼굴이 점점 빨갛게 물들어갔다.

그 사랑스러운 모습에 시우는 잔뜩 올랐던 화기가 맥을 못 추고 흐물흐물 녹으려 했다. 눈에 힘을 주고 고개를 저어봐도 어느새 팔을 끼우고 등 뒤에서 리본을 묶는 해수를 방관했다. 오히려 가끔 스치는 손길과 주위를 맴도는 파우더 향에 자꾸 그녀를 향해 뻗으려는 손을 달래야만 했다.

"와, 너무 잘 어울려요!"

해수는 시우의 얼굴이 빨개지는 건 처음 보았다.

"자, 이번에는 손 씻기."

시우는 몸을 뒤로 뺐지만, 해수가 손을 잡아끌자 못 이기는 척 조리대에서 시키는 대로 손을 씻었다. 재빨리 해수가 위생 장갑을 들고 왔다.

"이제는 위생 장갑을 낄 차례."

그녀가 양볼 옆으로 번쩍 들어 올린 위생 장갑을 시우는 수술 장갑을 끼듯 끼고는 손가락이 위로 가게 양손을 들어 올렸다. 그 모습이 너무 웃겨 해수는 참지 못하고 쿡쿡 웃었다.

"내과는 수술하지 않잖아요."

"기본기라는 게 있잖아."

"쿡, 지금부터 본격적으로 생선 초밥을 만들겠어요. 이렇게 생선을 왼손에 올리고 고추냉이를 조금 바른 후 밥을 적당량 쥐어 올려서 이렇게 모양을 다듬으면 돼요. 끝!"

시우는 이렇게 쉬운 걸, 가소롭다는 듯 웃었다.

잠시 뒤, 어색한 손놀림으로 오동통하면서도 예쁜 밥 둔덕을 만들려고 용쓰는 시우의 모습이 해수에게 포착되었다. 고개를 요리조리 갸웃거리며 집중하는 모습이 너무 귀여워 어깨를 움츠리며 웃었다. 시우의 눈매가 가늘어졌다. 화들짝 웃음을 거둔 해수는 휙 등 돌려 레몬을 썰었다.

시우의 시선이 해수의 대충 틀어 올린 머리에서 몇 가닥 흘러내린 머리카락을 따라 움직였다. 보송보송한 솜털이 난 하얀 귓불에서 고혹적인 목덜미를 지나 등으로 이어진 곡선이 무척 우아했다. 잘록한 허리와 엉덩이 아래로 늘씬하게 뻗은 다리는 한순간에 그의 호흡을 흩뜨려 놓았다.

앞치마를 두른 뒤태가 이렇게 섹시할 수도 있다는 거 처음 알았다. 초밥이고 뭐고 다 때려치우고 뒤에서 확 껴안고 싶었다. 아니면 아예 빌라로 보쌈해 버리든가. 도대체 남의 신혼집에서 지금 뭐 하는 건지. 어휴.

"어머, 그렇게 꽉 쥐면 어떻게 해요?"

자신도 모르게 손에 힘이 들어간 모양이다. 초밥 하나가 보기 좋게 으스러졌다.

"은근 터프하시네. 생선살 다 부서졌잖아요. 초밥은 아무래도 찬영……."

"앞으로 다섯 개만 더 만들면 찬영의 것보다 훨씬 예쁠 테니까 두고 봐."

해수는 격려 차원에서 입술 가장자리를 아래로 끌어내리며 고개를 끄덕여 주었다.

그가 다섯 개를 더 심혈을 기울여 만드는 동안 해수는 완성된 초밥을 접시에 올리고 생강 초절임과 레몬, 파슬리로 접시 장식을 했다. 하는 김에 찬영이 한편에 내어놓은 와인 잔도 올려놓는 등 식탁 세팅도 했다. 생각보다 간단해 빨리 끝났다.

헉! 해수는 조리대 위를 깨끗하게 정리하는 시우를 발견했다.

부엌일이라는 개념없이 그녀가 벌려놓은 것들을 두고 볼 수 없는 그의 성격이 시킨 듯했다. 입술을 꽉 물고 나오는 웃음을 꾸역꾸역 삼켰다. 부엌살림을 하는 그가 아주 예뻐 보여 사랑스럽기까지 했다.

시우 옆에서 수돗물을 틀고 손을 씻었다. 오늘 그의 모습은 그와의 미래가 조선시대 같지는 않을 거라는 안도를 주었다. 종영이 남자는 여자 하기 나름이라고 했던 말도 떠올라 입가에 미소가 계속 머물렀다.

"이제 집주인들을 불러야겠어요."

휴대폰을 가지러 거실로 가려는데 시우에게 덥석 손목이 붙잡혔다. 꽉 쥔 손아귀의 힘에 괜스레 마음이 술렁였다. 그래, 이렇게 초밥도 함께 만들었는데 선물 차원에서 뽀뽀 정도는 해줄 수 있지. 해수는 결심한 듯 살짝 입술을 적시고 뒤돌아보았다.

"이것 봐. 내가 훨씬 잘 만들었지?"

허걱! 그녀의 눈앞에 있는 건 탄력있는 붉은 입술이 아니라 탱글탱글한 붉은 생선살이 입혀진 초밥이었다.

"하!"

그녀의 떡 벌어진 입을 보며 초밥에 대한 감탄으로 착각한 듯 시우는 대만족스러운 표정으로 초밥을 향해 고개를 끄덕거렸다.

해수는 그런 그를 매섭게 쏘아보며 팩 돌아섰다. 손목이 아직 그에게서 벗어나지 못한 것을 그때 알았다. 접시를 내려놓은 그가 잡은 손목을 힘껏 잡아당겨 그녀를 조리대에 돌려세우고 두 팔에 가뒀다.

세트로 입은 앞치마가 닿을락 말락 할 정도로 그의 품이 좁혀와 해수는 최대한 허리를 뒤로 꺾어 그와의 거리를 유지하려 했다. 하지만 이내 허리가 잡히고 사뿐히 조리대에 앉혀졌다.

시우는 아득한 눈으로 해수의 흔들리는 눈동자를 깊게 바라보았다.

"왜 너만 보면 가슴이 무너지는지 모르겠다. 왜 이성으로 통제가 안 되고 품 안에 두어도 애가 타고, 아무리 마셔도 해갈이 안 되는 갈증이 나는지 모르겠다."

"오빠……."

시우는 해수의 볼에 붙은 머리카락을 살며시 귀 뒤로 넘겨주고 복숭앗빛 얼굴을 조심스럽게 감쌌다.

"다른 사람의 신혼집에서 이런 말 하기 싫은데, 지금 말하지 않으면 또 늦어버릴까 봐. 이제는 이것저것 따지지 않고 내 마음에 충실하려고 해."

그의 눈동자가 깊은 밤바다처럼 심오한 검은빛을 띠며 일렁였다. 숨을 죽인 채 그의 말을 듣는 해수는 심장이 떨려왔다.

"지금까지 살아오면서 단 하나 후회되는 것은 너를 일찍 알아보지 못했다는 거……. 아쉬운 것은 그만큼 너를 사랑해 주지 못했다는 거……. 그래서 늦게 시작한 만큼 더 열심히, 아쉬운 만큼 더 많이…… 너를 사랑하려고 해."

오빠……!

"사랑한다, 서해수."

순식간에 두 눈 가득 눈물이 차오른 해수는 울음을 참느라 작은 턱이 바르르 떨렸다.

"사랑해, 해수야."

"오, 오빠…….."

결국 울음을 터뜨리며 해수는 시우를 와락 끌어안았다. 시우도 해수를 힘껏 안았다.

기다렸던 그의 고백에 세상이 그녀의 품으로 들어온 것 같은 벅찬 기운이 온몸으로 퍼져 나가는 듯했다. 행복했다. 사랑한다는 말, 그 한마디면 충분했다.

"사랑해, 사랑해…….."

눈을 감고 또다시 해수의 귓가에 시우는 사랑을 말했다. 부드러운 목소리로 그가 들려주는 사랑의 속삭임은 그 어떤 애정 표현보다 달콤하고 감미로웠다.

해수의 흐린 눈에 베란다 너머로 함박눈이 오는 게 보였다. 밤하늘 아래, 조명 빛을 받은 굵은 눈송이들이 해수의 마음에도, 바깥 겨울 세상에도 하얗게 쏟아졌다.

어느덧 베토벤의 로망스가 부엌으로 낮게 울려 퍼져 왔다. 해수를 조리대에서 내린 시우는 여전히 볼이 발그스름한 그녀를 품에 두고 낮게 말했다.

"해수야, 한 가지 부탁이 있는데…….."

해수는 눈을 반짝이며 시우의 다음 말을 기다렸다.

"그 둔하다는 말, 어떻게 취소가 안 되겠니?"

"네에?"

"이건 도저히 용납이 안 돼. 내 자존심이 허락지 않는다구."

그 말이 싫긴 싫은 모양이었다. 해수는 올라오는 웃음을 꾹 눌렀다.

"오빠가 둔탱이라고 했잖아요. 오빠의 애칭으로 둔탱이가 딱이에요."

해수는 새침하면서도 부드럽게 말했다.

"뭐가 딱이라는 거야?"

"다른 건 절대 안 돼요. 둔탱이여야만 해요. 다른 이유는 받아들일 수 없으니까, 오직 둔탱이여만 한다고요."

"도대체 왜 둔탱이어야 하는데?"

"그건…… 내가 둔탱이를 사랑하는 미련 곰탱이니까."

해수의 수줍은 고백이었다.

시우는 잠시 할 말을 잃고 멍했다.

미쳐 버리겠다. 해수의 고백에 인정하기 싫었던 둔탱이마저 귀엽게 들려온 것이다. 이놈의 뇌는 완전히 전원이 나갔는지 오작동 한번 일으키지 않았고, 이놈의 심장은 그녀가 노예가 되어 달라고 해도 기꺼이 되겠다는 듯 날뛰었다.

"해수야……."

치밀어 오르는 감정을 더는 참지 못하고 해수를 부서질 듯 안으며 입술을 찾았다. 가는 목덜미와 뒷머리를 감싸 쥐고 함박눈처럼 부드럽게, 칼바람처럼 맹렬하게 키스를 퍼부었다. 그의 목에 팔을 두른 채 그가 이끄는 대로 반응하는 해수의 몸이 가늘게 떨렸다.

행여나 전화가 올까 밖에서 휴대폰을 쥐고 벌벌 떨고 있는 찬영과 시은은 까맣게 잊은 채. 로망스가 끝나도록 로맨틱한 핑크빛 신혼집을 후끈 달군 초대받은 이들의 거칠어진 숨소리는 쉬이 가라앉지 않았다.

해수의 12월은 바쁜 나날의 연속이었다. 드라마 촬영이 본격적으로 시작되어 촬영장을 오가야 했고, 박람회 막바지 준비와 늘 하는 문화센터 수업 때문에 보빈에 없는 날이 더 많았다. 그녀의 빈자리는 파트타임 강사가 메웠고, 인터넷 쇼핑몰 운영은 종영이 도왔다.

짬짬이 비는 시간은 전시 작품을 만드는 데 할애했다. 이번 작품은 다양한 크기의 작은 사각 조각 원단들을 이어 만든 바젤로(Bargello) 기법을 응용한 워터칼라(Watercolor)로, 장미 정원을 담은 풍경이었다. 퀸 사이즈의 대작이라 집이었다면 수틀에 끼워서 작업했겠지만 보빈에서는 최대한 부피를 줄여 작업대에 펼쳐 놓고 퀼팅을 했다.

해가 짧아 벌써 어둑해진 바깥을 보던 정숙은 수혁의 숍에서 새로 들여온 원단으로 눈을 돌렸다. 그리고 다시 한창 전시 작품을 퀼팅 중인 해수를 돌아보았다.

"요즘 통 고 사장에게서 연락이 없구나. 요 앞에 동대문에 갔을 때도 못 만났다고 했지?"

"네."

시우와 키스하는 걸 본 이후로 수혁에게서는 정말 한 통의 전화도 없었다.

"우리가 드라마 협찬 건에 대해서 따로 인사하지 않은 게 걸려."

"고 사장님 그런 분 아니잖아요. 엄마가 더 잘 아시면서……."

"그렇기는 한데, 네가 마음을 거절했으니까 하는 소리야. 사람의 마음이 공과 사가 딱딱 구별되면 좋겠지만, 어디 그래?"

정숙은 생각할수록 아까운 사람이라는 듯 입맛을 다셨다. 해수는 수혁에 대한 미련을 떨쳐 내지 못한 정숙의 마음을 읽었다.

"엄마, 조만간 인사시켜 드릴게요. 제가 좋아하는 사람."

"뭐?"

무척 궁금했었는데 막상 인사한다고 하니 정숙은 당황했다.

"그, 그래……."

긴장으로 입술까지 말랐다.

옆에서 주의 깊게 듣던 영은은 놀라면서도 반가움을 숨기지 않았다. 다만 정숙 앞이라 소리없이 드러내었다.

"문화센터 수업 가야지? 서둘러라."

당장 데려오라든가, 사귀는 사람에 대해 꼬치꼬치 캐물을 거라 생각했는데 오히려 피하는 듯한 정숙의 태도에 해수는 의아했다. 하지만 정숙의 말대로 문화센터 수업을 가야 할 시간이었다. 강남에 있는 모 백화점에서 하는 오늘 수업은 대학생과 직장인 여성들이 주가 된 저녁반이었다.

짐들을 최대한 압축해 덮개가 있는 커다란 퀼트 가방 두 개에 챙긴 해수는 거울을 보며 긴 머리 위에 회오리 베레모를 눌러쓰고 머플러를 둘렀다. 자신을 따라 함께 움직이는 정숙의 끈끈한 시선이 느껴졌다.

보빈을 나가자, 차가운 겨울바람이 해수를 앞 다투어 반겼다. 지하철역을 향해 롱부츠를 신은 발이 빠르게 움직였다. 다른 문화센터 수업은 오전이라 거의 차를 이용했지만, 이 타임은 퇴근 시간이 맞물려 교통체증이 장난 아니기에 짐이 무겁고 사람들에게 시달려도 지각의 염려가 없는 지하철을 이용했다.

해수의 눈에 벌써 크리스마스 장식을 한 로드 숍들이 눈에 띄었다.

"우리도 어서 해야 하는데……."

보통 12월로 들어서면 바로 했는데, 올해는 바빴던 터라 크리스마스 소품과 벽걸이 몇 점만 쇼윈도에 디스플레이된 게 전부였다.

가방 두 개를 지하철 짐칸에 올려놓고 시우에게서 걸려온 영상전화를 받았다. 시우는 해수에게 휴대폰에 달린 부엉이 부부를 끌어다 보여주었다. 해수의 얼굴이 환해졌다. 그러나 시우의 얼굴은 굳어졌다. 지하철 내로 밀려온 사람들에 의해 구석으로 몰린 해수가 급기야 양복을 입은 한 남자에게 거의 안기다시피 했다. 당황한 해수는 강좌 마치고 전화하겠다는 말을 건네고 황급히 끊었다.

커다란 가방 두 개를 다시 어깨에 메고 지하철에서 빠져나온 해수는 빠른 걸음으로 백화점으로 연결된 지하도를 지나 백화점 지하 1층으로 들어갔다. 곧바로 엘리베이터를 타고 문화센터가 있는 9층으로 올라갔다.

해수가 강의실로 들어서면서 수업은 바로 시작되었다.

오늘 만들 퀼트는 쿠션으로, 수강생들은 저마다의 취향에 따라 모노톤의 아즈미노, 컨트리 느낌의 체크, 로맨틱한 플라워 원단으로 구성된 패키지 중 하나를 선택했다.

시우 오빠라면 이 중에서 어떤 걸 고를까? 분명히 세련된 아즈미노일 거야.

예전에 시은은 완성한 퀼트들을 그녀의 방에 국한하여 장식했었다. 꽃무늬 원단을 선호하는 그녀의 취향과 모던하게 인테리어가 된 빌라 분위기와는 전혀 어울리지 않아서였다. 그래서 그 너른 거실에 퀼트는 A4 사이즈의 메탈 프레임에 들어간 몰라(Mola) 퀼트 두 점이 전부였다. 그나마도 시은이 대전으로 내려가면서 갖고 간 터라 지금은 하나도 없었다.

절대적으로 시우의 취향이 존중된 인테리어와 생활방식 속에서 시은은 살았었다. 그러나 시은은 이미 그런 삶이 몸에 배어서인지 별로 불만도 없었다.

해수는 가만히 사랑스러운 꽃무늬 원단을 만지작거렸다. 그녀가 원하는 집은 로맨틱한 앤티크 분위기의 퀼트로 만든 집이었다.

문득 그녀가 만든 퀼트들로 빌라 장식을 시도해 봐야겠다는 생각이 들었다. 빌라뿐 아니라 그의 차에도……. 그녀가 만든 것들로 하나씩 바뀔 그의 공간을 상상하는 것만으로도 가슴이 두근거렸다. 물론 이 두근거림에는 불안함도 포함되어 있었다. 과연 부엉이 부부처럼 그의 애정을 받을 수 있을는지…….

백화점 주차장으로 빠르게 들어온 크림색 차가 정확하게 주차선 안에 멈춰 섰다. 시우는 지갑 속에 있는 영화 티켓을 확인하고 차에서 내렸다.

네이비 싱글 코트 위에 머플러를 두른 그는 9층으로 올라가 천천히 주위를 둘러보았다. 아직 수업은 마치지 않은 듯했다.

마침 문화센터 안내대 옆 장식장에 디스플레이된 퀼트 작품들이 눈에 들어왔다. 그중에 깜찍한 고양이 인형이 유달리 눈에 띄었다. 작품 아래 달린 명찰을 보니 고양이 이름은 와플이었고, 만든 이는 그의 예상대로 해수였다. 단번에 그녀의 작품을 알아봤다는 것에 한 사람을 마음에 담음으로써 생기는 소소한 행복감이 밀려왔다.

"자, 오늘은 여기까지 하겠습니다."

해수는 회원들과 끝 인사를 주고받으며 물건들을 챙겼다. 올 때는 두 개였던 가방이 무게도 가벼워진 하나로 줄어들었다.

그녀는 시우에게 약속한 전화를 하려고 휴대폰을 펼치며 강의실을 나갔다. 액정 화면에 뜬 둔탱이라는 세 글자에 작은 웃음이 터졌다.

얼핏 스치는 눈길에 그녀를 빤히 쳐다보는 시선이 느껴져 고개를 되돌리니, 뜻밖에 시우가 있었다. 기쁜 마음만큼 빠르게 그에게 다가갔다.

"영화 보러 가자. 시간이 별로 없어."

"아까 통화했을 때는 그런 말 없었잖아요."

"제대로 통화도 못했잖아."

양복 입은 남자가 떠올라 시우의 눈이 번뜩였다.

"알았어요. 몇 시 영화예요?"

"지금 가야 해."

시우는 스스럼없이 해수의 손을 잡았다. 하얀 손이 그의 손안에 쏙 들어왔다.

함께 나오던 수강생들이 힐끗힐끗 두 사람을 쳐다보았다. 호기심 어린 그들의 표정이 미소로 바뀌는 것을 해수는 느꼈지만, 그에게 잡힌 손을 빼려 하진 않았다. 다만 살짝 얼굴이 붉어졌을 뿐.

"무슨 영화예요? 혹시 양조위?"

엘리베이터로 향하면서 시우는 기대로 반짝이는 해수의 눈을 보았다. 탁월한 선택임을 느끼며 짧은 미소로 답해주었다. 눈을 휘며 웃는 그녀의 눈웃음에 심박동이 급격하게 빨라져 가느다란 손을 다시 고쳐 깍지 쥐었다.

해수는 엘리베이터 앞에 삼삼오오 모여 있는 수강생들이 보여 시우를 에스컬레이터로 이끌었다.

두 사람은 나란히 서서 한 층 한 층 내려가기 시작했다. 폐점 시간이 가까워져 에스컬레이터는 백화점을 빠져나가려는 사람들로 무척 혼잡했다. 시우는 사람들 틈에 해수가 치이지 않도록 안쪽에 세우는 등 끊임없이 신경을 썼다.

"내가 양조위 좋아하는 건 어떻게 알았어요?"

"기억하고 있었다면 내가 둔탱이임을 또 한 번 입증하는 건가?"

"난 진짜 둔탱이가 좋은데……."

시우는 투명하게 화장을 한 해수를 가만히 보았다.

너의 아무렇지 않게 던지는 말에도 내 심장은 미친 듯이 뛴다는 걸 너는 아는지…….

"고양이 이름이 왜 와플이야?"

“내가 만든 고양이 봤어요?”

그가 퀼트에 대해 관심을 보이는 건 처음이라 해수의 눈이 동그래졌다.

“으음, 두 가지 의미가 있어요. 혹시 원단 유심히 봤어요? 오돌오돌한 가마니 조직으로 된 원단을 와플 원단이라고도 하는데 그 원단으로 만들었기 때문이에요. 또 다른 이유는 와플은 쫀득쫀득하고 달콤하잖아요. 그 고양이 이미지에 잘 어울려서요. 그렇게 보이지 않았어요?”

지난번에도 느꼈지만 퀼트 이야기를 할 때 해수의 눈은 무척 강하게 빛났다. 그녀만의 작업실을 만들어주고 싶다는 생각이 들 정도로.

두 사람은 지하 주차장에 있는 시우의 차에 가방을 가져다 놓고, 다시 손을 맞잡고 영화관으로 향했다. 북적이는 지하상가 거리를 지나면서 해수는 배고픈데다 와플 이야기를 해서인지 와플이 무척 먹고 싶어졌다.

“어차피 밥 먹을 시간도 없는데 영화관에서 다른 거 먹느니 커피와 와플 먹을까요? 내가 쏠게요.”

“영화 보고 저녁 먹을까 하는데?”

“그때까지 아무것도 먹지 않는다면 피골상접할 거예요. 하나씩만 먹어요.”

시우는 손목시계를 보았다.

“먹을 시간 없는데…….”

"가면서 먹으면 되죠? 아니면 가서 먹든지요."

시우는 달콤한 와플을 좋아하지 않는데다 그걸 먹으면 분명히 입맛이 떨어질 게 뻔해 선뜻 답하지 않았다. 그리고 길에서 뭘 먹으며 걸어가 본 기억은 없었다.

고개를 내밀어 눈을 맞춘 해수가 조심스럽게 뒷걸음질치며 시우의 손을 잡아끌었다.

"나, 호두 와플 좋아한단 말이에요. 여기서 아주 가까운 곳에 맛있게 하는 전문점 알아요. 하나만 먹어요. 응?"

모자까지 귀엽게 눌러쓴 해수가 애교스런 눈빛과 말투로 말하고는 오렌지빛 입꼬리를 부드럽게 말아 올렸다. 물론 그녀는 의식하지 못한 행동이었고, 시우의 마음만이 한없이 약해지는 순간이었다.

결국 해수의 손에 이끌려 시우는 유명하다는 와플 전문점으로 들어갔고 그녀와 똑같이 한 손에는 호두 와플을, 다른 한 손에는 아메리카노 커피를 들고 나왔다.

정말 배가 많이 고팠는지 해수는 순식간에 먹어치웠다. 시우가 그의 손에 있는 와플을 내밀자 나중에 밥 먹을 거라며 거절했다.

해수는 살며시 시우의 옆구리에 손을 밀어 넣어 그의 팔을 감았다. 그녀로서는 꽤 용기있는 행동이었기에 곧바로 날아오는 그의 시선을 감당하지 못하고 쇼윈도를 쳐다보며 커피에 꽂힌 스트로를 빨았다.

"별로 좋아하지 않는 와플 사주고 같이 먹어줘서 고마워서요. 그런데 앞으로는 내가 사겠다고 한 건 내가 계산할 수 있게 해 줘요."

"누구에게 얻어먹는 게 익숙지 않아서."

"특히 여자에게서는, 이겠죠."

"맞아."

"어련하시겠어요. 그런 것 보면 오빠와 나는 많이 다른 것 같 아요."

와플을 한 입 베어 먹은 시우가 부리나케 해수를 쳐다보았다. 그녀의 말이 마음에 들지 않아서였다.

"취향에서부터 그렇잖아요. 나는 시간과 노력이 들고 관리가 힘들어도 기계보다는 수공, 디지털보다는 아날로그, 모던보다는 내추럴한 컨트리나 고전적인 앤티크가 좋아요. 오빠는 반대죠?"

시우는 고민하지 않고 고개를 끄덕였다.

"이렇게 길에서 뭘 먹는 것도 별로야."

"고맙다고 해야겠네요."

해수는 못마땅하게 와플을 먹는 시우를 보며 소리 내어 웃었 다. 서로에게 맞춘다는 것도 사랑의 표현. 별로라고 했지만 지 금 먹고 있지 않은가. 그런 시우가 귀엽고 진심으로 고마웠다.

그런 그녀의 사랑과 믿음을 실험이라도 하려는 듯 시우 뒤편 으로 여진의 귀국 독주회 포스터가 보였다. 해수는 긴장되고 시 우가 볼까 두려웠지만, 자기와의 싸움에서 이기기 위해 빠르게 마음을 다스렸다.

무뎌질 것이다. 설령 여진 언니를 만난다 해도 오빠와 나는 아무렇지 않을 것이다. 우리는 똑같이 마음의 방이 하나니까. 오빠가 사랑하는 사람은 나니까.

해수는 시우의 팔을 좀 더 꼭 감싸며 가까이 걸었다.

영화관으로 들어간 두 사람은 다정하게 커플석에 앉아 영화를 관람했다. 한창 해수가 양조위 얼굴에 넋을 놓고 있는데 귓가에 시우의 숨결이 닿았다.

"병원에서 콜이 왔어. 들어가야 할 것 같은데 어떡하지?"

미안한 기색이 역력한 시우와 스크린을 가득 채우고 있는 양조위 사이에서 해수는 고민하지 않을 수 없었다. 그러나 어떻게 비교 대상이 되겠는가. 당연히 시우를 따라 자리에서 일어섰다.

하지만, 상영관을 나갈 때까지 마음과는 달리 미련을 버리지 못한 해수의 눈은 끝까지 양조위를 찾았고, 뿔난 시우는 힘껏 해수를 끌어당겼다.

여진 때문인지, 보다 만 양조위 영화 때문인지 잠이 오지 않는 해수는 파자마 차림으로 수틀 앞에 앉았다. 얼마쯤 시간이 흘렀을까. 마지막 장미꽃을 퀼팅하는데 시우에게서 전화가 왔다.

[창문 좀 열어봐.]

의아한 표정으로 창가로 다가간 해수는 커튼을 젖히고 서리가 앉은 창문을 열었다. 차가운 밤공기가 훅하고 엄습해 왔다.

몸을 움츠리고 시린 눈으로 아래를 보니 길가에 깜빡이를 컨 크림색 차와 그 앞에 서 있는 시우가 보였다. 급한 병원 일을 끝내고 집으로 가는 길인 듯했다. 아무리 가까워도 이곳은 빌라와 반대 방향인데…….

[잘 자.]

좀 전에 봤는데도 또 보고 싶어 왔다는 그의 소리없는 말이 들려왔다.

오빠…….

"잠깐만 기다려요."

해수는 재빨리 헐렁한 니트 스웨터와 편한 바지로 갈아입고 패딩 코트를 걸쳤다.

조심스럽게 방문을 열고 나가니 종영과 정숙은 단잠에 빠져 있는 듯 안방은 고요했다. 처음 있는 일이었다. 자정에 종영과 정숙 몰래 집을 나간다는 건.

해수는 계단을 빠르게 뛰어내려 갔다. 그리고 찬바람에 옷깃을 여미고 그녀를 기다리는 시우와 마주 섰다. 살을 에는 추위에 해수의 코끝이 금방 빨개졌다.

"나랑 크리스마스 장식할래요?"

시우의 시선이 해수의 시선을 따라 불이 꺼진 보빈으로 향했다.

두 사람은 어둡고 썰렁한 실내로 들어갔다. 먼저 안으로 들어간 해수가 불을 켜고 난방장치를 가동했다. 곧바로 은은한 조명

빛과 금세 뿜어져 나오는 따스한 공기로 보빈은 원래의 아늑한 공간으로 빠르게 탈바꿈을 시도했다.

시우는 항상 밖에서만 보던 보빈을 쭉 둘러보았다. 원두커피 향이 가득한 보빈은 그가 생각했던 것보다 훨씬 많은 작품으로 꽉 차 있었다. 그 종류도 무척 다양했고, 모두 해수의 작품으로 여겨져서인지 예뻤다.

“이 상자 안에 크리스마스 트리와 트리 장식들이 들어 있어요. 차 마실래요?”

시우는 고개를 저었다.

해수는 좀 더 편안한 분위기를 위해 라디오를 틀었다. 잔잔한 겨울 발라드가 흘러나왔다.

코트를 벗은 두 사람은 여러 개의 상자를 봉하고 있던 접착 부분을 떼어내는 것으로 크리스마스 장식을 시작했다. 하얀 와이셔츠 소매를 두어 번 걷어 올린 시우는 길쭉한 상자 안에서 꺼낸, 여러 개로 분리된 크리스마스 트리를 하나씩 조합했고, 해수는 작은 네모난 상자에서 조심스럽게 은하수 전구 꾸러미를 끄집어냈다.

“예전에 오빠가 만약 우리 숍에 온다면 마스크를 쓰고 오지 않을까 하는 상상을 했었어요.”

“왜?”

“먼지 때문에요. 쿡.”

시우는 완전히 틀린 말도 아니기에 능청스런 표정을 지었다.

"지금은 모두 얌전히 있어서인지 괜찮은데?"

"애들도 분위기 파악하는 거죠. 저 남자 성깔있어 보이는데? 자는 척하면서 동정부터 살피자. 그러면서요."

시우는 가늘어진 눈으로 소리 죽여 웃는 해수를 은근히 노려보았다.

은하수 전구를 쇼윈도 위쪽에 다는 건 시우 몫이었다. 그러는 동안 해수는 트리에 각종 퀼트로 된 카드와 장식 인형을 달았다. 한 공간에 있는 것만으로도 행복한 두 사람의 오붓한 시간이었다.

크리스마스 장식이 끝나자 해수는 실내등을 끄려고 스위치가 있는 곳으로 갔다.

"불이 들어오지 않는 전구가 있는지 봐줘요."

시우는 작업대에 걸터앉아 쇼윈도 앞에 세워둔 크리스마스 트리를 바라보았다.

탁, 탁, 탁. 숍의 모든 실내등이 꺼졌다.

쇼윈도 위로 빛을 뿌리며 내려앉은 은하수 전구와 일정한 간격으로 물결 치는, 트리에 매달린 별들이 라디오에서 흘러나오는 선율에 맞춰 춤추듯 반짝거렸다.

해수는 시우 옆에 나란히 앉았다. 모든 별이 온전히 반짝이는 은하수 별빛 너머로 드물게 지나가는 몇몇 연인들의 얼굴에 설레는 미소가 떠오르고 있었다.

"우리, 부모님께 인사드리자."

시우의 가라앉은 목소리가 들려왔다. 정숙에게 한 말도 있고 해서 해수도 그러려던 차였다.

"그래요. 그런데 어떻게 인사드리죠? 우리 부모님은 언제든지 시간만 맞추면 될 것 같은데……."

"연말이면 부모님께서 서울에 종종 오시니까 기회가 있을 거야."

해수는 천천히 고개를 끄덕였다.

"오빠, 테니스 잘해요?"

"윔블던 수준이지."

죽기 아니면 살기로 운동했다는 찬영의 밀이 생각나 해수는 웃음이 났다.

"잘됐네요. 내가 심판 볼 테니까 우리 아빠와 한 경기 해요. 아빠, 테니스 무척 좋아하세요."

시우는 입꼬리를 부드럽게 감아올렸다.

"피곤할 텐데 이렇게 부려먹어서 어떻게 해요?"

"우리 집 대청소하는 날 부를게."

"피이. 오빠, 무드 없는 거 알죠?"

"그럼 일당이라도 달라고 해야 하나?"

시우는 농담으로 되받아쳤다. 해수도 질세라 눈을 맞췄다.

"뭐, 달라면 줄 수도 있죠?"

"그럼 줘."

"……?"

돌연 깊어진 그의 시선이 해수의 입술로 내려왔다. 마치 그 붉은 입술을 달라는 듯.

갑작스러운 묘한 분위기에 해수가 당황할 사이도 없이 몸이 끌어당겨지면서 그의 입술이 찾아왔다.

오빠…….

거침없으면서도 부드러운 그의 키스는 발라드보다 감미롭게 입술을 감싸고, 달빛보다 농염하게 혀를 휘감아 빨아당겼다. 해수는 은하수 너머로 깊게 빨려가는 듯한 아득함에 눈을 감았다.

시우는 가는 허리를 휘도록 껴안고 좀 더 깊게 입안을 탐했다.

서로의 숨결이 점점 뜨거워지면서 조금 더 욕심을 낸 입술이 갸름한 턱 선을 타고 솜털이 난 귓불로, 맥박이 뛰는 목덜미로, 살짝 끌어내린 니트 아래 쇄골로 다급하게 움직여 갔다.

달빛에 투영된 하얀 속살이 그의 잠자던 욕구를 자극하며 끊임없이 속삭였다. 조금만 더, 조금만 더…….

"오…… 빠……."

해수의 쉰 목소리가 가늘게 떨렸다. 시우에게는 그녀의 서툰 몸짓과 두려움 섞인 작은 움직임이 참을 수 없는 유혹이었고, 보드라운 살갗의 감촉과 비누 향기는 이성을 앗아가기에 충분했다.

이끌림에 순응하듯 거침없이 성근 니트 속으로 손이 파고들었다.

탄탄한 가슴에 빈틈없이 안긴 채 등줄기를 타고 올라오는 손길이 너무 뜨거워 해수는 고개를 젖히며 숨을 크게 들이쉬었다. 하지만, 그 틈을 놓치지 않고 목덜미에 붉은 장미를 수놓는 그의 입술에 온몸이 타들어갔다.

하아!

마침내 시우의 속도를 따라가지 못한 거친 숨이 터졌다. 그러나 그 숨마저 삼켜 버릴 듯 부풀어 오른 붉은 입술로 다시 열정적으로 입술이 덮쳐 왔다. 해수는 숨을 쉴 수가 없었다. 너무 뜨겁고 너무 갈증이 나 숨이 막힐 것 같았다.

시우는 달콤한 입술을 머금은 채 조심스럽게 브래지어를 밀어 올리며 봉긋한 가슴을 감싸 쥐었다. 그 아찔한 감촉과 떨림에 온몸에 거센 소용돌이가 일어 바르르 몸을 떠는 그녀를 격정적으로 안았다.

해수야…….

해수는 심장이 터질 것 같았다. 결국 참지 못하고 입술을 떼며 시우의 어깨를 와락 껴안았다. 거친 숨과 함께 맞닿은 두 가슴이 크게 오르내렸다.

거센 돌풍이 몰아치고 지나간 듯 움직임을 멈춘 두 사람 사이로 라디오에서 흘러나오는 음악 소리가 조심스레 파고들었다.

겨우 숨을 고르고 마음을 안정시킨 시우는 해수를 감싸 안으며 비단결 같은 머리카락을 부드럽게 쓰다듬었다.

처음이었다. 사랑하기에 지켜주고 싶은 마음보다 사랑하기에 소유하고 싶은 마음이 더 컸던 적은.

＊

정숙과 교대로 점심을 먹으려고 4층으로 올라온 해수는 보글보글 만둣국이 끓고 있는 부엌으로 들어갔다.

"맛있겠다!"

종영은 손수 빚은 만두가 가득 든 커다란 사기그릇을 해수 앞에 내려놓았다.

"아빠는 잡수셨어요?"

"응. 엄마랑 먹었어."

해수는 곧바로 숟가락을 들었다.

"진짜 맛있어요. 영은 씨, 친구와 약속 있어 나갔는데 오늘 메뉴가 만둣국인 거 알면 배 아프겠는데요?"

"만둣국은 아니어도 남은 거 쪄서 갖고 내려가마. 간식으로 먹게."

"와! 알겠습니다."

종영은 해수의 맞은편에 앉았다.

"저, 아빠……."

열심히 만두를 먹던 해수가 조심스럽게 종영을 불렀다.

"이번 주말에 테니스 파트너 한 명 소개해 드릴까 하는데, 어떠세요?"

"으음, 날 상대하려면 웬만한 실력이 아니면 안 될 텐데?"

"윔블던 수준이래요."

해수를 쳐다보는 종영의 눈가에 미소가 묻어났다.

"이 군도 그런 농담 할 줄 아니?"

해수는 깜짝 놀랐다. 그러나 좀 전과 같은 담담한 말투로 말했다.

"사실일 수도 있죠."

"그렇다면 확인해 봐야겠구나. 그 말이 사실인지 궁금한데?"

두 사람은 더는 올라오는 미소를 숨기지 않았다.

"시우 오빠인 거 어떻게 아셨어요?"

"네 얼굴에 다 쓰여 있어."

멋쩍은 해수는 볼을 쓱 만졌다.

"엄마에게는 언제 말할 생각이야?"

"인사시켜 드린다고 했는데 말씀이 없으세요. 어제도 언제 시간 괜찮으신지 여쭤봤거든요? 피하시는 것 같더라고요."

"……."

"사실 두려워요. 반대하실 것 같아서요. 아빠 생각에는 어때요?"

"유감스럽게도 동감이다."

종영은 시우 같은 조건이면 절대 안 된다고 했던 정숙의 말이 떠올라 속으로 긴 한숨을 내쉬었다. 해수의 표정이 급속도로 어두워졌다.

"네가 이해해라. 엄마도 두려워서 그런 거니까."

“두렵다니요?”

“결혼해서도 너를 가까이 두고 싶으니까. 게다가 이왕이면 편한 자리였으면 하는 거고. 그건 부모라면 다 갖는 욕심인데 엄마가 조금 유별나긴 하지. 하지만 그것도 네가 이해해야 한다고 본다. 넌 엄마의 딸이니까. 그리고 엄마에게 네가 어떤 존재인지 알잖니. 보빈을 너에게 물려주고 싶어하니까 쉽지 않을 거야.”

정작 해수는 종갓집이다, 대전에서 살아야 한다 등의 문제에 의연했다. 어쩌면 아직 먼 이야기처럼 실감나지 않아서일 수도 있었다. 그러나 한 가지는 분명했다. 어떤 이유에서든 시우와 헤어질 수 없다는 것.

“어떻게 하면 좋을까요?”

“글쎄, 일단 이렇게 하자. 아빠가 이 군을 먼저 만나보마. 그런 다음 박정숙 원장님을 어떻게 공략할지 생각해 보자.”

“좋아요.”

종영이 든든한 지원자로 나서주니 안심이 된 해수는 생긋 웃었다.

“그런데 해수야, 아직 아빠도 이 군을 완전히 사위로 허락한 건 아니다? 각오해야 해. 이 군에게도 그렇게 꼭 전하고.”

“네, 꼭 전할게요. 그리고 각오 단단히 할게요.”

해수와 종영은 서로를 향해 닮은 미소를 지었다.

실내 테니스 코트 주차장에 자전거를 탄 해수가 도착했다. 오랜만에 찾아온 포근한 날씨에 실컷 도로를 달린 그녀는 자전거를 세우고 귀마개, 마스크, 장갑을 차례대로 벗어 하얀 패딩 점퍼 호주머니에 넣었다. 이마에는 송골송골 땀이 맺혔고 숨 쉴 때마다 하얀 입김이 찬 공기 속으로 흩어졌다.

패딩 점퍼 안에 껴입은 핑크색 트레이닝 호주머니에서 휴대폰이 울었다. 코트에서 그녀를 기다리는 종영의 전화였다.

"방금 도착했어요. 오빠 왔어요?"

[심판이 지각하면 되겠니? 벌써 기다리고 있다.]

시우가 와 있다는 한마디에 해수의 가슴에는 때 아닌 아지랑이가 피어올랐다. 복숭앗빛 볼로 코트로 뛰어갔다. 하나로 묶은 머리가 햇빛에 빛을 발하며 찰랑거렸다.

따사로운 오전 햇살로 실내는 제법 따뜻했다. 통에 가득 든 공으로 서브 연습을 하는 사람이 있는가 하면, 가볍게 주거니 받거니 난타하는 사람들도 있었다. 그중에서 종영과 대화를 나누는 하얀 테니스복 차림의 시우가 해수의 눈에 가장 띄었다. 그의 손에는 라켓과 테니스공 두 개가 쥐어져 있었다.

오빠는 알고 있을까, 이렇게 바라보기만 해도 내 심장은 오빠를 향해 전력 질주한다는 것을.

해수의 마음의 소리를 들은 것처럼 햇살을 등지고 선 시우가 돌아보았다. 그녀를 발견한 그의 눈에서 반짝 빛이 나더니 입가에 미소가 감돌았다.

심판석에 올라앉은 해수는 네트를 사이에 두고 마주 선 시우

와 종영을 바라보았다. 한 손에는 라켓을 쥐고 다른 한 손으로
악수한 두 사람은 기 싸움이라도 벌이는 듯 나름대로 긴장된 분
위기를 자아냈다. 하지만 종영이 아무리 위엄있게 눈에 힘을 주
어도 시우의 눈빛에 비하면 온순한 양이라 상대가 되지 않았다.

종영은 이미 시우에 대해 좋은 이미지를 갖고 있지만, 자리가
자리인만큼 그를 세밀하게 관찰했다.

남자 손치고는 섬세한 긴 손가락이 영락없는 의사 손이었다.
여자들이 반할 만한 수려한 외모지만 심지가 깊고 명민해 보이
는 눈빛이 여자 문제로 해수를 힘들게 하진 않을 것 같았다. 몸
에 밴 예의 바른 모습은 엄격한 부모의 올바른 훈육하에 반듯하
게 잘 자랐음을 말해주고 있었다.

"자네 일부러 져준다거나 하면 실망할 걸세."

"최선을 다하겠습니다."

"내가 이래 보여도 육성전자 사장배 테니스대회에서 우승한
사람이야."

"알겠습니다."

날카로운 눈매에 미소가 그려지니 무척 매력적이었다. 종영
도 피식 웃었다.

"좋아, 서브권은 내가 먼저 가지지."

리시브(Receive) 자리로 가려고 돌아서던 시우는 심판석을 향
해 살짝 윙크를 보냈다. 움찔한 해수는 금세 얼굴이 빨개졌다.

오빠, 파이팅…….

종영은 코트에 공을 두세 번 튕기더니 높이 띄워 있는 힘껏 서브를 넣었다. 보기 좋게 공이 네트에 걸리고 말았다. 어깨에 너무 힘을 줬다는 듯 그는 팔을 크게 휘두르며 어깨 푸는 시늉을 했다.

"아빠, 파이팅!"

해수의 기운찬 응원 소리에 종영은 불끈 힘이 솟았다. 하지만 해수를 향해 환하게 웃던 얼굴은 이내 씁쓸하게 변했다. 분명히 파이팅은 그를 위한 건데 그녀의 눈은 긴 다리에 상체를 구부린 완벽한 리시브 자세의 시우에게 고정되어 있었다.

"어휴."

한숨과 함께 내려친 공은 시우 앞에 맥없이 떨어졌고, 시우는 포핸드로 가볍게 되받아쳤다.

난타에 가까운 몸 풀기 수준의 공이 오갔다. 잘보여야 하는 시우보다 오히려 긴장하기는 종영이 더한 듯 얼굴에 비장함마저 서려 있었다. 첫 게임은 가볍게 종영이 이겼다.

본격적인 게임에 들어간 두 번째 게임부터는 확실히 달랐다. 종영의 공에 먼저 힘이 실렸다. 종영의 실력은 거짓이 아니었다. 그는 나온 배를 무시하며 날아오는 공을 텅 하는 경쾌한 소리와 함께 쳐냈다. 종영이 거의 한자리에서 열심히 포핸드와 백핸드로 방향만 바꾸며 스트로크(Stroke) 하는 대신 시우는 날렵하게 코트를 누비며 공을 받아내었다.

종영은 알고 있었다. 자신은 이기기 위해 어려운 곳으로 공을 보내고 있었지만, 시우는 종영이 치기 좋게 공을 보내느라 그의 말대로 최선을 다하고 있다는 것을. 그건 실력이 보통은 넘는다는 뜻이었고, 종영에 대한 배려가 담긴 것이었다.

종갓집 종부라는 어려운 자리이긴 하나 해수가 슬기롭게 헤쳐 나가면 시우는 훌륭한 울타리가 되어줄 것 같았다. 시우에게서는 해수를 한없이 사랑해 줄 수 있는 넓은 가슴과 해수에게 그늘을 만들어줄 수 있는 도량과 힘이 느껴졌다. 종영의 흐뭇한 미소가 땀이 흐르는 얼굴 위로 스멀스멀 올라왔다.

나름 공평하게 시선을 두려 하여도 어느새 해수의 눈은 또다시 시우를 쫓고 있었다. 그의 역동적인 움직임 하나라도 놓치지 않으려고 두근거리는 마음으로 보고 있었다. 하지만 그 무엇보다 그녀를 뿌듯하게 하는 것은 그녀가 세상에서 가장 사랑하는 두 남자가 함께 테니스를 한다는 것이었다.

시우의 서브게임이 되었다. 그는 창 너머 곧게 뻗어오는 햇살 속으로 공을 높이 토스하더니 몸을 가볍게 틀며 힘껏 내려쳤다. 눈 깜짝할 사이에 종영의 앞에 내리꽂힌 공은 천장으로 치솟았다. 강력하면서도 완벽한 스핀서브였다.

종영은 구부린 자세에서 얼어붙은 듯 꼼짝하지 않았다. 아니, 할 수 없었다. 놀란 표정으로 튕겨 올라간 공처럼 벌떡 일어선 해수가 환하게 웃으며 환호했다.

"에이스!"

애써 태연하려던 종영은 해수의 솔직한 열광에 다리에 힘이 풀렸다. 역시 늙어서 등 긁어줄 사람은 마누라밖에 없다니까.

종영은 겸연쩍은 미소를 짓는 시우를 향해 큰 소리로 말했다.

"자네가 칼국수 사게!"

"아빠, 비빔밥 먹어요!"

아차차, 시우 군은 밀가루 음식 싫어한댔지? 하지만, 해수야! 난 지금 바지락으로 국물을 낸 칼칼한 칼국수가 먹고 싶다고!

잠시 뒤, 종영은 비빔밥집에서 해수와 시우를 마주 보고 있었다.

나란히 앉은 두 사람은 확실히 가을에 봤을 때와는 분위기가 사뭇 달랐다. 엇갈리게 마주 보던 시선이 오로지 서로에게만 고정된 채 눈이 시릴 정도로 다정한 눈빛을 주고받고 있었다.

"어떻게 하죠? 나는 이제 드라마 촬영장 가야 하는데……."

해수는 아쉬운 표정을 지었다.

"오늘도 늦게 마쳐?"

"아뇨. 새로운 작품들로 새로 세팅만 하면 돼요."

"그럼 마칠 때쯤 전화해. 데리러 갈게. 아버님, 해수 데려다 줘야 해서 일어나야겠습니다."

"자네 시간 괜찮으면 해수는 혼자 보내고 나랑 이야기 좀 하세."

종영이 따로 할 말이 있는 듯했다. 시우는 괜찮겠냐는 듯 해수를 쳐다보았다.

"혼자 갈게요. 어차피 집에 가서 옷도 갈아입어야 해요. 대신

두 분, 제 흉보기 없기예요."

해수는 두 사람에게 귀엽게 엄포를 놓고 자리에서 일어섰다.

시우는 식당 밖에서 해수를 배웅하고 다시 종영의 맞은편으로 돌아왔다. 그사이 식탁은 깨끗이 치워져 있었고, 노란 잣이 떠 있는 따뜻한 수정과가 놓여 있었다.

"제 흉볼 거라는 걸 어떻게 알고. 허허."

종영은 수정과를 한 모금 머금었다.

"자네, 우리 집 여자들이 겉으로 보기에는 여린데 알고 보면 무척 고집이 세다는 거 알고 있나?"

고집이 세다기보다는 주관이 강한 것으로 시우는 느꼈다.

"내가 지금껏 살아오면서 우리 박 원장의 고집을 꺾은 적이 별로 없네."

듣기에 따라서는 꺾을 수 있는데 꺾지 않았다는 뜻으로도 들렸다.

"나는, 가장은 땅에 깊게 뿌리를 둔 나무라고 생각하네. 좀 더 정확하게 말하면 나무 기둥이라고 해야겠지. 그 기둥이 뽑힐 일이 아닌 한, 가지들의 반란은 애교로 받아준다네. 우리 집 여자들, 내가 가지라고 표현한 걸 알면 또 난리날 거야. 훗. 웬만한 건 져주는 것이 고집 센 여자와 살면서 터득한 나만의 가정 평화 유지 비법이라네."

시우는 간간이 미소를 지으며 종영의 말을 주의 깊게 들었다.

"문제는 어떻게 져주느냐인데, 그게 어렵단 말이지."

시우는 종영이 자신을 두고 이런 말을 하는 이유가 뭔지 생각했다. 언뜻 어쩌면 아직도 정숙이 수혁을 사윗감으로 고집하는지도 모른다는 생각이 들었다. 아니면 자신을 사윗감으로 탐탁지 않게 여기든가. 그게 종영이 말하고자 하는 바가 아닐는지…….

시우의 눈빛을 읽은 종영의 얼굴에 미소가 스쳤다.

"자네는 똑똑한 사람이니 내 고민을 해결해 줄 거라고 믿네."

"아버님."

종영은 시우가 부르는 아버님 소리가 듣기 좋았다. 든든한 아들이 생긴 것같이.

"고집 이야기가 나왔으니 하는 말인데, 어쩌면 그런 고집이 박 원장에게 있기에 공예를 하는 사람으로서 성공했는지도 몰라. 예술 하는 사람들이 좀 별난 구석이 있지 않은가. 그런 측면에서 보면 무던한 편인 것 같기도 하고. 자네도 느꼈겠지만 해수도 퀼트는 취미가 아니네. 자네, 해수가 퀼트를 맨 처음 어떻게 시작했는지 아나?"

시우는 말없이 고개를 저었다.

"결혼하고 뒤늦게 발견한 자신의 재능에 박 원장은 깊이 빠졌었지. 해수 하나 낳고 만족한 것도 그 때문이라네. 가정은 완전 뒷전이었어. 해수, 어릴 때부터 먼지더미 속에서 헝겊 쪼가리를 갖고 놀았네. 엄마의 품에서 커야 할 시기에 엄마의 등을 바라보며 곰 인형을 끌어안고 자랐지. 게다가 어린 시절을 미국에서 보냈네. 그나마 다행이라면 그 곰 인형은 엄마가 만들어줬다는 것과 내가 한국에 있을 때보다 해수와 함께할 수 있는 시간이 많았다는 거지. 해수는 엄마가 옆에 있어도 있는 게 아니었어. 이런 상황이 이해 가나?”

해수가 정숙보다는 종영과 더 친밀하다고 느낀 이유를 시우는 알 것 같았다. 금실 좋은 정숙과 종영의 모습에 그저 사랑 듬뿍 받고 자랐을 거로 생각했는데…….

“몇 살 때였는지는 가물가물하는데, 해수가 바늘을 제대로 잡을 수 있게 되었을 때부터였을 거야. 어느 날 보니 엄마의 등 뒤가 아닌 옆에서 천 조각을 잇고 있더군. 지금은…… 박 원장보다 앞에 앉아 있네.”

정숙을 생각하면 씁쓸하고 해수를 생각하면 아리면서도 기특하고, 이래저래 혀끝이 쓴 종영은 수정과로 입안을 달랬다.

“이기적으로 들릴지 모르겠지만 박 원장은 지금 해수의 등을 보며 든든해한다네. 그리고 어쩌면 해수에게 엄마의 등은 닮고 싶은 등인지도 몰라. 허허.”

분명히 닮고 싶은 등일 거라는 것에 시우는 몰표를 던졌다.

“나무랄 데 없는 자네에게 이런 말을 하는 게 안타깝지만 자네가 종손인 것도, 언젠가는 대전으로 내려가야 하는 것도 박 원장에게는 쉽지 않은 조건이라네. 단순히 딸 가진 부모로서 꺼리는 조건이라서가 아니라, 지금까지 박 원장 자신이 이룩한 모든 것들이 수포로 돌아갈 위기로 느낄 거야.”

시우는 수혁을 왜 사윗감으로 마음에 뒀는지, 왜 해수가 이상적인 남편이라고 했었는지 이해할 것 같았다.

"그래도 자식 이기는 부모 없다 하지 않는가."

시우는 다 식은 수정과를 깊게 응시했다. 여러 가지 생각이 한꺼번에 머릿속을 파고들었다.

"박 원장에게 자네 만난 이야기를 할 걸세. 괜찮겠는가?"

마음의 각오를 하라는 뜻과 자신없다면 지금이라도 물러나라는 뜻이 담긴 질문이었다.

시우는 풀어야 할 문제를 안았지만 변하지 않는 건 언제까지나 해수와 함께할 거라는 거였다. 그건 진리나 마찬가지기에 조금의 망설임 없이 답했다.

"네, 괜찮습니다."

종영을 집에 태워다 주고 빌라로 온 시우는 샤워하자마자 다시 빌라를 나섰다. 그린색 스웨터 위에 베이지색 후드 코트를 걸친 그는 해수가 있는 퀼트 카페 촬영장을 향해 차를 몰았다.

해가 설핏해진 늦은 오후, 퀼트 카페 근처에 차를 세우고 보닛에 기댄 채 해수를 찾았다. 남들은 여느 소품들처럼 대수롭지 않게 여기는 퀼트들을 하나하나 챙기며 애지중지하는 그녀가 보였다.

정숙을 만나게 되면 분명히 앞으로의 계획, 특히 해수의 퀼트와 관련된 일에 대한 견해를 물을 것이다. 그러니 정숙을 만나기 전에 자신의 생각을 먼저 정리해야 했다. 다른 문제들은 어떤 질문을 해와도 어렵지 않게 답할 자신이 있었다.

바지 호주머니에 있던 휴대폰이 울렸다. 밤에 만나자는 찬영의 전화였다.

통화를 끝내고 다시 해수를 찾으니 그를 알아보고는 반가운 표정으로 곧 마칠 때가 되었다는 사인을 보내왔다. 그리고 촬영을 마쳤을 때 긴 머리를 흩날리며 달려왔다.

해수는 시우의 차에 타자마자 그의 휴대폰 번호와 '주차 중'이라고 수가 놓인, 퀼트로 만든 작은 하트 쿠션을 가방에서 꺼냈다. 원두커피 향이 물씬 풍겨왔다.

"원두커피 방향 효과가 있는 거예요. 나쁘지 않죠?"

시우는 운전하면서 고개를 끄덕였다.

"주차 중일 때 달아요. 여기 둘게요."

그가 무언의 허락을 했음에도 해수는 조수석 앞 수납 공간에 넣으면서도 가슴이 조마조마했다. 잠깐 주차 중일 때 그가 이것을 달지는 모르겠지만 어쨌든 이건 시작이었다. 하나씩 하나씩 그의 퀼트에 대한 면역력을 시나브로 키울 생각이니까.

"아, 배고프다! 빨리 밥 먹으러 가요. 지금은 소 한 마리를 먹으라고 해도 먹겠어요."

"소 한 마리?"

"지난번에 말하지 않았나요? 나 식탐 많다고?"

"저녁 안 먹어놓고 먹었다고 거짓말하는 줄 알았지?"

해수는 뜨끔했지만 이제 와 이실직고할 필요는 없을 듯했다.

오히려 그때 일이 떠오르면서 미안함보다는 고약하게도 은근히 질투하는 시우가 보고 싶었다.

"스테이크가 입안에서 살살 녹는데 그걸 왜 안 먹어요? 음식 맛도 일품이었지만 분위기도 여태 가본 곳 중에서 최고였어요."

격한 반응까지는 아니어도 그 매서운 눈초리로 한번 흘겨보기라도 할 줄 알았는데 그는 무표정한 얼굴로 운전만 했다. 괜한 짓을 했나 하는 후회가 마구 밀려오는데 어느 라이브 재즈 레스토랑 앞에 차가 멈췄다. 건물만 봐도 레스토랑 사장의 범상치 않은 재즈에 대한 열정과 사랑이 느껴지는 곳이었다.

해수는 시우의 손에 이끌려 레스토랑으로 들어가면서 주위를 두리번거렸다. '영혼의 울림이 있는 공간'이라는 벽에 새겨진 문구가 제일 먼저 눈에 띄었다. 그리고 와인셀러에 누워 있는 와인들과 벽을 가득 메운 재즈 액자들이 눈에 들어왔다. 핸드메이드로 만든 병뚜껑과 와이어로 만든 미니어처 의자에서는 쉽게 눈을 뗄 수 없었다.

"이곳을 어떻게 알았어요?"

혼잣말처럼 물은 해수는 어두운 조명 아래 시우와 나란히 등받이가 높은 반달 모양의 자줏빛 소파에 앉았다. 테이블에는 재즈 아티스트들의 공연 스케줄 표가 놓여 있었다.

영혼의 음악, 재즈가 한 여자 싱어에 의해 홀에 울려 퍼졌을 때 시우가 주문한 스테이크가 나왔다.

분위기 때문일까, 그와 함께여서일까? 스테이크 맛은 최고

중의 최고, 일품 중의 일품이었다. 해수는 시우를 향해 역시 오빠가 최고라는 뜻으로 엄지손가락을 번쩍 들어 올렸다. 시우는 은근히 어깨에 힘을 주었다.

커피를 나란히 놓고 시우와 해수는 여자 싱어의 허스키한 보이스에 젖어들었다. 소파에 깊숙이 앉은 시우는 재즈에 흠뻑 빠져 있는 해수를 살며시 끌어당겼다. 기대오는 그녀를 품에 안고 관자놀이에 살짝 입을 맞췄다.

"해수야."

귓가에 닿는 부드러운 숨결에도 여자 싱어에 고정된 해수의 눈은 움직이지 않았다.

"대전에서 사는 것에 대해 어떻게 생각해?"

"응?"

그제야 해수는 시우를 돌아보았다. 그의 눈이 진지하게 답을 기다리고 있었다.

"글쎄요……. 솔직히 난 아직도 우리가 사귄다는 것조차 실감이 안 나요."

"왜?"

해수는 바로 답하지 못하고 얼굴을 붉혔다.

"너무…… 행복해서요. 이렇게 오빠 품에 있는 것도 꿈같아요."

해수야…….

"오늘 아빠와 무슨 이야기를 했는지 알 것 같아요. 오빠, 나는 그래요. 내가 경험하지 않은 이상 오빠가 집안의 종손이라는 것에 대해, 그게 어떤 의미고 역할이 뭔지 잘 모르겠어요. 당연히 큰머느리의 역할도 모르겠구요. 대전에서 사는 것도 그래요. 물론 귀동냥으로 들은 게 많아서 힘들 거라는 추측은 해요. 하지만, 그런 이유로 오빠와 다투거나 고집부리고 싶지는 않아요. 지금처럼 서로 이해하고 맞춰가며 사랑하고 싶어요. 그곳이 대전이든 서울이든지요."

시우는 가슴이 뜨거워지는 것을 느꼈다.

"오빠 생각은 어때요? 서로 다르지만, 우리 잘할 것 같지 않아요?"

해수는 수줍게 미소를 지었다. 그녀를 안은 시우의 팔에 힘이 들어갔다.

"응. 잘할 거야."

내가 더 잘할게. 내가 더 많이 노력하고 더 많이 사랑할게.

"사랑한다, 해수야."

"나도……."

사랑해요, 라는 뒷말은 시우의 입안에서 터졌다. 따스하고 나른한 숨결과 함께 다시 속삭이고 싶었지만 모든 신경이 그의 키스에 마비되어 갔다. 허스키한 여자 싱어의 목소리가 까마득하게 들려올 정도로.

해수를 집에 바래다주고 시우는 찬영이 기다리는 이프(If)로 핸들을 돌렸다. 해수와 있는 동안 찬영과의 약속을 까맣게 잊어버렸다. 몇 차례 걸려온 휴대폰 소리도 듣지 못했다.

입구에 들어서니 멀리서 시우를 보고 찬영이 쌍수를 들며 환영했다.

"야아, 어떻게 이런 일이! 너, 내 친구 이시우 맞아? 네가 여자 때문에 나와의 약속을 잊어버리다니! 내가 너를 기다리다 혼자서 와인을 반 병이나 비웠다."

시우는 겸연쩍었지만 무표정한 얼굴로 기분 좋게 취기가 오른 찬영의 옆에 앉았다.

"오래 안 살아도 별일을 다…… 아니지. 역시 사랑에 눈이 멀면 이렇게 되는 거야. 이게 인간적이지. 예전에 여진과는……."

"만나자고 한 용건이나 말해."

"해수랑 있으니까 내 생각은 조금도 안 나지? 났어도 오기 싫었지? 헤어지기 싫으면 그냥 같이 오지. 지금껏 둘이 어디서 뭐 했어?"

"할 말 없으면 간다."

시우가 벌떡 일어나려 하자 찬영이 팔을 덥석 잡았다.

"성질하고는. 장인, 장모님께 해수 인사는 언제 시킬 거야?"

시우는 자세를 고쳐 앉았다.

"대학 동창회 송년회 참석차 연말에 서울 오신대. 그때 뵙기로 했어."

"이런 이야기 하니까 곧 결혼이라도 할 것 같은 분위기다. 솔직히 말해봐. 너도 빨리 하고 싶지?"

“어. 해수, 옆에 두고 싶어.”

“으흐흐, 간지러워! 네가 이런 말 하니까 내가 다 쑥스럽다야. 아예 호주머니에 넣어 다니고 싶다 그러지?”

불그스름하던 찬영의 얼굴이 정말 빨개졌다.

“이게 용건이야?”

“아니.”

그럴 리가 있느냐는 듯 장난스럽게 답한 찬영은 주섬주섬 지갑에서 뭔가를 꺼냈다.

“이거…….”

시우는 찬영이 내민 티켓 두 장을 내려다보았다. 뜻밖에 여진의 귀국 독주회 초대권이었다.

“여진이 귀국한 건 알지?”

“…….”

“실은 며칠 전에 만났어. 너에게 직접 갈 용기가 없어서 날 찾아온 것 같더라. 많이 예뻐진 게 좋아 보였어.”

찬영은 시우의 표정을 은근슬쩍 살폈다.

“너랑 오라고 두 장 주고 갔어. 연락처랑 지금 묵는 호텔 가르쳐 주는 모양새가 너 한번 만나고 싶은 눈치던데……. 공연 날이 크리스마스이브야.”

시우는 잠시 티켓을 주시했다.

“시은이랑 둘이 가.”

“안 궁금해?”

"방금 소식 들었잖아."

찬영의 표정이 자못 진지해졌다.

"해수가 여진을 신경 쓰는 것 같던데……."

"그게 무슨 말이야?"

"너같이 드라이한 녀석은 그 감정 모를 거다. 지난번 집들이 때 그런 느낌을 받았어."

"우리 곰탱이가 질투를?"

시우는 피식 웃었다.

"웃음이 나와?"

"어이없어서 그런다."

"내 생각인데, 해수랑 같이 보러 가는 건 어때? 아무렇지 않다는 쿨한 모습을 보여주는 거야. 여진이도 함께 만나고."

"그게 쿨한 거야, 긁어 부스럼 만드는 거지? 가자."

시우는 끈적임없이 명료하게 말하고 자리에서 일어섰다.

"어쩌면 너희 둘은 그렇게 다르냐? 한 명은 너무 감정이 풍부하고, 또 한 명은 인정머리 없을 정도로 냉정하고."

"그래서 잘 어울리잖아."

"야! 그러지 마. 쑥스럽다니까. 적응 안 돼!"

계산대로 가는 시우를 보며 찬영은 데설궂게 웃으며 따라갔다.

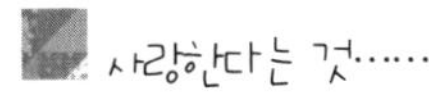

드라마 촬영장에서 돌아온 해수는 평소 같으면 한창 뉴스를
볼 시간인데 썰렁한 거실을 보며 심상치 않은 집안 분위기를 읽
었다. 부엌에서 과일을 깎던 종영이 해수를 살짝 불렀다.

"엄마에게 이 군 만났다는 이야기를 했다."

"뭐라고 하세요?"

조심스럽게 묻는 해수를 보며 종영은 무겁게 고개를 가로저
었다. 해수의 가슴 무너짐이 느껴지는 듯했다.

"힘내. 우리 딸 씩씩하잖아."

종영은 축 처진 작은 어깨를 토닥였다.

그때부터 폭풍전야였다. 정숙은 해수와 눈도 맞추지 않았다.

정숙과의 냉전으로 며칠째 잠을 설친 해수는 개운하지 않은 몸을 이끌고 다시 드라마 촬영장을 찾았다. 퀼트 카페 담벼락에 차를 세우고 뻐근한 목을 돌리며 세트장으로 들어갔다.

"어? 왜 이게……."

그녀가 세팅해 놓은 보빈의 작품들이 모두 수거되어 카페 구석 테이블에 쌓여 있었다. 지나가던 소품 담당자가 해수를 보고 다가왔다.

"오셨어요? 그렇잖아도 기다리고 있었어요."

불길한 기운이 몰려와 해수는 자신도 모르게 손에 쥔 도그우드 파우치를 만지작거렸다.

"죄송한 말씀을 드려야 할 것 같은데 협찬은 인제 그만 하셔도 될 것 같습니다."

"네? 왜요?"

아직 드라마 촬영이 끝나려면 한참 남았다.

"작품 분위기와 카페 이미지가 안 맞는 것 같아서 협찬 업체를 바꿨습니다."

"뭐라고요?"

일방적인 통보에 해수는 말문이 막혔다.

"뭐, 작품을 위해서니까 이해하십시오. 어차피 오늘 신부터 계절도 바뀌어서 분위기를 완전히 바꾸는 것도 괜찮은 것 같아요. 이런 일 허다합니다. 서운하게 생각하지 마시고 모두 가져

가세요.”

해수는 어제까지만 해도 아무 문제 없이 촬영했는데 난데없이 이런 처우를 받는다는 게 도저히 받아들여지지 않았다.

“그럼 달라진 분위기를 저희에게 설명해 주시고 요구하시는 게 순서 아닌가요? 무조건 업체를 바꾼다는 건 이해가 안 가네요. 감독님도 저희 작품 마음에 들어하셨어요.”

“이건 감독님의 지시입니다. 저희야 시키는 대로 하는 거고요. 이만 바빠서 가보겠습니다.”

담당자는 성가시다는 듯 이맛살을 찌푸리며 돌아섰다.

어이없는 해수는 세트상으로 들어오는 연출자를 발견하고 뛰어갔다. 하지만 그에게서 돌아오는 답은 담당자의 말과 별반 다를 게 없었다.

“하!”

해수는 거칠게 긴 생머리를 쓸어 넘겼다. 화는 나는데 어떻게 해야 할지 알 수 없었다. 그러던 중 다른 테이블에 그녀의 손길이 스친 적이 없는 퀼트 작품들이 보였다. 새로 바꿨다는 퀼트 숍의 것인 듯했다. 그런데 그 색감과 작품이 낯이 익어 유심히 쳐다보았다. 긴 속눈썹 아래 갈색 눈동자가 미세하게 흔들렸다.

소잉 윤 원장님?

보빈의 작품들을 모두 차 뒷자리에 싣고 운전석에 앉은 해수는 꺼림칙한 기분을 떨칠 수 없었다. 동대문으로 가 수혁을 만날까도 생각했지만 괜한 짓일 수도 있기에 일단 보빈으로 갔다.

해수가 퀼트 작품을 한 아름 안고 보빈으로 들어서자 영은이 침울한 표정으로 맞았다.

"무슨 일 있어? 얼굴이 왜 그래?"

"그보다 이건 왜 가져오셨어요?"

해수는 겨울 조끼 바이어스 작업을 하던 정숙의 시선을 느꼈다. 가뜩이나 껄끄러운데 이런 일이 생겨 난감한 그녀로서는 최대한 아무렇지 않게 말해야 했다. 작업대에 퀼트 작품들을 내려놓고 한껏 밝은 표정을 지었다.

"드라마 협찬 그만 하게 되었어요. 카페 분위기와 우리 작품이 맞지 않대요. 어쩔 수 없죠 뭐."

표정이 어두운 정숙에게서 돌아오는 답은 없었다.

"잘됐어요. 어차피 박람회도 다가오는데……."

"수공예협회 조직위원회에서 연락이 왔다. 전시 면적이 축소되어 불가피하게 퀼트 분과에서 부스 하나를 빼기로 했는데 우리 부스를 빼기로 했다는구나."

해수의 손에 아직 쥐어져 있던 퀼트 작품 하나가 툭 하고 바닥으로 떨어졌다.

"말도 안 돼요. 우리는 정식으로 신청서를 냈고 참가비도 냈어요. 심사도 통과했다고요."

"고 사장의 소행 같다."

"네에?"

"고 사장이 협회 이사로 있잖아. 드라마 협찬 건도 아마 고 사장이 개입됐을 거야.”

“아니에요. 그럴 리가 없어요. 엄마가 더 잘 아시잖아요.”

해수는 믿을 수 없었다.

“너에게 차이고 마음의 상처가 컸나 보지 뭐. 게다가 드라마 협찬 건에 대해 인사하지 않은 것도 서운했겠지. 그것밖에 안 되는 놈을…….”

정숙은 눈을 질끈 감았다. 참으려고 해도 수혁에 대한 배신감과 실망감은 이루 말할 수가 없었다.

해수는 심장이 벌렁거렸다. 한동안 아무 소식도 듣지 못한 수혁을 떠올리니 드라마 건도 그렇고, 해수의 직감도 정숙의 생각과 같은 쪽으로 자꾸 기울었다.

“엄마, 그래도 아직은 단정하지 마요. 아닐 거라고 믿자고요. 협회에 전화해 볼게요. 아니, 직접 다녀올게요.”

바로 앞에 둔 차 키를 쥐는 해수의 손이 바르르 떨렸다. 드라마 건은 그렇다 치더라도 박람회 생각을 하니 속이 울컥거렸다.

“협회는 가도 소용없어. 가려면 고 사장을 찾아가. 어쩐지 너무 조용하다 싶은 게 불길했어. 그래도 내가 얼마나 좋아했는데 이렇게 뒤통수를 칠 줄이야……. 끙!”

순간 가슴이 죄여와 정숙은 바짝 어깨를 움츠렸다.

“엄마!”

“원장님!”

해수와 영은이 동시에 정숙에게 달려갔다.

여기까지 어떻게 왔는데, 정숙은 억장이 무너지는 것 같았다. 한 해 박람회 참여하지 않아도 괜찮고 드라마 협찬하지 않아도 상관없었다. 하지만 이건 시작일 수 있었다. 그리고 무엇보다 가장 큰 충격은 역시 수혁에 대한 실망이었다.

냉정하려고 했던 정숙이 견디지 못하고 가슴을 치자 해수도 더는 참을 수 없었다.

"다녀올게요."

해수의 차는 곧장 동대문을 향해 달렸다.

수혁은 해수가 사무실로 들어오기를 기다렸다. 그녀가 그의 사무실을 찾는 건 극히 드문 일, 입가에 조소가 어렸다.

올리브 그린 원피스 코트를 입은 뽀얀 얼굴의 해수가 부츠 굽 소리를 내며 들어서자 상큼한 향이 풍겨오면서 칙칙한 사무실이 다 환해지는 듯했다.

노타이셔츠에 갈색 코르덴 재킷을 입은 수혁은 까칠까칠한 수염이 난 얼굴로 책상에서 천천히 일어섰다. 그의 시선이 시우와 키스하던 오렌지빛 입술에 머물렀다. 그날은 아직도 떠올리기만 해도 입가에 비릿한 미소가 배어 나올 정도로 모멸감이 일었다.

정말 오랜만에 느끼는 가슴 두근거림이었는데, 지금도 어깨 아래로 흘러내린 반지르르한 머릿결이며 핏줄이 선명하게 드러난 하얀 목덜미며 사람을 빨아들일 것 같은 가라앉은 눈매가 심장을 뛰게 했다.

젠장! 화가 치솟았다. 보란 듯 다른 남자와 자신있게 키스한 해수지만 그래도 기회만 온다면 잡고 싶을 만큼 그녀를 좋아했다.

그러나 이제는 발톱을 세운 소희 때문에라도 해수와는 가까워질 수 없는 인연. 누군가에게 이렇게 한순간에 발목 잡힌 신세가 된 것이 미치도록 억울하고 분했다.

땀이 밴 주먹을 바지 호주머니에 쑤셔 넣은 수혁은 자신의 책상 모서리에 비스듬히 기댔다.

"해수 씨가 웬일로 누추한 이곳까지 왕림을……."

배배 꼬인 마음만큼 비꼬는 말투였다.

해수는 수혁의 사무실로 발을 들였을 때 숨을 제대로 쉴 수 없을 정도로 찌든 담배 냄새에 멈칫했다. 그가 담배를 피운다는 건 알았지만 이렇게 심하게 냄새를 풍긴 적은 없기에 낯설면서도 불안했다. 지금 그의 말투처럼.

"내가 왜 찾아왔는지 모르세요?"

제발 모른다고 답해주기를 바랐다.

"아…… 선배에게 들었어요. 내가 추천한 곳이라 걸린다면서 먼저 연락을 해왔더라고요. 드라마 협찬 건은 유감이에요. 나로서도 어쩔 수 없는 일이라……. 그렇잖아도 안타깝게 생각하고 있었어요."

느물느물한 그의 표정에서 하나도 안타까워하지 않는다는 걸

꿰뚫은 해수는 떨리는 주먹을 꽉 움켜쥐었다.

"드라마 건은 차치하고 박람회 건에 대해 말씀드리겠어요."

"아니, 그걸 왜 나에게……."

"정식으로 협회에 이의 신청을 하겠어요. 과정에서 이해할 수 없는 불미스러운 사실을 알게 되면 가만히 있지 않을 겁니다. 만약 지금이라도 이 문제를 원래대로 돌려놓는다면 아무 문제 삼지 않겠어요."

해수는 또록또록하게 말했다. 굳은 표정으로 듣던 수혁이 허공을 향해 코웃음 쳤다.

"마치 내가 무슨 술수라도 부린 것처럼 말하는데, 내가 그럴 이유라도 있나요? 증거 있어요?"

"나도 그럴 이유가 없는데 왜 이런 일이 생겼는지 무척 궁금하던 참이에요. 차차 밝혀지겠죠."

수혁의 눈빛이 무섭게 번뜩였다. 해수는 마음을 강하게 먹고 그 눈빛을 되받아보았다.

"조금은 예상했지만 생각했던 것보다 더 맹랑하네."

"고 사장님……!"

"겁이 없다고 해야 하나?"

수혁은 한쪽 입술 끝을 비틀거리며 웃었다. 한 줌에 꺾일 가냘픈 몸으로 미간에 잔뜩 힘을 준 채 매섭게 쏘아보는 해수가 가소롭다 못해 귀엽게 느껴질 지경이었다.

해수는 모욕감을 느꼈다. 하지만 낯선 수혁의 모습에 두려움이 더 강하게 엄습해 왔다.

한 발짝씩 그가 다가왔다. 가까워질수록 메케한 담배 냄새가 더 진하게 묻어 나왔다.

"이런 문제는 이렇게 풀면 안 되지. 박 원장님이 아직 덜 가르친 게 많으시네. 후우. 사정해도 들어줄까 말까 할 판에 어디서 먹히지도 않을 협박을……."

어떻게 그런 말을!

지금 눈앞에 있는 사람은 해수가 아는 수혁이 아니었다. 완전히 다른 사람이었다. 그녀의 거절 때문에 이토록 변했다고 생각하기에는 뭔가 미흡했다. 다른 이유가 있는 것이다. 돌연 해수의 온몸에 소름이 돋았다.

가까이 다가선 수혁은 두려움에 흔들리는 티없이 말간 다갈색 눈동자를 가만히 들여다보았다.

드라마 연출자 선배의 전화가 왔었다. 협찬에 대해 만족스럽다고 하는데 심사가 뒤틀렸다. 보빈보다 더 나은 곳이 있다는 말을 했고, 선배는 관심을 보이며 어렵지 않게 업체를 바꿔보겠다고 했다.

소희에게 뱃속의 아이를 지운다는 조건으로 고액의 돈 봉투를 건네면서 드라마 협찬은 선물로 얹어주었다. 그게 실수였다. 눈치 빠른 소희가 그간 자신을 피한 이유가 해수 때문이라는 것을 의심하기 시작했다. 그러면서 보빈의 박람회 부스를 달라는 조건을 하나 더 걸었다. 불가능하다고 했지만 소희는 사회 매장

운운하며 뱀처럼 칭칭 숨통을 조여왔다.

"박람회 건은 원래대로 돌려주세요."

수혁이 흔들리는 것을 간파한 해수는 최대한 부드럽게 말했다.

"그건 안 돼."

"왜요? 이유가 뭔데요?"

"이유없어."

"내가 아는 고 사장님은 이런 야비하고 치졸한 분이 아니에요!"

다시 강경해진 그의 태도에 최대한 자극하지 않으려던 해수의 인내심도 한계에 이르렀다. 수혁의 입술이 일그러지는가 싶더니 굵직한 손이 해수의 양어깨를 불끈 쥐었다.

"박 원장님이 왜 나를 사윗감으로 생각했는지 알아? 내가 이 바닥에서는 능력이 좀 되거든. 반대로 말하면 나 건드려 봤자 보빈만 손해라는 뜻이야. 그러니까 함부로 말하지 마!"

그런 눈으로 보지 마. 내가 정말 불쌍한 인간 같잖아. 내 마음은 진심이었어. 네가 무참히 짓밟았지만 진심이었다고.

해수는 더는 숨길 게 없다는 듯 여실히 이중인격을 드러내는 수혁 앞에 할 말을 잃었다. 마음을 굳게 먹고 양손을 힘껏 내려쳐 그의 손을 떼어냈다. 그러나 이내 가는 손목을 거머쥔 수혁이 해수를 거칠게 끌어당기며 벽으로 밀쳤다.

"앗!"

둔탁한 소리와 함께 해수는 벽에 부딪쳤다. 곧바로 작은 얼굴이 커다란 손에 잡혔다. 순식간에 얼굴이 새파래지고 온몸이 경직되었다. 피도 통하지 않을 정도로 꽉 잡힌 손목에서 참기 어려운 통증이 일었다.

"지, 지금 뭐 하는 거예요? 비켜요. 당장."

수혁은 눈 하나 깜짝하지 않았다. 소희에 대한 분노, 벼랑 끝에 몰린 그의 모든 바닥으로 치단 감정들이 온전히 해수에게 쏟아졌다.

그래, 네가 나를 좀 위로해 줘야겠어. 네 입술 보면서 늘 생각했지. 무슨 맛일까…….

그녀의 입술에 고정된 이성을 잃은 혼탁한 눈이 다가왔다.

안 돼!

곧 무슨 일이 일어날지 예감한 해수는 온몸이 사시나무 떨 듯 떨렸다. 우악스럽게 턱이 잡혀 얼굴은 꼼짝할 수 없었고, 한 손으로 밀어내기엔 그녀의 힘은 턱없이 부족했다. 젖은 속눈썹을 비집고 눈물이 새어 나왔다.

시우 오빠…….

두꺼운 입술이 오렌지빛 입술에 닿기 직전 해수는 절박하게 시우를 마음속으로 부르며 온몸의 힘을 끌어 모아 수혁의 급소를 향해 무릎을 쳐올렸다.

"욱!"

나름 적중한 무릎 차기는 수혁의 상체를 꼬꾸라뜨리는 데는 성공했지만, 그에게서 완전히 벗어나기에는 역부족이었다. 얼굴을 찡그리며 고통을 호소하면서도 수혁이 손목만큼은 절대 놔주지 않았다.

"아……."

해수의 입에서 결국 신음이 흘러나왔다.

갑자기 벌컥 사무실 문이 열리며 찬바람이 휘몰아쳐 들어왔다.

"지금 뭐 하는 짓들이야!"

고막을 찢을 듯한 히스테리컬한 목소리가 허공을 가르며 수혁의 뒷덜미를 내려쳤다. 일순간에 그의 손에서 힘이 빠지면서 해수가 중심을 잃고 바닥으로 쓰러졌다. 가슴이 가쁘게 오르내리며 숨이 컥컥 터져 나왔다.

"역시 서 선생 때문이었어. 하!"

씩씩대며 분을 삭이지 못하는 소희는 연거푸 거친 숨을 내뱉었다.

"서 선생, 이런 여자인 줄 몰랐네. 그깟 드라마 협찬 때문에 수혁 씨를 유혹해? 하긴 박람회는 좀 충격이 컸겠지?"

유혹이라니!

"윤소희, 조용히 해!"

얼굴이 시뻘게진 수혁이 씰룩거렸다.

"지금 서 선생 편드는 거야? 유혹에 넘어가기라도 한 거야? 그래?"

소희는 분명히 도망치려는 해수의 손목을 짐승처럼 으르렁거리는 눈빛으로 수혁이 잡은 것을 보았다. 하지만 해수를 몰아붙였다. 밖에 수혁의 직원들이 있었다. 수혁은 그녀의 뱃속에 있는 아이의 아빠이고 그녀에게는 마지막 희망이었다.

질투심과 비참함으로 일렁이는 소희의 눈이 해수를 향했다.

"내 말 분명히 들어. 서 선생이 방금 유혹한 남자는 내 뱃속에 있는 아이의 아빠야!"

소희의 카랑카랑한 목소리는 밖에서 촉각을 곤두세우고 힐끔거리는 직원들에게 또렷이 들리고도 남았다.

"윤소희!"

수혁이 소리쳤다.

짝!

소희의 매운 손이 거침없이 수혁의 뺨을 갈겼다. 잘 그을린 볼에 보기 좋게 선명한 손자국이 났다.

"정신 차려! 하긴 저 정도 미인이 덤비는데 안 넘어가면 남자도 아니지. 하지만, 그래도 이건 아니지! 대실망이야!"

어떻게 이런 일이!

해수는 부들부들 떨리는 몸을 쉬이 가누지 못했다. 수혁의 따귀는 자신이 때려야 했다. 그것을 계산하고 소희가 수혁을 먼저 갈겼다. 해수가 수혁을 때린다면 먼저 유혹한 것이 성립되지 않기에 선수를 쳤다. 해수는 그런 소희를 매섭게 한 대 치고 싶었지만 뱃속의 아이를 생각하니 그것도 할 수 없었다. 이 순간 가장 최선의 방법은 상종하지 않는 것, 이 진흙탕에서 빨리 벗어나는 것이었다.

역겨워. 해수는 이를 악물고 몸을 일으켰다.

이대로 밖을 나가면 앞으로 어떤 소문이 돌지, 수혁의 직원들이 어떤 시선으로 볼지 생각만 해도 끔찍했다. 하지만 지금 그녀가 가장 견디기 어려운 것은 공포에 떨었던 순간과 수혁에 대한 실망과 이런 인간을 믿고 좋게 생각했던 자신에 대한 자책이었다.

다시는 이곳에 오지 않으리라.

하얗게 질린 얼굴로 넋을 놓고 걸어가는 해수를 보고서야 자신이 무슨 짓을 한 건지, 지금 해수에게 어떤 일이 벌어진 건지 깨달은 수혁은 이러려고 한 건 아니라는 안타까운 표정을 지었다. 그러면서 소희에게 걷잡을 수 없는 분노가 치밀었다.

"윤소희! 너 미쳤어!"

수혁의 목소리가 해수가 나온 사무실에서 쩌렁쩌렁하게 울렸다. 그리고 들린 소희의 외마디 비명.

해수는 귀를 막았다. 옆에서 웅성거리는 직원들의 목소리도 들리지 않았다. 울컥울컥 눈물과 울분이 복받쳤다. 어느새 그녀는 달리고 있었다.

돌아올 시간이 지났는데 오지 않는 해수를 기다리는 정숙은 초조해지기 시작했다. 그녀의 손에는 여러 차례 해수에게 전화를 걸었던 무선전화기가 쥐어져 있었다.

보빈의 유리문이 열리며 종영이 들어왔다. 그는 집에서 프린트한 쇼핑몰 주문서를 정숙에게 내밀었다.

"오늘 쇼핑몰 완전 대박이에요. 좋겠어요, 박 원장. 이러다 우리 곧 재벌 되겠어요."

"여보, 나 동대문에 좀 다녀와야겠어요."

정숙의 안절부절못하는 모습에 종영의 얼굴에 서서히 웃음이 걷혔다.

"무슨 일 있어요?"

자초지종을 들은 종영의 눈이 번뜩였다.

"해수가 거기에 가게 놔뒀단 말이에요?"

"나도 그때 정신이 없었어요."

"전화해서 당장 오라고 해요!"

"전화 안 받으니까 가려는 거죠. 나 다녀올게요. 영은아, 뒷일 부탁한다."

"같이 갑시다!"

정숙을 따라 종영도 황급히 밖으로 뛰어나갔다. 두 사람을 향해 매서운 칼바람이 휘몰아쳤다.

택시를 타고 동대문으로 향하면서 정숙은 수혁의 사무실로 전화했다.

[서 선생님은 어디로 가셨는지 모르겠고 사장님은 방금 병원에 가셨습니다.]

"벼, 병원이요?"

[윤소희 원장님께서 하혈하셔서…….]

윤소희 원장?

"소잉, 윤 원장이요?"

[네.]

뜬금없이 소희 이야기가 왜 나오며 그곳에서 무슨 하혈을 했다는 건지……. 그런데 지금 이 이야기를 한다는 건 왠지 해수가 그 일과 관련있는 것처럼, 그것도 적의있게 들렸다.

[박 원장님께서 병원으로 가보시는 게 좋을 듯합니다.]

나더러 병원에 가보라니…….

정숙은 가슴이 덜렁 내려앉았다.

"어느 병원인데요?"

[한국첨단대학병원이요.]

한국첨단대학병원?

[윤 원장님께서 그 병원에 다니신다기에 그쪽으로 가셨습니다.]

정숙은 아주 좋지 않은 예감에 휩싸였다.

종영과 정숙은 초조한 걸음으로 한국첨단대학병원 응급실로 들어갔다.

바삐 움직이는 의료진들과 환자들 속에 해수와 수혁의 모습은 보이지 않았고, 어렵지 않게 베드에 누워 있는 소희를 찾았

다. 그리고 본관으로 이어진 응급실 복도에서 휴대폰 통화를 하
는 수혁의 사무실 여직원을 발견했다.

정숙과 종영은 그 여직원에게 다가갔다. 그녀는 누가 다가오
는 줄도 모르고 한창 수다에 빠져 있었다.

"장난 아니었다니까. 그런데 우리 사장님도 사장님이지만 난
보빈 서 선생에게 너무 실망했어. 아무리 드라마 협찬 건이랑
박람회 건이 엎어져도 그렇지, 어떻게 우리 사장님에게 몸을 던
질 수 있니? 그렇게 안 봤는데 같은 여자로서 정말 실망이야. 수
치스러워."

헉! 휘청거린 정숙을 종영이 붙잡았다.

"윤 원장님은 눈에 뵈는 게 없는 것 같더라니까. 하긴 우리 사
장님 아이를 배고 있으니⋯⋯. 완전히 서 선생 망신주려고 작정
하고 악쓰는데 내가 다 무섭더라. 그런데 우리 사장님, 정말 나
쁜 남자더라. 끝까지 서 선생 편드는 거 있지? 하긴 내가 봐도
윤 원장님보다는 서 선생이 훨씬 낫지. 그러니 윤 원장님이 거
품 물고 쓰러질 수밖에. 애 안 떨어진 게 다행이지. 이참에 우리
사장님은 여자 밝히다 완전히 코 꿰었고, 서 선생은 이 바닥에
서 얼굴도 못 들게 됐지 뭐."

"학!"

정숙이 거친 숨을 토해내자 그제야 사색이 된 정숙과 종영을
알아본 직원이 당황하며 휴대폰을 닫았다.

"방금 한 말 무슨 말이에요?"

종영이 엄하게 물었다. 정숙은 앓는 소리를 내며 가슴을 부여잡았다. 여직원은 난색을 짓긴 했지만 이제는 숨길 이유가 없다는 듯 종영과 정숙을 똑바로 보았다.

"들으신 대로입니다."

"우리 해수가 그럴 리가 없어요. 직접 봤어요?"

종영이 함부로 말하지 말라는 뜻으로 힘주어 말했다.

"직접 본 건 아니지만 윤 원장님이 그것 때문에 저렇게 누워 계시는 거 아니겠어요? 첫 임신인데다 아직 초기라 각별히 조심해야 한다고요."

정숙은 다리에 힘이 풀려 바닥에 털썩 주저앉았다.

소희가 수혁의 아이를 가졌다니! 어떻게 이런 일이 있을 수 있단 말인가!

"아이고……."

무너지는 정숙을 보며 종영도 침통했다.

"고 사장 어디 갔어요? 직접 들어야겠어요."

"사장님은 윤 원장님께서 한고비 넘기는 것 보시고 잠시 머리 식히러 나가셨습니다."

"우리 해수는?"

"모르겠습니다."

"여보, 우리 해수가 그럴 리가 없어요. 내가 윤 원장을 만나야겠어요."

초점을 잃은 눈으로 정숙은 허둥지둥 일어났다.

"지금 수면 중이세요. 그런데 참 잔인하시네요. 이런 상황에서 윤 원장님이 박 원장님을 뵙고 싶으시겠어요?"

"말조심해!"

욱한 정숙의 큰 소리에 여직원은 움찔했다. 황급히 종영이 진정하라는 듯 분을 삭이지 못하고 들썩이는 정숙의 어깨를 어르듯 감싸 안았다.

"우리가 지금 윤 원장을 만나는 건 시기상조지만 우리 해수와 박 원장에게 함부로 말하지는 마요. 박 원장, 해수부터 찾읍시다."

더는 이 여직원과 대화할 이유가 없었다. 며칠 동안 해수가 정숙과의 냉전으로 잠을 이루지 못하고 밤새 퀼트를 했다는 걸 잘 아는 종영은 차를 몰고 나간 해수를 찾는 게 무엇보다 시급했다.

축 늘어진 정숙을 부축하고 종영은 돌아섰다. 하지만, 한 발짝도 움직이지 못했다. 종영의 시선을 좇아 앞을 본 정숙도 퀭한 눈으로 그 자리에 얼어붙었다. 바로 그들 앞에 하얀 가운을 입은 서늘한 눈빛의 시우가 서 있었다.

정숙과 종영을 응급실 앞에서 택시 태워 보내고, 휴대폰으로 시은에게 해수의 행방을 물은 시우는 아무 소득 없이 통화를 끝냈다. 휴대폰에서 대롱거리는 부엉이 부부가 기운없이 흔들렸다.

종영에게서 미안하다는 말과 함께 사건의 전모를 들었다. 동시에 정숙의 자책과 수혁, 소희를 향한 울분도 보았다. 그러는 동안 영하로 떨어진 기온만큼 마음도 차갑게 수면 아래로 가라 앉는 기분이었다.

응급실로 들어가 이제 막 깨어나는 윤소희라는 산부인과 응급 환자를 바라보았다. 시우의 눈빛이 예리하게 빛났다. 그녀는 지난번 해수가 시은을 따라 산부인과 외래를 온 날 코너 쪽에 있던 여자이다.

시우는 응급실 스테이션에 있는 컴퓨터로 소희의 차트를 살폈다. 그녀의 차트에는 이전에 다녔던 산부인과에서 보낸 진료 의뢰서가 첨부되어 있었고, 첨단대학병원에서 실시한 각종 검사 결과와 담당 한진영 교수의 오더 등이 기록되어 있었다.

잦은 인공 임신중절로 인한 자궁경관무력증 환자였다. 자궁경관무력증은 임신 중기 이후 습관성 유산이 될 확률이 높은 것으로, 자궁경관의 근육이 무력하여 태아의 무게를 지탱하지 못해 약한 자극에도 쉽게 유산을 일으키는 병이었다. 그래서 14주 경에 자궁경부를 봉합하는 시술을 해야 했다.

시우의 매서운 눈이 소희더러 첫 임신 어쩌고저쩌고했던, 그러면서 해수에 대해 막말을 서슴지 않았던 여직원과 휴식을 취하는 소희에게 번갈아 닿았다.

내과 병동으로 올라와 치프 회진과 윤 과장의 오후 회진을 돈 시우는 빠르게 일을 마무리하고 퇴근 준비를 서둘렀다. 가운을 갈아입고 병원 복도를 성큼성큼 걸어가며 종영에게 전화를 걸었다.

[아직도 아무 소식이 없네. 해수가 갈 만한 곳은 모두 연락해 보았고 가봤는데 없어. 도대체 어디를 갔을꼬. 이런 적이 없는 아이인데…….]

근심에 찬 목소리에 이어 땅이 꺼질 듯한 한숨 소리가 시우의 휴대폰을 타고 왔다.

[며칠째 밤새 퀼트를 했네. 게다가 차를 가지고 나간 게 여간 걱정스럽지 않아.]

사고가 났다면 연락이 왔을 것이다. 하지만 그런 일은 상상도 하고 싶지 않아 시우도 종영도 얼른 머리에서 지웠다. 시우의 귀에 종영의 뒤편에서 여전히 분노에 떠는 정숙의 목소리가 들려왔다.

[이건 모함이야. 도대체 이것들이 우리 해수에게 무슨 짓을 한 건지……. 내, 이 나쁜 것들을!]

정숙을 달래려는 듯 종영의 목소리가 황급히 들려왔다.

[이만 끊어야겠네.]

마음이 무겁게 내려앉는 시우는 통화가 끊긴 휴대폰을 천천히 닫았다.

퀼트를 아무리 사랑해도 해수가 수혁을 유혹했다는 것은 시우에게 판타지로 들렸다. 지금 그는 유혹했니 안 했니 그런 말이 오가는 상황이 벌어졌고, 이로 말미암아 해수가 행방불명되었다는 것에 불안했다.

어디 간 거야, 서해수.

어느새 형광등 불빛이 환한 1층 로비를 걸어가는 시우는 잠시 걸음을 멈추고 달랑이는 부엉이 부부를 내려다보며 속 타는 마음을 드러내 보였다.

다시 마음을 다잡고 발걸음을 옮기는데 빌라에서 일하는 도우미 아주머니에게서 전화가 왔다.

[김치 담그려고 왔더니 집에 지난번에 왔던 해수라는 아가씨가 와 있어요.]

"……!"

[그런데 지금 소파에서 자고 있어요.]

"아, 아주머니, 깨우지 마시고 그대로 자게 두세요."

시우는 병원 본관 유리문을 힘차게 밀고 뛰어나갔다.

빌라 계단을 뛰어올라 온 시우는 심호흡하며 조용히 현관문을 열었다.

도우미 아주머니가 부엌에서 나오면서 아직 거실 소파에 해수가 자고 있다는 손짓을 했다. 시우는 크로스백을 내려놓고 조심스러운 걸음으로 온기가 흐르는 거실로 들어갔다.

도우미 아주머니가 덮어준 듯 담요를 덮고 소파에 모로 누워 있는 해수를 본 순간 지금껏 조바심쳤던 심장이 이완되면서 안도의 숨이 흘러나왔다. 머플러와 코트를 차례대로 벗어 그녀의 코트가 놓여 있는 테이블에 나란히 놓고, 동그란 쿠션을 베고 잠든 해수에게 가까이 다가가 한쪽 무릎을 바닥에 대고 앉았다.

지친 날개로 둥지를 찾아 날아든 어린 새처럼 그녀는 그의 공간에서 편안하게 휴식을 취하고 있었다. 깊이 잠든 듯 새근거리는 규칙적인 숨소리가 시우의 마음을 뭉클하게 했다.

해수야…….

살며시 앞으로 흘러내려 온 머리카락을 넘겨주었다. 촘촘하게 박힌 속눈썹 사이로 금방이라도 흘러내릴 것 같은 눈물이 위태롭게 고여 있었다. 불에 덴 것처럼 가슴이 뜨끔거렸다.

돌연 시우의 눈에서 섬광이 번쩍였다. 검정 실크벨벳 블라우스의 소매 밖으로 나와 있는 하얀 손목에 제법 넓게 얼룩덜룩 보랏빛 피멍이 들어 있었다. 생긴 지 얼마 안 된, 자국으로 봤을 때 분명히 사람의 손에 우악스럽게 잡힌 흔적이었다.

파르르 몸이 떨릴 정도로 가슴에 거센 불길이 일었다. 멍이 든 또 다른 곳이 있는지 얼굴, 목 부위를 확인했다. 턱 아래 엄지손가락에 눌러진, 손목만큼 진하진 않지만 흐릿한 흔적이 있었다.

숨이 턱 막혀 벌떡 일어났다. 곧장 부엌으로 가 냉장고에서 차가운 생수를 꺼내 통째 들이켰다. 하지만 아무리 냉수를 쏟아부어도 끓어오르는 속은 가라앉지 않았고 뜨거운 불덩어리가 온몸을 휘젓고 다니는 듯했다. 힘줄이 튀어나올 정도로 꽉 쥔 주먹이 부들거렸다. 이럴 때일수록 침착해야 함을 되뇌며 거칠게 머리카락을 쓸어 올렸다.

종영이 들려준 현재 보빈이 처한 상황과 평소 수혁에 대한 느낌, 수혁과 해수와의 관계, 해수의 손목에 든 멍, 소희라는 여자의 전력과 여직원이 했던 말들 등이 하나하나 연결되면서 오늘 수혁의 사무실에서 있었던 일들이 톱니바퀴의 이가 들어맞듯 하나씩 그려졌다.

조금씩 냉정해져 가는 날카로운 눈빛이 뜨겁게 달궜다 식힌 쇳덩어리보다 더 단단하고 차갑게 굳어갔다.

시우는 소파에서 자는 해수를 조심스럽게 안아 들고 침실로 옮겼다. 목까지 시트를 덮어주고 조도를 최대한 낮춘 스탠드 불 하나만 켜둔 채 거실로 나갔다.

그는 종영에게 전화를 걸어 해수가 여기 있다고 안심시키면서 깨어나는 대로 데려다 주겠다고 했다.

"아버님, 해수에게는 제가 이 사실을 안다는 것을 비밀로 해주십시오. 알면 더 힘들어할 겁니다."

[알았네.]

"그리고 부탁이 있습니다. 해수, 얼마 동안은 일을 쉬게 해주십시오. 여행을 가도 좋을 것 같구요."

[그래, 그거 좋은 생각이군.]

"부탁이 한 가지 더 있습니다."

[뭔가?]

"어머님, 연말에 퀼트 모임 있으십니까?"

[달마다 하는 정기 모임이 있지. 이달에는 송년회가 되겠군.]

"꼭 참석을 당부드리겠습니다."

[무슨 뜻인지 알겠네. 우리가 피할 이유가 없지. 해수를 위해 서라도 말이야. 박 원장에게 그렇게 전하겠네.]

살며시 눈을 뜬 해수는 선황빛이 은은하게 감싸는 실내를 둘러보았다. 스틸 다리에 아이보리 가죽으로 된 일인용 의자에 앉아 그녀를 응시하는 견고한 눈빛과 부딪쳤다.

"오빠……."

이곳은 시우의 침실이고 그의 침대에 누워 있는 걸 깨달은 해수는 빠르게 봄을 일으키다 핑 도는 현기증을 느꼈다. 편안한 셔츠를 입은 시우 뒤로, 얼굴을 내민 동그란 외다리 메탈 시계를 흐릿한 눈길로 바라보았다. 시곗바늘은 밤 10시를 가리키고 있었다.

도대체 몇 시간을 잔 거야…….

"언제 왔어요? 깨우지 그랬어요."

탁하게 가라앉은 목소리가 흘러나왔다.

"곤하게 잠들어 있어서……."

가만히 바라보는 그의 시선을 해수는 마주 보지 못했다. 아무렇지 않은 표정을 지어야 하는데 그를 보니 아직 터지지 않은 울음이 남은 듯 툭 건드리기만 해도 울컥할 것 같았다.

수혁의 사무실에서 나와 주차된 차에서 꾹 참았던 눈물을 터뜨렸었다. 한참을 울고 시동을 거는데 눈에 안개가 낀 것처럼 앞이 뿌옇게 보여 액셀을 밟지 못했다. 잠시 운전대만 망연히 잡고 있었다. 어느 순간 스르르 눈이 감기며 천근만근 같은 몸이 기력없이 쓰러지려 했다. 쉴 곳이 필요했다.

무작정 출발한 차는 시우의 병원으로 향했지만 막상 도착했을 때 그를 찾아가지는 못했다. 이런 모습을 보이고 싶지 않았다. 보빈도, 집도 그 순간에는 그녀에게 쉴 곳이 되지 못했다. 그때 빌라가 떠올랐다.

시우의 향기로 가득한 빌라로 발을 들여놓았을 때 그 편안함과 아늑함에 그만 꽁꽁 언 몸과 마음이 노곤히 녹아들었다. 소파에 앉자마자 그녀도 모르는 사이 사르르 잠이 들었다.

"배고프겠다. 밥 먹으러 가자."

아무런 감정도 묻어 있지 않은 얼굴로 말한 시우가 꼰 다리를 펴며 의자에서 일어섰다. 문을 향해 돌아선 그의 등이 왜 이렇게 차갑게 느껴지는지, 지금 해수는 그 어느 때보다 그의 따뜻한 품이 그리웠다.

곧장 침대에서 내려와 그에게 달려갔다. 군살 없는 허리를 힘껏 껴안으며 그대로 탄탄한 등에 얼굴을 묻었다. 그에게서 나는 청량한 향이 온몸으로 스며들자 왈칵 눈물이 쏟아졌다.

시우는 천천히 뒤돌아 해수를 마주 안았다. 품을 파고드는 그녀의 몸이 애잔하게 떨렸다. 부드럽게 감기는 머리카락을 쓸며 꼭 감싸 안았다.

"무슨 일 있었어?"

궁금해서가 아니라 모른 척하기 위해 물었다.

"아, 아뇨. 요즘 너무 일이 많아 힘들어서요. 괜히 오빠를 보니 어리광 부리고 싶은가 봐요. 마구 눈물이 나네요. 그런데 오빠, 혹시 나에게 화났어요? 좀 그런 느낌이 들어요."

"당연히 화났지. 너 오늘 내 전화 한 통도 받지 않았어."

"아……. 미안해요. 배터리가 다되었나 봐요."

시우는 그의 품을 파고 또 파고드는 해수를 좀 더 세게 끌어안으며 정수리에 따스하게 입을 맞췄다.

"해수야."

"응?"

"힘들면…… 그냥 나에게 시집와라."

잠시 그녀의 몸이 굳는가 싶더니 농담으로 받아들인 듯 작은 어깨가 가볍게 들썩였다.

"오빠가 나에게 장가와요."

"그래, 그것도 좋고."

그의 답이 너무 진지한 것 같아 웃음을 멈춘 해수는 눈물이 채 마르지 않은 눈을 깜박거렸다.

"가자."

해수가 무슨 말을 하기 전에 시우는 그녀의 손을 잡아끌며 빠르게 침실을 나갔다. 곧바로 거실에 두었던 코트를 입은 그는 해수에게 손을 내밀었다.

"차 키 줘. 내가 운전할게."

해수는 백에서 키를 찾아 시우에게 건넸다. 그때 자신의 손목에 난 멍을 처음 보았다. 심장이 덜컹 내려앉았다. 시우에게 들킬까 봐 얼른 블라우스의 소매를 끄집어 내렸다. 하지만 이미 그의 시선이 손목에 고정되어 있었다.

"드, 드라마 촬영장에서 세트에…… 기둥이 있는 줄 모르고 돌아서다 그만……."

"조심하지."

거짓말하는 해수가 거북하지 않게 키를 받아 든 시우는 서둘러 현관으로 향했다. 그가 더는 캐묻지 않아 안도하면서도 끔찍했던 순간이 되살아나 심장이 불안하게 뛰는 해수는 속이 쓰리다 못해 뒤집어지는 듯했다.

시우가 운전하는 자신의 차를 타고 가면서 해수는 소매에 가려진 멍을 내려다보았다. 역시 악몽인 듯 떠오르기만 해도 식은땀이 흐르며 심장이 가쁘게 뛰었다. 서둘러 차창으로 시선을 돌렸다. 까만 밤하늘 속 홀로 떠 있는 눈썹달에 달무리가 져 있었다.

"멍은 시간이 지나면 사라져."

시우의 말이 뼈에 사무치게 닿아, 달에 시선을 둔 해수는 입술을 지그시 깨물었다.

"빨리 없애려고 노력할 필요도 없어. 그냥 두면 돼. 다만 햇빛에 노출되면 색소 침착이 되어 회복하는 데 오래 걸릴 수 있으니까 그것만 신경 써."

당분간은 편히 쉬었으면 하는 바람이 담긴 시우의 위로였다. 해수의 눈에 스멀스멀 눈물이 올라왔다.

"오빠, 미안한데 나 그냥 집에 가고 싶어요. 다음에 같이 밥 먹어요."

무리하게 음식을 먹는 것보다는 충분한 휴식을 취하면서 집밥을 먹는 것이 더 나을 것 같아 시우는 말없이 동의했다.

해수의 차를 집 건물 주차장에 세우고 운전석에서 내린 시우는 해수의 손을 잡고 4층으로 오르는 계단을 함께 밟았다.

현관문 앞에서 살며시 입맞춤했다. 촉촉 가볍게 시작한 키스는 그녀를 위로하고 싶은 마음만큼, 헤어지기 싫은 마음만큼 그 깊이를 더하며 점점 짙어졌다. 별 거부반응 없이, 오히려 다른 때보다 더 애틋하게 그의 키스를 받아들이는 해수의 모습에 힘겹게 입술을 뇌주었다.

현관 벨을 누른 시우는 해수가 종영의 품에 안기는 것을 보고 돌아섰다.

✳

시우는 통증으로 신음하는 4호실 환자의 조직 검사 부위인 허리를 살펴보고 있었다. 살짝 만지자 환자가 비명을 내질렀다. 응급 상황이었다.

"빨리 씨티(CT) 찍고, 혈액검사 다시 해. 만약의 경우를 대비해서 수혈 준비하고 노멀 세일린(Normal saline) 주입량을 높이도록 해.”

시우는 승제를 보며 낮고도 빠르게 말했다.

“네.”

“포울리 카세터(Foley catheter)*도 인서션(Insertion)*해야겠어. 조직 검사 부위로 출혈이 의심돼. 방사선과 선생님께도 연락해서 빨리 신동맥 색전술을 시행하도록 준비하고 씨티(CT) 나오면 바로 연락해. 빨리 움직여.”

승제는 병동 스테이션으로 달려나갔다. 시우는 환자와 보호자를 번갈아 보았다.

“시술하기 전에도 말씀드렸듯이 신조직 검사의 합병증으로 많은 출혈이 있을 수 있습니다. 이전에는 수술을 시행해서 신장을 제거해야 했지만, 지금은 간단히 방사선 시술로 출혈 부위를 막을 수 있습니다. 조금 불편하시겠지만 조금만 참아주시면 저희가 처치해 드리겠습니다.”

긴박한 상황이었지만 시우는 환자와 보호자가 안심할 수 있도록 최대한 침착하면서도 믿음직하게 설명했다.

4호실 환자의 응급 상황이 일단락되었을 때쯤 휴대폰이 진동했다. 소희를 담당하는 산부인과 주치의가 그녀의 퇴원 소식을 전해왔다. 미리 부탁해 둔 터였다.

싸늘한 눈빛으로 응급실로 들어간 시우는 하루 정도 경과를

---

* Foley catheter:요도 카세터
* Insertion:삽입

지켜보기 위해 머물렀던 소희를 찾았다. 그녀는 막 응급실 정문을 나가고 있었다. 그녀의 뒤를 수혁이 아닌 어제 봤던 그 여직원이 따르고 있었다.

혈색이 원래대로 돌아온 소희는 잔뜩 미간을 찡그린 채 마지막 문 여는 것을 망설였다. 먹구름이 가득 깔린 바깥은 어두웠고 강한 바람이 불고 있었다.

수혁은 응급실에 데려만 놓고 지금까지 감감무소식이었다. 퇴원하는데도 나타나지 않는 그에게 소희는 화가 머리끝까지 났다. 혹시나 지금이라도 차를 몰고 오지 않을까 하는 희망으로 유리문 밖을 살폈다.

부글부글 끓어오르는 속을 삭이며 여직원을 뒤돌아보던 소희는 세련된 까만 실크 셔츠에 은빛이 도는 넥타이를 맨 젊은 의사에게 시선이 멈췄다. 보기 드문 잘생긴 의사는 곧장 그녀에게로 걸어오고 있었다. 여직원은 종영, 정숙과 함께 응급실에서 나갔던 시우를 알아보고 의아한 눈길로 주시했다.

이맛살을 편 소희는 살짝 묵례하는 시우를 향해 호기심 어린 눈을 빛냈다.

"가시기 전에 인사라도 해야 할 것 같아서. 이시우라고 합니다."

소희의 기억에는 없는 의료진, 아니, 남자인지라 고개를 갸웃했다.

"어제 찾아오신 박 원장님과 아시는 분 같은데……."

여직원의 말에 호의적이던 소희의 얼굴이 곧바로 적의를 띠고 굳어졌다. 시우의 입가에 비소가 묻어났다.

"박 원장님과 아시는 분이 나에게 무슨 용건이죠? 대신 사과라도 하러 왔나요? 하려면 서 선생이 해야지."

소희는 팔짱을 끼며 쌀쌀하게 말했다.

"그 말은 해수 때문에 응급실로 왔다는 뜻입니까?"

서늘한 눈빛만큼 서늘한 시우의 목소리에 소희의 얼굴이 하애졌다. 한국첨단대학병원 로고가 박힌 하얀 가운을 입은 눈앞의 젊은 의사는 그녀가 왜 응급실로 왔는지 안다는 말투였다. 그리고 해수라고 칭할 때의 친근함도 놓치지 않았다.

그녀의 변한 낯빛에 역시 머리 회전이 빠르다는 생각이 스친 시우는 예상했던 것보다 이야기가 잘 풀릴 것을 예감했다.

"박 원장님이 내 뒤를 캐라고 시켰어요?"

소희는 내심 떨면서도 끝까지 다른 사람을 궁지로 몰아넣으려 했다. 여직원은 귀를 바짝 기울였다.

"캘 만한 일이 있다는 겁니까?"

소희는 눈을 부릅떴다.

"너, 뭐야?"

"서해수에게 장가갈 남자."

표정 하나 바꾸지 않고 시우가 낮게 되받자 그가 기대했던 것 이상으로 소희와 여직원은 깜짝 놀랐다.

"자리 좀 비켜줄래요?"

소희의 말을 듣지 못한 듯 입과 눈을 쩍 벌린 여직원은 연속해서 시우의 위아래를 훑어보았다.

"자리 좀 비켜달라니까!"

그제야 화들짝 놀란 여직원은 입술을 실룩대며 응급실 쪽으로 삐죽삐죽 걸어갔다.

소희는 웃음기라고는 전혀 없는 차가운 눈매에, 살짝 입꼬리가 올라간 조소하는 입매의 시우를 보며 단단히 일이 틀어졌음을 직감했다. 이런 복병이 있을 줄이야.

"드라마 협찬 건과 박람회 건, 뱉어내면 되는 거예요?"

"그건 대단하게 생각하는 사람들에게나 대단한 거고."

"그럼 원하는 게 뭐예요?"

"사과."

"사과? 서 선생에게?"

시우는 고개를 저었다.

"박 원장님에게. 해수 앞에는 얼씬도 하지 마십시오. 죽을 때까지."

해수를 위하는 마음이 느껴지자 소희는 비아냥거리기 시작했다.

"소문은 이미 일파만파로 퍼졌을 텐데, 추문에 휩싸인 정혼자를 구하려면 차라리 결혼을 서두르는 게 낫지 않을까? 이렇게 멋진 정혼자가 있는 걸 알면 그 소문도 어느 정도는 무마될 것 같은데…… 아, 추문에 휩싸인 정혼자는 껄끄러우시려나? 그래

서 실추된 명예부터 되찾겠다? 그래도 정혼자를 믿긴 하나 보
네. 당당히 사과하라는 걸 보면."

"사과는 이번 퀼트 모임 송년회 때."

소희 말 따위는 들을 가치도 없다는 듯 시우는 자기 할 말만
했다.

"하! 공개적으로 하라고?"

"추문에 휩싸인 남자와 결혼하는 건 괜찮습니까?"

"뭐?"

"고 사장, 형사 입건도 시킬 수 있습니다."

소희는 동요와 빈틈이 보이지 않는 시우를 보며 협박이 아닌
마음만 먹으면 충분히 그럴 수 있다는 느낌을 받았다. 결국 더
는 반격하지 못하고 입을 꾹 다물었다.

이야기가 끝났음을 안 시우는 돌아서려다 말고 마지막으로
소희를 쳐다보았다.

"아, 결혼은 그쪽이 서둘러야 할 겁니다. 그 이유는 잘 아시
죠?"

자궁경관무력증은 임신 중기로 갈수록 더 위험하다는 것을
너무나 잘 아는 소희는 이를 꽉 물었다.

싸늘하게 병동으로 발길을 돌린 시우는 모퉁이에 몸을 숨긴
채 귀를 쫑긋 세우고 있는 여직원을 스치듯 보았다. 그녀는 잘
알지도 못하면서 엿들은 내용만으로도 경악할 뉴스라는 듯 서
둘러 휴대폰을 찾아 들고 있었다.

복도를 걸어가며 시우도 휴대폰을 꺼냈다. 종영에게 수공예 협회를 찾아가 명확하게 어떤 경유로 일이 이런 식으로 처리된 것인지 확인하는 게 좋겠다는 말을 전하려 했다.

[벌써 해수가 협회로 갔네.]

"네?"

[강원도 고성으로 여행 보내려고 했는데 안 가겠다고 고집을 피우는군. 박 원장이랑 함께 갔어.]

"네……. 해수, 밥은 좀 먹었습니까?"

[통 먹지 못했네. 잠도 제대로 자지 못했어. 안 그렇겠는가.]

하루 이틀 만에 잊을 일은 아니었다.

천천히 휴대폰을 내려놓은 시우는 부산하게 병원 본관에 장식을 시작하는 대형 크리스마스 트리를 올려다보았다. 해수와 함께 크리스마스 장식을 했던 그 밤이 은하수 물결을 따라 가슴으로 흘러들어 오는 것만 같았다.

해수와 정숙이 탄 택시 안 분위기는 한마디로 침울했다.

수공예 협회에서 들은 말은 보빈이 참가 취소 신청을 한 것으로 일 처리가 되어 있다는 것이었다. 정숙이 분명히 조직위원회의 연락을 받았다고 하니, 협회에서는 그럴 리가 없다며 일축했다. 수혁의 선에서 처리된 것 같다는 느낌만 받고 아무 소득 없이 돌아가는 길이었다.

"잊자. 어떻게 하겠니."

정숙은 원통했지만 해수를 보며 타이르듯 말했다.

해수가 협회에 갈 거라고 고집을 피우는 바람에 따라오기는 했지만 지금 정숙의 가장 큰 걱정은 해수의 건강이었다. 시우를 반대하면서 그녀를 마음고생 시킨 것부터 시작해, 며칠 사이 야윈 몸은 더 야위어지고 얼굴은 까칠까칠한데다 눈은 퀭했다. 모든 것이 정숙 자신의 탓 같았다. 하지만 그렇다 하여 시우를 받아들인 건 아니었다. 다만 자신으로 인해 해수가 더 힘들어지는 건 싫었다.

살며시 해수의 손을 어루만졌다.

"모든 게 엄마 탓이다. 나이를 헛먹었어. 사람을 볼 줄 몰라도 그렇게 못 보다니……."

"저도 마찬가지예요."

"소문은 신경 쓰지 마라. 진실은 통하는 법이다. 모든 건 시간이 해결해 줄 거야."

해수는 예전에 라디오 DJ가 했던 말이 떠올랐다.

좋아하는 일이면 오래 하여라. 그러면 모든 억측과 소문은 사라질 것이다.

"엄마, 나 평생토록 퀼트할 거예요. 묵묵히……."

"그래, 그래야지."

정숙은 해수의 손등을 토닥였다.

"해수야, 아빠 말대로 며칠 여행 다녀와. 너, 화진포 좋아하잖아. 기분 전환에 도움이 될 거야."

"윤 원장님, 몸은 정말 괜찮대요? 아이도요?"

해수는 답을 회피하며 소희의 안부를 물었다.

"왜, 걱정돼? 걱정할 필요 없어. 괜찮아. 원래 자궁이 약한가 봐. 다니던 병원이라고 하더라."

문득 해수는 소희가 한국첨단대학병원을 다닌다는 게 생각났다.

"엄마, 윤 원장님이 있는 병원, 한국첨단대학병원이에요?"

"응?"

종영에게서 시우가 이 사실을 알고 있다는 것을 비밀로 하라는 당부를 받았기에 정숙은 살짝 당황했다.

"아빠와 가셨던 병원이 한국첨단대학병원이냐고요."

"네, 네가 그걸 어떻게……. 이 선생에게 들었어?"

"네에?"

해수는 진정되었던 심장이 또다시 벌렁거렸다.

그랬던 거였다. 그래서 어제 시우가…… 하아!

"엄마……."

해수는 속상하다는 듯 정숙을 불렀다. 정숙은 뭔가 잘못된 것을 느끼고 긴장했다.

"이 선생을 만난 것은 우연이었어."

"엄마."

"그리고 이 선생, 이해했어. 아빠가 알아듣게 이야기도 했고."

도대체 오빠가 어디까지 안다는 거야? 설마 모조리 다?

정숙을 보니 그런 것 같았다. 해수는 돌아버릴 것 같았다. 그래서 멍 이야기를 할 때 그렇게 와 닿았던 것이다.

"해수야, 괜찮아. 만약 이 선생이 널 믿지 못한다거나 이런 일로 널 힘들게 하면 그건 널 사랑하는 게 아니지. 너의 짝이 될 자격이 없는 거라고.”

“그래서가 아니에요.”

오빠에게 이런 모습을 보이다니…….

해수는 눈을 감아버렸다. 그리고 이후로 말을 잃은 사람처럼 창백한 얼굴로 침묵했다.

정숙은 왠지 자신의 입이 방정이었던 것 같은 느낌에 입술을 꼭 다물었지만, 해수가 힘들어하는 걸 보니 자신이 더 애가 탔다.

다음날, 아침밥 먹는 자리에서 해수는 종영과 정숙에게 화진포에 가겠다는 말을 했다.

종영에게서 처음 여행 제의를 받았을 때는 이 사건을 해결하고 싶었고, 정숙이 말했을 때는 보빈이 걱정되어 괜찮다고 했었다. 하지만 지금, 그 어느 때보다 쉬고 싶다는 욕구가 솟아올랐다. 절실히 휴식이 필요했다.

식사를 마치고 방으로 들어온 해수는 병원에서 근무 중인 시우에게 전화했다.

시우는 막 회진을 마치고 병실에서 나오다 해수의 전화를 받았다.

[나, 화진포 가요. 갑자기 겨울 휴가가 생겼어요.]

화진포라면 강원도에 있는 작은 바닷가였다.

“그래……. 잘 다녀와.”

시우는 바라던 바인데 막상 해수가 서울 하늘을 벗어난다고 하니 생각만으로도 허전함이 밀려왔다.

"언제 출발해?"

[지금 짐 챙기는 대로 가려고요.]

"지금?"

[네. 크리스마스 날에 돌아올게요.]

"응……."

시우의 시선이 하얀 병원 벽에 걸린 달력으로 향했다. 25일까지는 거의 일주일이었다.

✳

문화센터 수업을 다녀온 정숙은 힘든 듯 작업대 의자에 털썩 주저앉았다. 그녀는 수강생을 가르치는 파트타임 강사를 쳐다보았다. 설명하는 것이 영 심에 차지 않아 속으로 혀를 차며 지친 몸을 이끌고 커피메이커로 갔다.

이런, 설탕이 동났잖아!

해수가 없으니 제대로 돌아가는 게 하나도 없었다. 유리문 앞 카운터에 앉아 이것저것 정리하는 영은에게 다가갔다.

"설탕 떨어졌어."

"그래요? 이것만 정리하고 사 올게요."

정숙의 눈에 영은의 오른쪽에 꽂혀 있는 장부가 들어왔다.

"고 사장에게 남은 결제 없지?"

"네. 모두 송금했어요. 이제 어디랑 거래하실 거예요?"

영은이 정숙을 올려다보았다.

"거래를 원하는 곳은 많으니까 걱정하지 마. 이참에 원단이랑 실 같은 수입품은 우리가 직접 무역하는 것도 나쁘지 않을 것 같아."

가맹점이 있으니 승산이 있는 이야기였다. 문제는 자본과 인력인데 자본은 초기 자본은 좀 들지라도 사업 규모가 크지 않아 그리 큰 부담은 되지 않을 것 같았다. 역시 가장 큰 난관은 그 일을 누가 하느냐였다. 이전 같았으면 해수를 믿고 일부터 질렀을 테지만 지금은 해수의 일이 무척 많다는 걸 피부로 느끼기에 그럴 수 없었다.

"그럼 사장님께서 진짜 사장님이 되시는 거예요?"

"응?"

"육성전자 재외사업부 간부 출신이신 우리 사장님 믿고 말씀하신 것 아니에요?"

영은이 손가락을 위로 가리켰다. 4층에 있는 종영을 말하는 것이었다. 정숙은 왜 그 생각을 못했을까 솔깃했지만 그건 잠시였다.

"그래도 영어는 해수가 더 잘해."

"영어 잘하면 더 좋겠지만 사업을 어디 영어만으로 하나요?"

그렇게 수혁에 대해 주의를 줬음에도 사태를 여기까지 몰고 온 정숙에게 불만이 있는 영은은 배딱거렸다. 정숙도 그걸 알기에 입을 뿌루퉁하게 내밀면서도 자숙의 시간이라 생각하며 감내했다.

보빈의 전화벨이 울었다. 수화기를 든 영은의 눈이 동그래졌다.

"원장님, 수공예협회인데요. 박람회 참가 재신청을 하라는데요?"

"뭐?"

이 무슨 뚱딴지같은 소리인가.

"이리 줘봐. ……여보세요?"

정숙은 최대한 목소리를 깔았다.

"뭐라고요? 고 사장이 이사직을 사퇴하면서 착오가 있었다고 했다구요?"

일말의 양심은 있다는 거야?

그래도 이사직 사퇴는 의외라 천천히 수화기를 내려놓는 정숙은 고개를 갸웃했다.

"원장님, 재신청하실 거예요?"

마음 같아선 협회에서 하는 일에 무조건 불참 선언을 하고 싶었지만 돌아가는 상황을 보니 보빈만 손해일 것 같았다.

"지금 바로 인터넷으로 해."

영은이 난감한 표정을 지었다.

"어떻게 하는지 전 잘 모르는데……."

해수의 빈자리를 또 한 번 느끼는 순간이었다.

"해수에게 전화해. 콘도에도 컴퓨터는 있을 거 아냐."

"네, 네. 알았습니다."

"자초지종도 얘기해 주고."

"당연하죠."

찰그랑찰그랑, 은방울 종소리와 함께 케이프 코트를 입은 시은이 유리문을 열고 들어왔다. 정숙의 굳은 얼굴이 금세 나긋나긋해졌다.

"어머, 시은이 왔니?"

"잘 지내셨어요?"

"해수 휴가 갔는데……."

"알아요. 베이비 퀼트 할까 해서 왔어요."

"아, 그래. 이제부터 준비해야지. 새로 들어온 디자인 많은데 자료 줄 테니 한번 찾아봐. 영은아, 파일 들……."

정숙의 말을 못 들은 척 영은은 언제 전화를 걸었는지 해수와 막 통화를 시작했다.

"저걸…… 음!"

시은을 의식해 치켜 올라가는 한쪽 입술을 억지로 끌어내린 정숙은 이번에는 파트타임 강사를 보았다. 그녀는 아직도 수강생 한 명에게 전전긍긍하고 있었다. 할 수 없이 손수 패턴 집을 모아둔 안쪽 개별 공간으로 향했다.

"입덧은 좀 나아졌니?"

"많이 좋아졌어요. 그런데 원장님, 오늘 어디 가세요?"

작업대에 앉은 시은은 감탄하는 눈길로 정숙의 옷차림을 보았다. 특별히 오늘을 위해 장만한 보랏빛 스커트 정장을 차려입은 정숙은 잠시 걸음을 멈추고 쑥스러운 미소를 지었다.

"오늘 퀼트 모임 송년회가 있어서."

"좋은 곳에서 하시나 봐요?"

"요즘은 간소하게 하지. 그냥 한식당에서 밥 먹을 거야."

"작은 쌤하고 통화하실 분 계세요?"

"아, 저요!"

시은은 벌떡 자리에서 일어섰다.

영은에게서 무선전화기를 건네받은 그녀는 다른 사람에게 방해되지 않게 구석으로 갔다. 그사이 정숙은 안쪽 개별 공간으로 들어갔다.

"해수야, 언제 와?"

[25일.]

"24일이 아니라 25일?"

[응. 왜?]

"넷이서 크리스마스이브 함께 보내려고 했지. 그럼, 우리 오빠도 안 만나는 거야?"

[크리스마스 날 보면 되지.]

"이브를 함께 보내야지."

[꼭 그래야 해? 그런 게 어디 있어?]

해수는 시은이 하고자 하는 말은 이해했지만 그렇게 무슨 날 하면서 따지고 싶지는 않았다. 시은도 해수의 말은 알아들었다.

하지만, 그래도 그게 아니었다. 당연히 시우와 이브를 함께 보내야 하는 거 아닌가? 영문은 모르겠지만 지난번에 시우가 해수의 행방을 찾아 헤맨 것도 그렇고, 여전히 시우의 짝사랑 모드가 이어지는 것 같아 심술이 났다.

"너, 모르지?"

[뭘?]

"여진 언니, 한국 왔어. 24일 날 귀국 공연해."

말을 뱉고 보니 시은은 자신이 참 고약하다는 생각이 들었다. 찬영의 말대로 벌써 시누 노릇을 하는지도. 에구구.

[알아…….]

"그래? 그럼 여진 언니가 우리 오빠에게 초대권 보낸 것도 알아?"

[…….]

막상 해수의 침묵을 접하니 시은은 난감했다. 내가 못살아, 이시은!

"그, 그냥 알고는 있으라고……."

그때 정숙이 커다란 검정 파일을 가지고 나오는 게 보였다.

"해수야, 이만 끊어야겠다. 그럼 와서 봐."

시누 노릇 제대로 했다, 이시은.

전화를 끊은 시은은 정숙의 옆에 앉아 아기 이불, 모빌, 턱받이, 겉싸개, 짱구 베개 등 베이비 퀼트 사진들이 스크랩된 검정 파일을 훑어보았다. 삐죽 식은땀이 흘러내렸다.

보빈의 유리문이 열리며 택배 회사 직원이 들어왔다. 영은이 일어나 한쪽에 모아둔 보낼 물건들을 점검했다. 택배 직원은 주소를 적으면서 힐끗힐끗 보빈의 여러 곳을 눈으로 기웃거렸다.

"작은 쌤 어디 갔어요?"

"휴가 갔어요."

"요즘 이 바닥에 소문 많은 거 알죠?"

시은이 앉은 자리까지 택배 직원의 목소리가 들리지는 않겠지만, 그래도 퍼뜩 시은의 눈치를 살핀 영은은 긴장했다.

"원래 고 사장님이 여자관계가 복잡하대요."

상자마다 주소를 붙이며 택배 직원은 위로하는 말투로, 이렇게 말하면 당연히 영은이 알아들을 것으로 알고 말했다. 사실이 그러하지만, 기분 나쁜 영은은 눈에 힘을 주었다.

"그런데……."

그것도 모자라 무슨 은밀한 말이라도 하려는 듯 택배 직원은 몸을 가까이하고 목소리를 낮췄다.

"윤 원장님도 만만치 않대요. 좀 전에 소잉 갔었거든요. 거기 직원이 그러더라고요. 그러면서 요즘 스트레스 엄청나게 받는다면서 그만둘 거래요."

영은은 듣던 중 반가운 소리였다.

"유유상종이네요. 인과응보죠. 끼리끼리 잘살라고 하세요. 우리는 관심도 없으니까. 우리 작은 쌤은 애인 있거든요."

"아아, 결혼할 남자가 있다더니 사실이구나. 의사라던데, 맞아요?"

"헐, 그건 어떻게 아셨을까? 그런데 저기요, 의사는 맞는데 결혼은 나도 금시초문이걸랑요?"

"쯧쯧. 나중에 원장님께 여쭤보세요. 결혼한다고 소문났어요. 동대문 시장을 포함한 종로에 있는 퀼트 숍은 제가 다 잡고 있잖아요."

택배 직원은 허풍 치며 의기양양했다. 영은은 이참에 택배 거래처도 바꾸든지, 하다못해 담당자라도 바꿔야겠다는 생각을 했다.

밀찌감치 영은과 택배 직원이 속닥거리는 걸 주의 깊게 바라보던 정숙은 불현듯 떠오르는 생각에 열심히 아기 턱받이 본을 그리는 시은을 쳐다보았다.

"요즘도 집에 제사 많아?"

시은은 정숙이 왜 이런 질문을 하는지 알 것 같았다. 솔직하게 말하자.

"예전보다는 많이 줄었어요. 시대의 흐름을 거스를 순 없죠. 5대조 이상은 시사 지내요."

정숙은 시사라는 말에 공기가 탁하게 느껴졌다.

"으음, 집안이 좀 큰 편이지? 그러니까 친인척이 많고 교류도 잦고. 아버님께서 병원장으로 계시는 병원도 집안에서 하는 거라고 들은 것 같은데."

"고조부께서 슬하에 아들 여섯에 딸 둘을 두셔서 집안이 좀

크긴 한데요, 병원을 건립하신 증조부께서는 아들 둘만 두셨어
요. 공교롭게도 조부께서 일찍 돌아가시는 바람에 작은할아버
지께서 병원을 맡으셨고, 종손 역할을 하셨죠. 아버지는 유복자
로 작은할아버지를 아버지처럼 여기고 크셨대요.”

정숙은 단출한 가정에서만 살아서 복잡한 가계도는 듣기만
해도 머리가 지끈거렸다.

“그럼 이 선생이 4대째 의사라는 거야?”

“네.”

“작은할아버님 슬하에 자녀는?”

“고모님 한 분 계세요. 한마디로 손이 귀한 집안이죠.”

“손이 귀해? 아, 할아버지 때부터 손이 귀해졌다는 거구나.
그럼 이 선생이 2대 독자인가?”

“네. 그러면서 우리 문중 40대 종손이죠.”

헉! 정숙은 종손인 건 알았지만 이렇게 들으니 강도가 달랐
다. 또한 만약 해수가 시우와 결혼한다면 아들을 꼭 낳아야 한
다는 부담도 만만치 않을 것 같았다.

“부모님께서는 이 선생이 결혼해서 대전으로 내려가면 함께
사실 생각이신가?”

“아마도요.”

“집이 커?”

“남들은 크다고 하더라고요. 아, 보여 드릴게요. 인증 샷!”

“뭔 샷?”

나름 최신 유행어는 다 안다고 생각했는데, 원샷은 알아도……. 어리둥절해하는 정숙에게 시은은 휴대폰을 꺼내 저장된 사진들을 보여주었다.

넓은 마당이 있는 한옥이었다. 선자의 사진에서 정숙의 시선이 오래 머물렀다. 품위가 느껴지는 우아한 분위기로 봐선 시집살이시킬 것 같지는 않았다. 하지만 그걸 어떻게 알겠는가!

정숙의 굳은 표정을 본 시은은 부가 설명이 필요하다는 걸 느꼈다.

"지붕만 기와지 웃풍 하나 없는 초현대식 건물이에요. 집이 좀 넓긴 해도 부모님 두 분밖에 안 계시고요. 집에 일하시는 분들도 여러 분 계세요."

이번 수혁의 일로 많은 것을 느끼고 다시 생각하는 정숙이지만, 지금 그녀는 시은의 말이 하나도 들리지 않았다. 그저 한복 입고 거안제미(擧案齊眉)한 해수가 연상될 뿐이었다.

송년회 시간에 맞춰 보빈을 나선 정숙은 마음을 단단히 하고 한식당으로 갔다.

예약된 방 앞에서 크게 심호흡을 한 그녀는 모임 사람들로 가득 찬 방으로 들어섰을 때 일순간 정적이 흘렀음을 놓치지 않았다. 어깨를 더 당당히 펴고 맨 중앙에 앉았다.

정처없이 방황하는 눈빛들은 여러 가지 색깔을 띠고 있었다. 다행이라면 적의있게 다가오는 눈빛은 거의 감지되지 않았다는 것.

소희는 아직 도착하지 않은 듯했다. 오지 않을 수도 있겠지만 꼭 왔으면 좋겠다는 생각을 하며 정숙은 앞에 놓인 매화가 그려진 사기잔을 들어 입을 적셨다.

"해수는 잘 지내?"

맞은편으로 옮겨 앉은 평소 친하게 지내는 숍 원장이 안부를 물었다. 아무래도 이 친구가 총대를 멘 듯했다.

"그럼."

"윤 원장이 고 사장 애를 가졌다는 게 사실이야?"

그걸 왜 나에게 묻는 건지…….

"고 사장은 요즈음 사무실도 잘 안 나온대. 내가 갔을 때도 없더라고. 소문에……."

소문이라는 말만 들어도 정숙은 심장이 파닥파닥 뛰었다.

"한쪽 눈에 시퍼렇게 멍이 들었대."

정숙은 하마터면 마시던 물을 뿜을 뻔했다.

"그래서 두문불출한다나. 나오더라도 꼭 선글라스를 끼고 나온대."

고거 참 쌤통이다!

오늘 모임의 주 화제는 자신을 의식해서인지 해수 이야기를 뺀, 거의 수혁과 그의 아이를 가진 소희에 대한 것이었다. 정숙은 오늘에서야 아는 사람들은 다 아는 수혁의 여성 편력을 듣게 되었다.

나는 왜 고 사장이 그렇게 좋아 보였을까? 정말 믿고 잘해줬는데. 어휴.

겨우 진정된 마음이 들끓으며 또다시 가슴이 무너지는 것 같았다.

"해수는 곧 결혼한다며?"

"응?"

"결혼할 남자 있다고 소문났던데 아니야? 한국첨단대학병원 의사라던데……."

고 사장의 사무실에서 있었던 일로 헛소문이 파다할 줄 알았는데 이게 어떻게 된 일이람.

정숙은 대비하지 않았던 질문에 당황했다. 하지만 여기서 얼버무리면 해수에 대한 그 흉측한 소문에 무게를 실어줄 것 같았다. 왜 이들이 그 소문을 듣지 않았겠는가. 자신 앞이라 입에 올리지 않을 뿐이지. 그리고 지금 어떤 게 사실인지 무척 궁금해하고 있을 것이다. 그런 측면에서 이런 계산적인 생각은 부끄럽지만, 시우와 사귄다는 소문은 그 흉측한 소문을 잠재우는 데 도움이 될 것 같았다. 어쨌든 사귀는 건 사실이니까.

"맞아. 그 병원에 근무하는 것도 맞고."

"그래! 그럼 그렇지. 우리는 그 이상한 소문 안 믿었어. 해수가 그럴 애가 아니지."

모두 예상했던 답을 들었다는 듯 고개를 끄덕였다.

어렵쇼. 이것 봐. 쯧쯧.

하지만 정숙은 기분 나쁘지 않았다. 확인하기는 했어도 해수를 믿는 분위기였다. 그만큼 평소의 행동거지가 중요한 것인지도 모르겠다. 수혁과 소희는 이들에게 이미 신용을 잃은 사람들이었다. 또 한 번 정숙은 자신의 안목에 부끄러움을 느꼈다.

"결혼식은 언제 올려? 봄?"

"봄은 무슨! 그렇게 빨리는 안 되지."

드르륵, 미닫이문이 열리며 천연 털 소재의 코트를 걸친 소희가 들어왔다. 정숙이 들어왔을 때와는 비교되지 않는 정적이 방 전체를 싸늘하게 잠식시켰다.

모두의 시선을 한 몸에 받으며 소희는 자리에 앉지 않고 회장이 앉은 병풍 쪽으로 갔다. 그녀는 심기가 불편한 듯 굳은 표정으로 모두를 향해 돌아섰다.

"아시는 분은 아실 거라 생각됩니다. 근간 저와 보빈의 서 선생, 고 사장님 사이에 불미스러운 일이 있었습니다."

도대체 무슨 말을 하려고 저러는 거야!

정숙의 눈동자가 순식간에 화기로 이글거렸다.

"모든 게 저의 오해였습니다."

뭐?

"저 혼자 오해하고 분노했습니다. 스스로 부끄럽게 생각합니다. 이에 물의를 일으킨 것에 대해 고 사장님께서는 협회 이사직을 자진하여 사퇴하셨고, 저는 이렇게 공개 사과하기로 했습니다."

모두의 눈빛이 지금 말하는 사람이 소희 맞느냐는 듯 눈앞에서 일어나는 현실을 믿지 못했다. 정숙은 더욱 그랬다.

"정말 죄송합니다. 특히 서 선생과 박 원장님에게 사과드립니다."

할 말을 마친 소희는 몸이 좋지 않다는 핑계를 대며 그대로 퇴장했다. 그런 그녀를 향해 몸조리 잘하라는 인사를 하는 이도 있었지만, 대부분은 전혀 예상치 못한 갑작스러운 상황에 서로의 눈만 멀뚱멀뚱 마주 볼 뿐이었다.

도대체 무슨 꿍꿍이야? 정말 진심으로 사과한 거라고? 나더러 그걸 믿으라고? 아니야. 분명히 뭔가가 있을 거야.

정숙은 벌떡 일어나 소희를 쫓아갔다.

식당 밖으로 나온 소희는 곧장 식당 주차장으로 걸어갔다. 그녀는 유달리 반짝이는 크림색 차 앞에 멈춰 섰다.

정숙은 소희를 부르려다 크림색 차에서 내리는 차콜 그레이 롱코트를 입은 남자를 보고는 황급히 승합차 뒤로 몸을 숨겼다. 워낙 쇳소리 같은 목소리인지라 소희의 말이 또렷하게 들려왔다.

"이렇게 꼭 사과하는 것까지 확인해야겠어요?"

"일은 마무리가 중요하니까."

"우리 수혁 씨 눈의 멍은 형사 입건감 아닌 줄 알아요?"

소희의 목소리는 앙칼졌다.

"증거 있습니까?"

분통이 터졌지만 심증뿐인지라 소희는 애꿎은 입술만 잘근잘근 씹더니 팩 돌아서 갔다.

깜짝 놀란 정숙은 이내 가슴이 일렁이면서 심장이 뛰었다.

이 선생…….

마음을 다잡으며 송년회 자리로 돌아온 정숙은 자신의 자리에 있던 맥주잔을 들어 올렸다.

"자, 건배하자고!"

그녀의 활기찬 건배 제의로 송년회 분위기는 급전환되었고, 맥주잔을 내려놓자마자 방을 나갔을 때와는 완전히 표정이 달라진 그녀에게로 질문이 쏟아졌다.

"사위 될 분, 대학도 한국첨단대학교 나왔어요? 그럼 완전 수재잖아요."

"그걸 말이라고. 그것보다는 박 원장, 혼수 장난 아니겠다?"

"해수 하나인데요 뭘. 그리고 박 원장님 은근히 알부자시잖아요. 난 그것보다는 둘이 어떻게 만났는지가 더 궁금한데, 선 봤어요?"

정숙이 답할 틈도 없이 자기들끼리 주거니 받거니 했다. 촉촉하게 눈가가 젖은 정숙은 슬슬 기분이 좋아지기 시작했다.

예비 사위와 해수에 대한 이야기는 모임이 파하고 식당 밖으로 나왔을 때도 계속되었다.

"아직은 레지던트야."

"집안도 좋아?"

"뭐, 대전에서 좀 산다고 들었어. 부친이 종합병원 병원장."

"오호!"

정숙은 종손이라는 것과 대전에서 살아야 한다는 이유로 지금껏 시우를 반대했던 자신이 무척 어리석게 느껴졌다. 물론 중요한 것이긴 하나, 그런 걸로 반대하기에 시우는 너무나 믿음직하고 뿌듯한 사윗감이었다.

"인물도 좋아?"

문득 정숙은 이럴 때 시은이 말한 인증 샷이 있어야 함을 절실히 느꼈다.

"귀태가 나지."

"완전 엄친아인가 보네."

정숙은 아니라고 말하지 않았다. 하지만 이것만은 말해주고 싶었다.

"다른 그 무엇보다도 우리 해수를 사랑하고 사람 됨됨이와 인품이 훌륭해."

"뭐야, 벌써 사위 사랑은 장모라는 거야? 하하!"

모두 웃음을 터뜨렸다.

그때 주차장에 있던 차 한 대가 헤드라이트를 켜고 그들 앞으로 부드럽게 다가왔다. 운전석에서 내리는 시우를 본 정숙은 조금 당황하긴 했지만 담담했다.

"누구?"

"누구예요? 혹시……?"

"맞아."

"어머머, 어머머!"

여기저기서 어머머가 터져 나왔다.

시우는 깍듯이 묵례하며 살아 있는 인증 샷을 날렸다. 그의 인증 샷으로 모든 것이 제자리를 찾고 안정이 되는 걸 정숙은 느꼈다.

"박 원장, 해수가 복이 많은가 봐."

"해수는 뭐 빠져?"

곱게 눈을 흘기며 던진 정숙의 농담에 다시 웃음이 터졌다.

시우는 살짝 미소를 머금었다.

"다음에 뵙겠습니다. 가시죠, 어머님."

어, 어머님? 정숙의 얼굴이 발그레해졌다.

"그, 그래……."

시우로 인해 제대로 어깨에 힘이 들어간 정숙은 동료 원장들에게 작별 인사를 하고 설레는 마음으로 그가 열어주는 뒷좌석에 앉았다.

시우의 차를 타고 집으로 향하면서 그녀는 룸미러로 보이는 시우의 눈을 응시했다. 여전히 도도한 눈빛이었지만 예전처럼 어렵고 차갑게 느껴지지 않았다. 뭐랄까, 우직한 느낌이랄까.

"왜 나를 모임에 꼭 참석하라고 했어요?"

"송년회니까요."

송년회의 의미를 떠올리며 정숙은 미소를 지었다.

"오늘 해수의 혼삿길을 제대로 막은 건 그 흉측한 소문이 아니라 바로 이 선생이었어요."

그런 소문을 기다렸다는 듯 시우의 입꼬리에 미소가 감겼다.

"책임지겠습니다."

시우를 바라보는 정숙의 눈길이 지긋했다. 사윗감으로 인정해서일까, 별말 아닌데도 한마디를 해도 참 예뻐 보였다.

"미안해요. 그리고 고마워요."

진심을 담은 정숙의 말에 시우는 가슴 한편이 뻐근했다.

"아닙니다. 그런 말씀 마십시오. 그리고 말씀 낮추십시오."

"차차 그렇게 할게요. 참, 집안에서 결혼을 서두른다고 들었는데……."

"네."

"이 선생도 같은 생각이에요?"

정숙의 눈빛은 진지했다.

"네. 그러고 싶습니다."

"그럼 해수와 잘 이야기해 봐요. 우리는 해수가 원하는 대로 할 테니까."

시우의 얼굴이 환하게 빛났다.

"봄에 결혼식을 올려도 괜찮겠습니까, 어머님?"

아까 식당에서 누군가로부터 그런 질문을 받았을 때는 그렇게 빨리는 안 된다고 한 정숙이었는데, 지금 그녀는 온화한 미소를 짓고 있었다.

"해수가 동의하면 그렇게 해요."

✳

원룸으로 된 콘도에서 해수는 발코니 가까이에 있는 흔들의자에 앉아 한창 테디 베어를 만들고 있었다. 잠시 손놀림을 멈추고 발코니 유리창을 바라보았다.

멀리 잔잔하게 파도가 이는 동해가 보였다. 해가 지고 있어서인지 구름이 낮게 깔린 하늘은 바다 빛깔과 같은 짙은 잿빛, 언뜻 보면 바다와 하늘이 하나로 보였다.

설마 여진 언니의 공연을 보러 가는 건 아니겠지…….

시은에게 초대권 이야기를 들은 날, 그렇잖아도 평온치 않은 마음에 또다시 거센 풍랑이 일었었다. 그 당시, 당장 서울로 돌아갈까도 생각했었지만 예정대로 크리스마스에 가는 것이 더 낫겠다는 결론을 내렸다. 그때까지도 그에게 보이기 싫은 모습을 보인 것에 여전히 속상했고 그가 여진의 공연에 간다고 해도 이해를 해야 하는지, 솔직히 싫은데 착한 척해야 하는지 판단이 서지를 않았었다.

물론 지금도 그랬다. 다만 조금 무뎌졌을 뿐. 그 때문에 어쩌면 수혁과의 끔찍했던 일은 생각보다 빨리 잊히고 있는지도 몰랐다.

해수는 다 잊으려는 듯 다시 바늘을 들었다. 지금 그녀가 만드는 테디 베어는 내일 서울에 가면 시우에게 선물할 곰돌이 커플이었다. 하얀 가운을 입은 닥터 둔탱이와 알록달록한 앞치마를 두른 퀼터 곰탱이.

그 옛날 시우를 생각하며 부엉이 인형을 만들었듯, 그때처럼 그를 생각하며 한 땀 한 땀 바느질을 이어갔다. 그때와 차이가 있다면 그때보다 훨씬 더 그가 보고 싶다는 것.

그리움을 달래듯, 여진의 공연 시간을 잊으려는 듯 테디 베어의 가운과 앞치마에 수를 놓기 시작했다. 해수와 시우의 이니셜, HS와 SW를 합친 HSW를 거의 수놓았을 때쯤 휴대폰 벨소리가 울렸다. 정숙이었다.

[너에게 말 안 한 게 있어서…….]

진지하면서도 하기 어려운 말을 하려는 듯 정숙은 천천히 입을 열었다.

[윤 원장이 송년회 때 공개적으로 사과했다고 했잖아.]

"네."

수혁의 이사직 사퇴와 수공예 박람회 재신청에 이은 믿기 어려운 소식이었다.

[그날 이 선생이 송년회 마칠 때쯤 왔었어.]

"예?"

[아마도 이번 사건이 순조롭게 해결된 것은 모두 이 선생 덕분이지 않을까 한다.]

"……!"

정숙은 해수가 알아듣게끔 송년회 때 있었던 일을 본 대로, 느낀 대로 설명했다.

시우 오빠…….

[내가 어리석었다. 너에게, 이 선생에게 부끄럽고 면목없어.]

"엄마……."

[이번 일 겪으면서 반성 많이 했다. 이 선생, 믿음직하고 마음에 들어.]

전화위복이라고 해야 하나, 해수는 눈시울이 붉어졌다.

"고마워요, 엄마."

[고마운 건 나지. 그래도 엄마라고 이해해 주고 기다려 줘서 고맙다.]

"아니에요."

[늘 네가 자랑스럽다. 사랑한다, 해수야…….]

엄마…….

[앞으로 종종 이 선생 집에 데리고 오렴. 엄마가 맛있는 거 해주마.]

정숙이 맛있는 걸 해준다는 건 정말 이례적인 일이라, 결국 하얀 볼 위로 눈물이 흘러내렸다.

"네……."

[부끄럽게 왜 울고 그래?]

정숙도 울먹였다.

"엄마."

[응?]

"나도 사랑해요."

[그래……. 우리 내일 보자꾸나. 조심해서 올라와.]

휴대폰 폴더를 덮자마자 해수는 눈물을 쏟았다. 지금껏 정숙과 이런 대화를 나눈 적이 없는 듯했다. 그리고 이 순간, 시우가 너무 보고 싶었다. 그가 여진의 공연에 갔다고 해도 착한 척할 수 있을 만큼 마음의 여유가 생기면서 행복했다.

해수는 상승한 기분으로 라디오를 켜고 테디 베어 만드는 것에 열중했다. 곰 눈을 붙이고 마지막으로 둔탱이 목에는 청진기를 둘러주고, 곰탱이 손에는 바늘과 작은 동그란 수틀을 쥐어주었다. 부엉이 부부에 이은 크리스마스 선물 2호 탱탱 커플이 탄생하는 순간이었다.

해수는 갓 태어난 복슬복슬한 테디 베어 두 마리를 가슴에 꼭 안았다.

"너희도 오빠의 마음에 들기를……."

[급격하게 차량 통행량이 늘어나면서 막히지 않는 구간이 없습니다. 화이트 크리스마스를 즐기려는 인파로 도심을 통과하기는 더욱 어려운데요…….]

화이트 크리스마스?

라디오에서 들려온 말에 해수는 발코니 창으로 퍼뜩 고개를 돌렸다. 언제부터였을까, 깜깜해진 밤하늘에서 하얀 눈이 펑펑 쏟아지고 있었다.

시우 오빠…….

시은의 말을 들을 걸 하는 후회가 밀려왔다. 지금이라도 서울 가는 차가 있는지 알아볼까 하는데 이어지는 교통 정보에 낙담

하고 말았다.

[대관령, 진부령을 비롯해 강원도 곳곳에 폭설이 내리고 있습니다. 지금 속초와 동해까지는 평소보다 두 배 이상의 시간이 걸리고 있는데요. 안전운행에 만전을……]

지금 갈 수 있기는커녕 이런 상황이라면 교통 통제가 이뤄질 수도 있어 내일 서울을 갈 수 있을지도 의문이었다.

초조해진 해수는 시간이 빨리 흘렀으면 하는 마음에 테디 베어 커플을 협탁에 나란히 올려놓고 청소와 샤워를 하는 등 부지런히 몸을 움직였다. 그리고 서둘러 스탠드 불 하나만 켜두고 침대에 누웠다.

"제발 눈아, 멈추어다오."

곧 자정이 되는데 무심히 내리는 함박눈을 야속하게 바라보는 해수의 눈은 초롱초롱하기만 했다.

4년 만에 찾아온 화이트 크리스마스. 시우와 함께하지 못한다면 또 한 번의 악몽의 화이트 크리스마스가 될 것 같았다.

"차라리 눈을 녹이는 비가 오면 좋겠다. 시우(時雨)…… 가 오면 좋겠다."

벽에 걸려 있는, 산타의 선물이 담길 커다란 장화를 바라보았다. 어린 소녀처럼 소원을 빌고 싶었다. 내년에는 더 착한 해수가 될 테니 화이트 크리스마스를 시우와 함께 보내게 해달라고.

딩동, 테디 베어 커플 앞에 둔 휴대폰에서 문자 벨소리가 울렸다.

해수는 ‘메리 크리스마스’라는 시우의 문자 메시지가 아닐까 추측하며 휴대폰을 들었다. 발신자는 역시 시우였다.

「문 앞에 크리스마스 선물이 도착했습니다.」

응? 서, 설마……!

심장이 두근거리기 시작했다. 빨간 바둑무늬 셔츠 파자마 차림을 망각하고 후다닥 문으로 뛰어가 조심스럽게 문고리를 돌렸다.

크리스마스 기적이라는 것이 이런 것일까, 문밖에 스웨이드 코트를 입은 시우가 서 있었다.

“오빠…….”

“메리 화이트 크리스마스.”

시우는 입가에 미소를 지었다.

병원 일을 마치자마자 밤길을 다섯 시간을 달려 이곳에 왔다. 오로지 해수만 생각하며 바로 앞이 보이지 않을 정도로 내리는 눈과 교통 체증과 전쟁하며 쉬지 않고 달렸다.

해수는 뭐라고 형용할 수 없는 감정이 북받쳐 아무 말도 하지 못하고 그저 흔들리는 눈으로 시우를 바라보았다.

“들어가도 돼?”

오빠…….

해수는 대답 대신 시우의 목을 와락 안으며 뜨겁게 입술을 부딪쳤다.

그녀의 열렬한 키스 환영에 시우는 움찔했지만 이내 격렬하게 되돌려 주기 시작했다.

어느새 방문이 닫히고, 시우의 코트와 넥타이가 차례차례 바닥에 떨어지더니 셔츠를 여민 단추들이 재빠르게 풀렸다. 그러는 동안 두 사람의 열정적인 키스는 잠시도 멈추지 않았다.

누구의 다리가 침대에 걸렸는지, 꽉 껴안은 두 사람의 몸이 휘청하며 털썩 침대로 쓰러졌다. 침대에 깔린 해수에게서 풍겨 오는 은은한 향기가 뼛속까지 스며드는 시우는 그녀의 목덜미에 얼굴을 묻고 거친 숨을 골랐다. 두 사람의 심장이 똑같이 미친 듯이 쿵쾅거렸다.

해수는 부서질 듯 안고서도 주저하는 그의 애틋한 몸짓이, 이 떨림이 무엇을 말하는지 알 것 같았다.

가만히 고개를 든 시우는 빨갛게 물든 얼굴로 간신히 눈을 맞추는 여린 눈동자를 내려다보며 허락을 구했다.

너를 원해…….

망설이지 마요. 난 이미 오빠의 여자니까.

해수는 천천히 고개를 끄덕였다.

흑채 같은 눈동자가 흔들리는가 싶더니 뜨거운 입술이 겹쳐 왔다. 그녀가 감당하기에는 벅찬 기운이 엄습해 와 두렵긴 했지만 그를 사랑하는 만큼, 그를 원하는 만큼 용기를 내어 받아들였다.

온 세상이 하얗게 뒤덮여 가는 그윽한 밤이었다. 열기로 가득한 방에서 새어 나오는 열에 뜬 불빛은 쉬이 꺼지지 않고 눈 내리는 까만 겨울밤을 밤새 수줍게 흔들었다.

시우는 맨살에 닿는 가슬가슬한 시트의 촉감을 느끼며 기분 좋게 잠에서 깨어났다. 세상이 환하게 밝아 있었다.

해수가 침대에 없는 것을 알아차린 그는 나른한 몸짓으로 일어나며 그녀를 눈으로 찾았다. 해수는 보이지 않고 협탁에 있는 테디 베어 커플이 눈에 들어왔다. 그리고 그 앞에 놓인 메모지를 발견했다.

「크리스마스 선물, 둔탱이와 곰탱이에요. 일명 탱탱 커플!」

낮은 웃음을 터뜨린 시우는 발코니 유리창을 바라보았다.

눈으로 뒤덮인 하얀 세상과 아직도 흐린 잿빛 하늘, 그 사이에 오묘한 빛을 발하는 바다가 아름다운 조화를 이루고 있었다. 그리고 그곳에 있는 해수를 보았다.

해수는 이곳을 떠나기 전에 바다를 한 번 더 보고 싶어 직접 뜬 니트 숄을 걸치고 눈이 쌓인 해변을 걷고 있었다. 실은 그보다는 잠에서 깨어난 시우와 얼굴을 마주 볼 자신이 없었다.

고적한 바닷가에 선 해수는 밤까지 눈을 내렸던 흐린 하늘을 올려다보았다. 바닷바람에 긴 머리카락과 치맛자락이 흩날렸다. 흐트러진 숄을 다시금 두르고 이곳에 있는 동안 유일한 친구였던 파도가 닿을 듯 말 듯한 곳까지 걸어갔다.

하늘의 구름 떼는 다시 눈이라도 뿌릴 듯 점점 머리 위로 내려앉았다. 그러나 하늘에서 내려온 건 눈이 아닌 는개였다.

차가운 촉감에 어깨를 움츠리고 아쉬운 걸음을 돌렸다. 하지

만, 그 자리에 오도카니 섰다. 커다란 검정 우산을 받쳐 든 시우
가 그녀가 남긴 발자국을 따라 걸어오고 있었다. 시우를 보는
것만으로도 해수는 얼굴이 붉어지려 했다.

"그 가운 입은 둔탱이, 좀 더 날렵하게 생겨야 하지 않아?"

어색하지 않게 그가 농담을 던졌다.

"그렇게 따지면 곰탱이는 너무 뚱뚱하죠. 흐음, 예쁘기만 한
데……."

"예뻐. 주인 닮아서."

시우는 얼굴이 빨개진 해수에게 더는 찬 빗방울이 닿지 않게
머리 위로 우산을 드리웠다.

"나도 너에게 줄 크리스마스 선물이 있어."

"오빠가 크리스마스 선물 아니었어요?"

피식 웃은 시우는 해수에게 우산 손잡이를 건네고 호주머니
에서 뭔가를 꺼냈다. 해수의 눈이 호기심으로 반짝거렸다.

"와아, 예쁘다."

둥글게 물결치는 유선을 따라 잔잔한 별들이 박힌 은하수 펜
던트가 은빛 체인 끝에 매달려 있었다.

시우는 프러포즈 선물로는 반지보다는 하나가 되는 것을 의
미하는 목걸이가 더 좋을 것 같아 진열된 보석 중에서 펜던트를
골랐다. 해수의 예쁜 목에 걸릴 목걸이라 생각하니 심장이 쿵쿵
뛰었다. 은하수 펜던트를 보는 순간 망설이지 않고 선택했었다.

시우는 해수의 목에 은빛 체인을 둘러주었다. 니트 숄 사이로

예쁜 펜던트가 쇄골 아래 안착했을 때 해수는 살며시 펜던트를 만져 보았다.

"빨리 거울 보고 싶어요."

가슴이 벅차 목소리가 떨린 해수는 허리에 감겨오는 단단한 팔을 느꼈다.

"너에게 아름다운 크리스마스 추억을 선물하고 싶었어."

오빠…….

좀 더 강하게 허리가 죄여오며 귓가에 보드라운 입술이 닿았다.

"우리, 결혼하자."

"오빠…….”

고백을 거절했던 사람에게서 4년이라는 세월이 지나 같은 날 청혼을 받았다. 빗방울에 녹아드는 눈처럼 절대 치유되지 않을 것 같았던 상처가 사르르 바다 밑으로 녹아내렸다. 그리고 그가 아닌 그 누구도 마음에 담은 적 없고, 그가 아닌 그 누구와도 결혼을 꿈꿔본 적이 없기에 살며시 올라온 눈물을 머금고 고개를 끄덕였다.

이마에 그의 입술이 뜨겁게 닿았다.

사랑해, 해수야…….

나도 사랑해요, 오빠.

고즈넉한 아침 바다는 잔잔한 파도를 일으키며 하얀 모래 위에 우아한 해안선을 그렸고, 바다를 닮은 하늘은 마주 안은 두 사람 위로 호젓한 해수(海水)를 깨우듯 시우(時雨)를 내렸다.

"찬이는?"

"아직 자고 있어요, 아버님."

아침상이 차려진 식당 방으로 태호가 들어오며 찬이부터 찾았다. 미소 지은 얼굴로 답한 해수는 식탁에 태호가 앉는 걸 보며 시우, 선자와 함께 앉았다.

"아직?"

"어제 물놀이 다녀왔잖아요. 피곤한 모양이에요."

선자가 수저를 들며 말했다.

"허허, 그 녀석 참."

"찬이가 물놀이를 무척 좋아해요, 아버지."

"그래? 우리 문중에 수영 선수가 나오려나?"

시우의 말에 태호가 농담으로 되받자 식탁에 낮은 웃음소리가 번졌다.

해수와 시우는 결혼 후, 서울 빌라에서 꿈같은 신혼을 보냈다. 그리고 시우가 경기도에서 꼬박 3년을 군 복무하는 동안 해수도 관사에서 그와 함께했다. 그사이 아들 찬이 태어났다. 대전 본가로 들어온 지는 이제 5개월 정도 되었다.

"오늘은 찬이 놀이 강좌가 있어요. 거기 갈 거예요."

선자가 밥을 한 숟갈 뜨며 태호에게 말했다.

"어떻게 당신이 더 적극직인 것 같아요."

"네. 할머니 표로 한번 키워보려고요."

"할머니 표? 허허. 아주 재미가 들었구려."

"네, 재미있어요. 어쩜 어릴 때 제 아빠를 그렇게 쏙 빼닮았는지……."

모두 동감한다는 듯 웃는 얼굴로 고개를 끄덕였다.

아침 식사를 한 태호와 시우는 출근하려고 매미 소리가 요란한 정원을 가로질렀다. 장마 기간인데도 오늘도 비 소식은 없고 무더위가 이어질 듯했다.

선자와 해수는 각자의 차에 오르는 태호와 시우를 배웅했다. 시우와 해수는 살가운 눈인사를 주고받았다.

멀어져 가는 두 차를 흐뭇하게 바라보며 선자가 해수에게 말했다.

“우리도 이제 준비하자.”

“네.”

때마침 도우미가 찬이 일어났다며 알려주었다. 해수와 선자는 서둘러 집 안으로 들어갔다.

윤 기사가 운전하는 차를 타고 놀이 강좌를 다녀오면서 근처 백화점으로 갔다.

그곳에서 점심을 먹고, 네 살 된 찬의 걸음 속도에 맞춰 천천히 매장을 둘러보던 해수는 문화센터 광고 전단이 눈에 띄었다. 퀼트 사진과 함께 퀼트 강좌 코너가 한눈에 들어왔다.

결혼하고 서울에서 사는 동안은 계속 보빈을 나가면서 결혼 전과 별반 다를 게 없는 생활을 했었다. 시우의 군 복무 기간에는 출산과 육아로 대외적인 퀼트 활동은 거의 하지 못했다. 하지만, 시우의 이해와 정숙과 선자의 도움으로 꾸준히 퀼트는 했고, 인터넷으로 보빈의 커뮤니티 공간과 그녀의 개인 블로그를 운영하고 있었다.

“엄마, 엄마!”

찬이 해수의 원피스 자락을 잡아당겼다. 찬을 번쩍 안아 올린 해수는 전단에서 눈을 떼고 돌아섰다. 조금 떨어져 있던 선자는 잠시 해수의 눈길이 머물렀던 전단을 내려다보았다.

집으로 돌아온 해수는 잠시 혼자만의 시간이 생겨 본가로 들어올 때 시우가 만들어줬던 작은방 드레스 룸을 개조한 퀼트 작업실로 갔다.

　작업대 한편에 둔 노트북을 켜고 그녀의 블로그로 들어갔다. 베스트 블로그로 선정될 정도로 그녀의 블로그는 찾는 이가 많았다.

　퀼트와 홈패션을 접목한 그녀의 독창적인 퀼트는 뛰어난 색감과 완성도, 실용적인 면에서 높은 평가를 받고 있었다. 그뿐 아니라 난이도에 따라 누구나 쉽게 따라 만들 수 있게 만드는 방법을 사진과 함께 상세히 설명해 두었고, 그 외에도 원단 고르는 법, 전시회 소식 등 유용한 팁과 자료, 알찬 정보가 많았다.

　해수는 메일 코너를 클릭했다. 얼마 전에 서울에 있는 모 백화점 문화센터 담당자에게서 받았던 메일을 다시 열었다. 예전에 강좌를 했던 곳인데 퀼트 강좌를 청하는 내용이었다. 이 메일 때문에 아까 백화점에서 문화센터 전단이 더 눈에 띄었다.

　잠시 생각에 잠겼던 해수는 새로운 메일을 클릭했다.

　여성 잡지사에서 가을맞이 특집으로, 해수의 블로그에 올려진 그녀의 작품을 만드는 방법과 함께 수록하고 싶다는 내용이었다.

　무척 반가운 소식에 해수의 얼굴빛이 환해졌다. 이젠 찬도 네 살, 조금씩 사회 활동을 하고 싶은 게 그녀의 솔직한 심정이었다.

　해수는 시우에게 전화를 하려고 휴대폰을 열었다. 그때 노크 소리와 함께 선자가 들어왔다.

　"잠깐 들어가도 되니?"

　"그럼요. 들어오세요."

해수는 휴대폰을 얼른 닫으며 일어났다.

두 사람은 나란히 앉아 마주 보았다.

"얘기 좀 했으면 해서……."

해수는 다음 주에 있는 제사 이야기를 하려나 보다고 생각했다.

"혹시 말이야…… 문화센터 강의하고 싶니?"

해수의 표정이 숨김없이 어떻게 알았느냐는 듯 되물었다. 선자는 그럴 줄 알았다며 미소를 머금었다.

"어디서 제의받은 곳이 있니?"

"그게…… 서울이에요. 예전에 제가 강의했던 곳이요."

"그래?"

선자는 잠깐 생각했다.

"네 생각은 어떤데?"

"솔직하게 말씀드려도 돼요, 어머님?"

해수가 애교스럽게 되묻자 선자는 온화한 미소로 고개를 끄덕였다.

"일주일 한 번 정도, 오전 강좌 하나 하고 싶어요."

"그 정도면 나쁘지 않구나."

선자의 긍정적인 대답에 해수의 눈이 반짝거렸다.

"시우와는 의논해 봤니?"

"아직요. 오늘 퇴근하면 말하려고요."

"이왕이면 시우 대학원 수업 있는 요일과 같으면 좋겠구나. 함께 서울 간다면 오히려 좋아할 것 같아. 올 때도 시간 맞춰서 함께 내려오고."

시우는 모교에서 박사 과정을 밟고 있었다.

선자의 허락에 해수는 매우 기뻤다.

"그렇게 된다면 저도 좋죠. 한번 알아봐야겠어요. 그런데 아
버님께서 어떻게 생각하실지 모르겠어요."

"글쎄, 시우만 동의하면 괜찮을 것 같긴 한데…… 지난번 소아
암 돕기 바자 때 네 작품 보고 아버님 주위 분들이 칭찬 많이 했잖
니. 그때 무척 좋아하셨잖아. 언제 기회 봐서 말씀드려 보렴."

선자가 편이 되어주니 해수는 벌써 태호의 허락도 받은 듯했다.

"열심히 할게요. 감사해요, 어머님."

해수의 진심 어린 말에 선자는 해수의 손을 살며시 잡았다.

"군말없이 시우의 뜻에 따라 살아줘서 우리가 고마워. 게다가
찬이 같은 예쁜 손자도 보게 해주고."

"아니에요. 제가 얻는 게 훨씬 많아요. 이번 같은 경우도 어머
님의 전폭적인 지지 없으면 시작할 엄두도 못 내죠. 모두 어머
님 덕분이에요."

본가로 들어오면서 확실히 육아 문제는 수월해졌다. 그리고
정말 할머니 표로 맡겨도 될 만큼 선자의 육아법은 탁월했다.

"빈말이라고 해도 듣기 싫지는 않은데?"

"아니에요. 아, 잡지사에서 제 작품을 싣고 싶대요."

"어머, 그래? 어디 보자."

해수는 수줍어하며 메일을 보여주었다. 좋아하는 선자의 모

습에 기쁨이 배가 되는 것 같았다.

"나중에 아버님 퇴근하시면 이 소식 꼭 전하렴. 우리 며늘아기가 이렇게 능력이 있구나, 자랑스러워하실 거야. 혹시 아니? 반응 좋으면 책 출간 제의도 받을지? 이참에 문화센터 강좌까지 허락받고. 정말 대견하다, 우리 아기."

선자는 해수의 등을 토닥이며 기뻐했다. 해수는 좋으면서도 부끄러워 어깨를 움츠리며 으쓱했다.

2년 후.

화사한 5월의 햇살이 보빈 앞 가로수 길을 찬연하게 비쳤다.

곱게 봄옷으로 차려입은 정숙과 종영은 마무리 몸단장을 하느라 분주했다.

화장대 거울을 보며 진달래빛 정장 위에 멋스럽게 머플러를 두른 정숙은 거울에 비치는 종영을 힐끔 쳐다보았다. 그는 옷장 문에 부착된 거울을 보며 넥타이를 매고 있었다.

정숙은 살며시 일어나 그의 앞으로 다가갔다.

"내가 해줄게요."

"오랜만에 하니 잘 안 되는군."

"앞으로는 사무실 출근할 때도 이렇게 넥타이 매세요. 너무 멋있어요."

듣기 싫지 않은 종영은 넥타이 매듭을 매만지는 정숙을 향해 미소를 지으며 어깨에 힘을 주었다.

종영이 원단과 부자재 수입 사업을 시작한 지도 7년째. 거래처와 가맹점이 늘어남에 따라 거래 규모도 커져, 4년 전부터 보빈 위층에 따로 사무실을 오픈했다.

종영은 장난스럽게 정숙의 화려한 차림새를 쓱 훑었다.

"오늘 박 원장이 책 출간하고 개인전하는 것 같아요?"

"그래요. 그런 것 같아요."

해수의 첫 퀼트 책이 발간되면서 오늘부터 해수의 개인 전시회가 열렸다.

"해수가 너무 자랑스럽고 우리 이 서방이 매우 고마워요. 둘 다 예뻐 죽겠어요."

만감이 교차하는 듯 정숙은 잠시 손놀림을 멈췄다.

"그래요, 박 원장. 시부모와 함께 살면서, 찬이 키우면서 쉽지 않았을 텐데 우리 해수가 대견해요. 이게 다 우리 이 서방의 외조 덕 아니겠어요?"

"네. 우리가 사위는 정말 잘 본 것 같아요. 그리고 좋은 소식이 하나 있어요. 해수가 임신했어요."

"정말이에요?"

크게 기뻐한 종영은 정숙의 웃음 뒤에 살짝 묻어나는 씁쓸함을 보았다.

"왜요?"

"아뇨. 기쁘기는 한데 찬이도 여섯 살이면 다 키웠고, 이번 책 출간과 전시회를 계기로 해수가 본격적으로 일할 때인데 싶어

조금 아쉬워서요.”

“또, 또 욕심 나오십니다. 찬이 동생이 생긴다는데……. 솔직히 나는 둘째 낳기를 바랐어요. 능력이 안 되는 것도 아니고, 좀 쉰다고 해서 명성이나 실력이 어디 가는 것은 아니잖아요? 물론 아쉬운 점도 있죠. 하지만 아이는 지금이 아니면 가지기 어렵잖아요. 해수가 마음 잘 먹은 거예요. 이 서방이 얼마나 좋아하겠어요?”

“아, 아직은 나밖에 몰라요. 이번에 왔을 때 함께 병원 갔었거든요. 오늘 전시회 때 시부모님과 이 서방에게 말할 거래요.”

“오늘같이 좋은 날, 기쁨이 두 배가 되겠군요. 허허, 이 서방이나 사돈어른들이 말을 안 해서 그렇지 얼마나 기다렸겠어요? 둘째 낳으면 우리 해수, 앞으로 시부모 사랑 더 많이 듬뿍 받으며 하고 싶은 일도 하고, 잘살 거예요. 그러니 좀 전에 말한 그런 아쉬움은 싹 지워 버려요.”

“네, 네, 알겠습니다.”

마주 보며 웃은 정숙과 종영은 기분 좋게 방을 나갔다.

시우의 차는 따스한 봄볕이 쏟아지는 주말 도로를 여유롭게 달렸다. 열린 차창으로 불어오는 봄바람에 달큼한 꽃향기가 실렸다.

멋스러운 은회색 슈트를 입은 시우는 맑은 날씨만큼 청량한 미소를 입가에 그리며 향긋한 봄 향기를 깊이 들이켰다.

빨강 신호등 앞에 부드럽게 브레이크를 밟으며 옆자리를 돌아보았다. 커다란 바구니를 가득 채운, 주인 맞을 기대에 한껏 들뜬 소담스런 꽃들이 그를 향해 활짝 웃고 있었다.

"아빠, 빨리, 빨리 가요! 엄마가 기다린단 말이에요!"

"찬아, 그래도 신호는 지켜야지."

"아빠, 파란불이에요!"

졌다는 듯 미소 진 얼굴로 시우는 빠르게 차를 출발시켰다.

"엄마다! 엄마, 엄마!"

전시장 앞에서 차를 향해 손을 흔드는 해수가 보였다. 겨우 3일 만인데, 봄바람에 살랑거리는 물빛 원피스를 입은 그녀를 보는 순간 가슴이 뭉클했다.

해수도 그녀를 향해 오는 시우의 차를 보며 가슴이 따뜻해지면서 심장이 뛰었다. 차가 멈추자 뛰어내린 찬이 힘차게 달려와 안겼다.

운전석에서 내린 시우는 꽃바구니를 든 손을 뒷짐 지고 해수에게 다가갔다. 먼저 전시장에 도착한 태호와 선자가 나와 찬을 데리고 들어갔다. 해수와 둘만의 시간이 되었나, 라고 생각하는 순간 시은과 찬영의 목소리가 들려왔다. 아들, 딸 둘을 낳고도 자식 욕심에 셋째를 가진 시은이 만삭이 된 배를 자랑스럽게 내밀며 전시장 밖으로 나오고 있었다. 그리고 그림자처럼 붙어선 찬영이 지극정성으로 보필하고 있었다.

시우는 다복한 찬영을 부러운 시선으로 보았다. 그를 부러워하기는 처음 같았다.

간단한 인사말이 오가고 시은과 찬영이 앞서 전시장으로 들

어갔다. 그제야 시우가 기다렸던 해수와의 오붓한 둘만의 시간
이 되었다.

시우는 커다란 꽃바구니를 해수에게 건넸다. 청혼했을 때처
럼 가슴이 두근거렸다.

"축하해."

해수의 촉촉이 젖은 눈동자가 흔들렸다.

"고마워요. 보답으로 5월의 크리스마스 선물을 준비했는데
마음에 들지 모르겠어요."

의아해하는 시우를 보며 해수는 수줍게 눈웃음을 지었다.

"나…… 찬이 동생 가졌어요. 예정일이 크리스마스예요."

해수야……!

"선물, 마음에 들어요?"

말로 표현할 수 없는 행복감에 가슴이 벅찬 시우는 대답 대신
봄 향기보다 달콤하고 꽃잎보다 부드러운 해수의 입술을 찾았다.

두 사람을 에워싼 싱그럽고 감미로운 솔바람을 타고, 크리스
마스를 미리 축하하듯 하얀 꽃가루가 눈처럼 날렸다.

The End……

작가 후기

해수와 시우를 세상에 내놓으려니, 은채와 지훈이 그랬듯 가슴 떨리고 조심스럽고…… 만감이 교차합니다.

이들의 이야기가 책으로 나오기까지 함께해 주시고 애써주신 모든 분에게 감사드립니다.

가족과 심여사님, 쩡은, 루미에게 애정을 전합니다.

아무쪼록 해수와 시우의 사랑이 읽으시는 분들의 마음에 따스하게 다가가기를 바랍니다.

—김여빈